【砲弾の魔術師】

ブラッドフォード・ファイアストン

リディル王国が誇る七賢人の中でも、屈指の攻撃力を持つ武闘派魔術師。細かいことはあまり気にしない、鷹揚な性格の大男で、多重強化術式が得意。彼の記録した六重強化は、国内における最高記録となっている。

サイレント・ウィッチV

沈黙の魔女の隠しごと

Secrets of the Silent Witch

フェリクスはその奇跡の名を口にする。
「……精霊王、召喚」
煌めく風を纏い、
精霊王の御使いの如き美しさで現れたのは、
彼が焦がれ続けたこの国の英雄――
〈沈黙の魔女〉。

「眉間を狙います」
モニカは瞬時に猟銃の角度から弾丸の軌道を計算し、
弾丸が通るよう、こぶし一個分だけ結界に穴を開けた。

サイレント・ウィッチ V

沈黙の魔女の隠しごと

Secrets of the Silent Witch

依空まつり

Illust

藤実なんな

口絵・本文イラスト
藤実なんな

装丁
百足屋ユウコ＋モンマ蚕（ムシカゴグラフィクス）

Contents

Secrets of the Silent Witch

プロローグ　勝負はテーブルに着く前から始まっているのですよ、同期殿

それは、リディル王国の七賢人が一人〈沈黙の魔女〉モニカ・エヴァレットが、第二王子護衛任務を受ける半年以上前。城で行われる新年の式典に出席した、翌日のことであった。

リディル王国では、新年の初日に式典を行い、それから一週間宴会が続く。その期間中、七賢人は城に滞在しなくてはいけない。

前日の式典ですっかり疲れていたモニカは、宴会には顔を出さず、用意された客室に引きこもって本を読んでいた。ところが、どういうわけか次から次へと使用人がやって来ては、やれ湯浴《ゆあ》みはいかがですか、髪をお結いしましょうか、などと声をかけてくる。

どうやらボサボサの三つ編みや、冴《さ》えない顔色のせいで、気を遣わせてしまったらしい。

だが、宴会に出る予定のないモニカには、湯浴みも髪結いも必要ないのだ。ただ、人のいない場所で、静かに本が読みたい。

そこでモニカは七賢人のローブを羽織ると、客室を出て、七賢人達が集う〈翡翠《ひすい》の間〉に向かった。

〈翡翠の間〉は特殊な結界が張られた部屋だ。七賢人と国王しか出入りすることができないから、使用人が次から次へとやって来る心配もない。

どうせ、他の七賢人は宴会に出ているだろうし、ここでなら、誰《だれ》にも邪魔されず読書に集中でき

るだろう。

モニカは読みかけの本と、普段滅多に手にしない杖《つえ》を握り、フードを目深に被《かぶ》って〈翡翠の間〉を目指した。

新年で賑《にぎ》わっている城内は、出入りする人間が非常に多い。誰かとすれ違うだけで、モニカの胃はキュゥッと縮んだ。

やがて辿《たど》り着《つ》いた〈翡翠の間〉の扉に、モニカは杖の先端を押し当て、魔力を流した。杖の宝玉を介して魔力を送り込むことが、この部屋の解錠に必要なのだ。

モニカは扉を少しだけ開けて部屋の中を覗《のぞ》き込み、そして、この〈翡翠の間〉に来たことを後悔した。

「おや、同期殿」

「おぅ、沈黙のか！　良いところに来たな。こっち来いや！」

円卓の前に座り、カードゲームをしているのは、長い栗色《くりいろ》の髪を三つ編みにした若い男と、四〇歳ほどの黒髪に顎鬚《あごひげ》の大男。

前者はモニカの同期の〈結界の魔術師〉ルイス・ミラー。顎鬚の大男は〈砲弾の魔術師〉ブラッドフォード・ファイアストンだ。

二人とも七賢人のローブを着ているが、きちんと飾り布を留めているルイスと対照的に、大柄なブラッドフォードはローブの飾り布を外し、下に着たシャツの襟元を寛《くつろ》げている。

モニカは恐怖にカタカタと体を震わせた。

今この場にいるのは、七賢人の武闘派代表の二人なのだ。端的に言うとこの二人、血の気が多くて喧嘩《けんか》っ早《ぱや》いのである。できれば同席したくない。

失礼しました、と言って引き返したいが、ブラッドフォードがこっちに来いと手招きしている。

先輩命令を無視して引き返す勇気があるはずもなく、モニカはガクガク震えながら、室内に足を踏み入れた。

ブラッドフォードは「まぁ、座れや」と自身の隣の椅子を引く。

「沈黙のがこっちに来るなんて、珍しいな？」

「大方、世話をしに来た使用人が怖くて、こちらに逃げて来たのでしょう」

ルイスの言葉に、ブラッドフォードは思い当たる節があるような顔をした。

「あぁ、どこの使用人が七賢人の世話をするかで、競い合ってるもんなぁ」

今、城内では第一王子派と第二王子派が、互いに牽制《けんせい》し合っている。

七賢人は〈結界の魔術師〉が第一王子派で、〈宝玉の魔術師〉が第二王子派だが、それ以外は中立だ。

それぞれの派閥の重鎮達は、中立の七賢人を自陣営に引き込むべく、使用人を使って接待合戦をしているらしい。道理で、使用人達の目がギラついていたわけだ。

「それじゃあ、客室にいても落ち着かねぇだろ。沈黙のも、ここでカードしようぜ」

そう言って、ブラッドフォードはテーブルに散らばったカードを回収する。

手元でカードを広げていたルイスが、薄く笑った。

「……手札が相当悪かったようで」

「沈黙のを交えて、仕切り直そうと思っただけだ」

「それはそれは」

ルイスは手元にあったカードを返し、絵柄が見えるように机に置いた。カードにはそれぞれ竜の羽、爪、目の模様が描かれている。

モニカにはその絵柄が意味するものが分からないが、どうやらルイスは既に何かしらの役が成立していたらしい。

ブラッドフォードは「あぶねぇあぶねぇ」と小声で呟《つぶや》きながらカードを集め、隣に座るモニカを見た。

「沈黙のは、このゲームをやったことあるか？」

「い、いえ……」

「最初に手札を七枚配る。で、プレイヤーで交互に山札から一枚引いて、一枚捨てる。そうやって絵柄を揃《そろ》えて、竜を完成させるゲームだ」

ブラッドフォードは実際にカードを並べて、役について説明してくれた。

草食竜が一番配点が低く、次いで下位種の翼竜、地竜、火竜、水竜。上位種の緑竜、黄竜、赤竜、青竜。伝説種の白竜、黒竜という順番で配点が大きくなるらしい。

更に、ゲーム開始前に場の属性を決めておき、完成した竜がその属性だと得点が二倍になるという特殊ルールもあるのだとか。

モニカがなんとなくカードの枚数を数えていると、ブラッドフォードがもっともらしい口調で言った。

「まぁ、手札がいまいちでも勝ち目はある。そういう時は、ハッタリかまして強気でいくのがポイントだ」

その言葉にルイスが「おや？」と呟き、小さく肩を竦《すく》めた。

「もしかして、お気づきでないのですか？〈砲弾の魔術師〉殿は、手札が悪い時に顎髭を触る癖があるのですよ」

「なにぃっ⁉」

反射的にブラッドフォードが顎髭を触る。

ルイスはニコリと微笑《ほほえ》み、モニカを見た。

「このように、相手の言動に惑わされやすいアホが、バカを見るゲームです」

ブラッドフォードは顎髭を押さえたまま、頬を引きつらせてルイスを睨《にら》む。

そうして隣に座るモニカの肩に厚い手を乗せ、怒りに震える重低音で呻《うめ》いた。

「……沈黙の。俺と組もうぜ。あいつの鼻を明かすぞ」

モニカは返事のかわりに、ヒィッと引きつった声を漏らす。

テーブルの隅には銀貨、銅貨が積み上げられていた。この二人は金を賭《か》けているのだ。

そんな勝負に巻き込まれたくないが、ブラッドフォードはもうカードを配り始めている。

モニカはローブの膝《ひざ》の辺りを握りしめ、カタカタと震えた。

ルイスが山札からカードを一枚引き、青い羽のカードを捨てる。そのカードに、モニカはチェックをかけた。

あと一枚で竜が完成する時、相手の捨て札にチェックと宣言することで、そのカードを奪ってあがることができるのだ。

モニカはルイスの捨て札を加え、手札を開示した。

「えっと、水竜で……あがり、です」

モニカのあがり宣言に、モニカとペアを組んでいたブラッドフォードが両手を叩《たた》いて喝采《かっさい》をあげる。

「だっはっはぁ！　きたきたきたきた！　ツキが回ってきたぞぉ！」

ブラッドフォードは機嫌良く笑い、モニカの頭をわしゃわしゃと撫《な》でた。大柄で声の大きい男性が苦手なモニカは椅子の上で硬直し、されるがままになる。

ゲームを始めて、これで二戦目。今のところ、ブラッドフォード・モニカコンビの連勝である。

モニカの向かいに座るルイスは特に焦った様子もなく、いっそ不気味なぐらいニコニコしていた。

「いやはや、流石《さすが》は〈沈黙の魔女〉殿。幸運でいらっしゃる」

モニカはどちらかというと、自分は運が悪い方だと思っている。

正直、ここまでの連勝も自分の幸運ではなく、ルイスに勝たせてもらっているような気がしてならない。

嫌な予感にモニカがビクビクしていると、ブラッドフォードはまたカードを配り、銀貨の山を前に押しやった。

「よぉし、次は銀貨二〇枚賭けるぞ！」

ブラッドフォードの宣言にモニカは目を剥《む》いた。先ほどまでは三枚とか五枚ずつだったのに、あ

砲弾の魔術師
ブラッドフォード・ファイアストン

まりにも性急すぎる。

「あのっ、ちょっと、考え直した、方が……」

狼狽《うろた》えるモニカに、ブラッドフォードはニンマリと口の端を持ち上げ、勝利を確信したような顔で耳打ちする。

「俺は気づいたんだがな。結界のは、手札が悪い時に髪を弄《いじ》る癖がある」

「……へ？」

モニカは恐る恐るルイスの様子を窺《うかが》った。ルイスは手札を眺めながら、余裕たっぷりの笑みを浮かべている。

だが確かにその右手は、頬にかかる髪を弄っていた。

「ここは勝負どころだぜ、沈黙の。……あいつにギャフンと言わせてやろうや」

猛烈に嫌な予感がする。だが、ブラッドフォードは完全に乗り気だ。

かくして不安を残したまま、ゲームは進んでいった。

モニカの手札は順調に揃っている。あと一枚で、上位種の赤竜が完成だ。場の属性は火だから、火属性の赤竜なら勝ち点は二倍になる。

それでも、モニカは嫌な予感を払拭《ふっしょく》できなかった。なんだか、勝利をお膳立《ぜんだ》てされている気がしてならない。

不安を抱えながら山札からカードを引いたモニカは、ピャッと肩を竦ませた。

（……あっ、あっ、「緑の羽」が来ちゃった……）

モニカの予想だと、ルイスが狙《ねら》っている役は翼竜、もしくはその上位種の緑竜。「緑の羽」のカードを捨て札にしたら、それにチェックをかけられて敗北する可能性がある。

(手札は常に七枚。その内の六枚で、こっちは上位種の赤竜が完成する……手札には一つだけ空きがあるから、ここに緑の羽を残して、余分な牙《きば》のカードを捨てるのが正解)

「同期殿」

ルイスが手札で口元を隠しながら、クスクス笑う。

「動揺した時に肩を竦める癖、直した方が良いですよ」

「う……はひ……」

肩を縮こめるモニカに、ブラッドフォードが耳打ちをする。

「ビビるな、沈黙の。ほら、結界のをよく見ろ。髪を弄ってやがる。手札が良くないんだ。ここはドカーンと攻めあるのみだぜ」

はぁ、と曖昧《あいまい》に頷《うなず》くモニカの眼前で、ルイスが捨て札を場に出す。

ルイスが場に出したのは「金色の目」——モニカが必要としていた最後の一枚のカードだ。

モニカがチェックをかけるより早く、ブラッドフォードが声を張り上げた。

「チェックだ！　だーっはっはぁ！　赤竜であがり！　場の属性効果で勝ち点二倍！　悪いな結界の！」

勝利の雄叫《おたけ》びをあげるブラッドフォードの前で、ルイスは自身の手札を開示した。

「これは失礼。実はわたくし……呪竜を完成させておりまして」

ルイスの手札に、ブラッドフォードが絶句する。

状況が分からないモニカは、まじまじとルイスの手札を眺めた。

ルイスは既に翼竜という役を完成させている。ただそれとは別に、手札に「呪《のろ》い」と書かれたカードがあった。ここまでのゲームで、まだモニカが一度も使っていないカードだ。

不思議そうな顔をするモニカに、ルイスが笑顔で解説をする。

「竜を完成させ、かつ呪いのカードが手札にある時、呪竜という特殊な役が成立するのです」

呪竜——所謂《いわゆる》、呪いを受けた竜は、歴史上でも非常に珍しい竜害の一種だ。

「……あのぅ、それって、あがり宣言は、しないんです、か？」

「呪竜は完成しても、あがり宣言をする必要がありません。そして、自分以外のプレイヤーがあがり宣言をした時……」

ルイスの笑みが深くなる。

「勝ち点を、そっくりそのままマイナスに変えるのですよ」

「えふぅっ⁉」

つまり、大勝ちが一瞬にして大負けに早変わり、ということである。

呪いのカードはこれまで一度も出てこなかったし、モニカは呪竜という特殊ルールなど知らなかった。

だが、それを言い訳に見逃してくれるようなルイスではない。

「不満ですか？　……正式なルールを自分で調べもせず、他者の説明を鵜呑《うの》みにして勝負の席に着いた、貴女《あなた》が愚かなのですよ」

そう言ってルイスは、これ見よがしに横髪を弄ってみせた。

今更モニカは気づく。

「も、もしかして、ルイスさんが、不利な時に髪を弄ってたのも……」

「言ったでしょう？　相手の言動に惑わされやすいアホが、バカを見るゲームだと」

つまり不利な時に髪を弄るのも、こちらを攻勢に出させるための演技だったというわけだ。

ブラッドフォードがガクリと膝をつき、ルイスは嬉々《きき》として銀貨の山を自分の手元に寄せた。

大敗してしまったモニカは、ブラッドフォードに申し訳なく思いつつ、場に出ているカードを眺める。

実を言うとモニカは、ルイスが手札を開示した時から、気になっていたことがあるのだ。

「あのぅ、ルイスさん……カードの枚数が……合わない、ような……」

「気のせいでは？」

「いいえ」

薄く微笑《ほほえ》むルイスに、モニカはキッパリと断言する。

幼い顔からオドオドした表情が消え、丸い目が瞬きもせずカードを見据えた。

「今までのゲームから逆算すると、牙のカードは山札の中に八枚あることになります。一枚多いです。わたし、捨て札は全部覚えてるので、間違いありません」

こういう時だけ澱《よど》みなく喋《しゃべ》るモニカに、ルイスは殊更可愛《かわい》らしい仕草で、小首を傾《かし》げてみせた。

「勝負はテーブルに着く前から始まっているのですよ、同期殿」

「つまり、テーブルに着く前からイカサマを仕込んでた、ってことだな？　おぅ、結界の。ちょっとそのローブ脱いで、ひっくり返してみろや？」

「こんな寒い日に、なんとご無体な」

ルイスが椅子から立ち上がり、ジリジリと擦り足で入り口に近寄る。

イカサマを確信したブラッドフォードは獰猛《どうもう》な笑みを浮かべ、ルイスに杖《つえ》を突きつけた。

「カードゲームばっかしてたら、魔法戦がしたくなってきたな。ちょいと付き合えや、結界の」

「元気な中年ですね。魔法兵団の詰所へ行かれては？」

ブラッドフォードが攻撃魔術の詠唱を始める。

合わせてルイスも、短縮詠唱で防御結界を展開した。

〈翡翠《ひすい》の間〉は強固な結界で守られており、簡単には破壊できない。それ故、ルイスが張った防御結界は術者だけを守るものである。当然、そこにモニカは含まれない。

モニカはピギャァと悲鳴をあげて円卓の下に潜り込み、無詠唱で防御結界を発動する。


十数分後、〈翡翠の間〉で元気に暴れていた〈砲弾の魔術師〉と〈結界の魔術師〉二名は、〈星詠みの魔女〉と共に駆けつけた〈茨《いばら》の魔女〉が拘束。

机の下でうずくまり、虚《うつ》ろな目で数字を呟き続けていた〈沈黙の魔女〉は、無事〈星詠みの魔女〉に保護された。

Now Monica is no longer a helpless child.

今のモニカは、もう無力な子どもではない。

She is the Seven Mages,

the "Silent Witch".

七賢人〈沈黙の魔女〉なのだ。

サイレント・ウィッチ

V

沈黙の魔女の隠しごと

Secrets of the Silent Witch

一章　ウィンターマーケットと冬精霊の氷鐘《オルテリア・チャイム》

セレンディア学園から徒歩で一時間ほどのところにあるクレーメの街では、冬招月《シエルグリア》になると、冬至前のウィンターマーケットが開かれる。

第二王子護衛任務のためセレンディア学園に潜入しているモニカは、クレーメの街に足を運んだことはあるが、以前訪れた時よりも街は賑《にぎ》わい、屋台の数も増えていた。

リディル王国では冬至の日から一〇日間の冬至休みがあり、冬至休みが明けた日を新年と定めている。この冬至休みの間は、殆《ほとん》どの店が閉まってしまうので、人々は冬至前に買い物を済ませるのだ。

今日はセレンディア学園が休校日なので、モニカは護衛任務の協力者であるイザベル・ノートンと、その侍女のアガサと共に、ウィンターマーケットを訪れていた。

(やっぱり、人が多いなぁ……うっ、緊張してきた)

それでも初めてこの街に来た時、人が怖くてうずくまってしまったことを思えば、今はだいぶましになった方である。

緊張に体を縮めて歩くモニカは、以前ルイスに貰《もら》った外出着を着て、コートを羽織っていた。

隣を歩くイザベルは暗い黄色のドレスに毛皮を巻いており、アガサも侍女服ではなく、チョコレートブラウンの外出着を身につけている。

今日の外出の目的は、イザベルお嬢様のお買い物だ。

俯《うつむ》き気味に歩くモニカに、イザベルがはしゃいだ声で言う。

「さぁ、マーケット会場に参りましょうお姉様！」

目に見えてウキウキしているイザベルを、アガサが小声で窘《たしな》めた。

「お嬢様、この街にはセレンディア学園の方がいらっしゃっているかもしれないので、お気をつけくださいね」

「そうだったわね。……では、ここは悪役令嬢らしくいきましょう」

イザベルはモニカから離れると、ツンと顎《あご》を持ち上げて言い放つ。

「さぁ、行くわよ、荷物持ち！　遅れたら承知しなくてよ！」

なお、モニカを荷物持ち扱いするこの悪役令嬢は、買った物を全《すべ》て馬車に積むよう手配するので、モニカが持つ荷物などあるはずがないのだった。


ウィンターマーケットでは広場を中心に屋台や露店が並んでおり、冬至休み中の食料や、日持ちする菓子、それと冬至に飾るリースなどを扱っていた。

中には客の好みに合わせて、その場でリースを作ってくれる店もある。

冬至のリースは一種の魔《ま》除《よ》けだ。家に飾ることで災厄を退け、新年に幸福を呼び込むと言われている。

モニカも子どもの頃《ころ》、蔓《つる》とリボンの比率やマツボックリの配置を計算しながら、父とリース作りをしたものだ。

（リース……懐かしい、な）

モニカの養母は既製品を飾っていたし、七賢人になって山小屋暮らしを始めてからは、リースを飾ることすらしていなかった。

モニカが色とりどりのリボンが飾られたリースを眺めていると、イザベルが飴《あめ》菓子の店の前で足を止める。

「まずは帰省のお土産《みやげ》を……日持ちのするお菓子も何種類か欲しいですわね。あと香りが良いと評判の石鹸《せっけん》のお店にも行きたいし……あっ、それと孤児院の子ども達に、新しい本も買っていってあげたいわ」

本ならケルベック伯爵領でも買えるように思えるが、東部地方のケルベックでは本の入荷が少し遅いらしい。

一方、このクレーメの街は王都から比較的近いので、流行《はや》りの本がすぐ入荷するのだ。

イザベルが買いたい物を指折り数えていると、気の利くアガサが進言した。

「石鹸の店は、この通りを真っ直《ます》ぐ行って角のところですね。書店は別の通りですよ、お嬢様」

「なら、先にお菓子を買うわ。東部ではあまり見ないお菓子が良いわね……」

今日の買い物は、イザベルの帰省の土産がメインだ。

冬招月《シエルグリア》を迎えたセレンディア学園は、来週から冬休みが始まる。

リディル王国では、冬至から新年にかけては家族で過ごすものなので、生徒達は皆帰省するし、寮も完全閉鎖する。

家族や使用人への土産に飴菓子を一〇箱買ったイザベルは、荷物を馬車へ運び込むよう店員に指示すると、切ない顔でため息をついた。

「あぁ、できることならお姉様と一緒に、冬至休みを過ごしたかったですわ……」

イザベルは自身の帰省に、モニカを誘ってくれていた。モニカも当初は、その誘いを受けるつもりでいたのだ。

イザベルとその家族達にはとても助けられているから、一度きちんとお礼を言いたかった。

ところが二日前、七賢人が一人〈星詠みの魔女〉メアリー・ハーヴェイがとある予言をしたことで、事態は急変した。

——この冬、我が国に竜害の兆候有り。

この国一番の予言者の言葉に、国中が竜を警戒している。

〈星詠みの魔女〉が予言をした以上、七賢人であるモニカにも呼び出しがかかるはずだ。だから、モニカはイザベルの帰省に同行することはできない。

（そう言えば、この街の警備も、すごく増えてた……）

クレーメの街には、以前地竜が出現している。だからこそ、竜害の予言を警戒しているのだろう。

本来、寒さに弱い竜が活動的になるのは、春から夏にかけてである。大半の竜は冬眠するので、冬は竜害が少ない季節なのだ。

しかし〈星詠みの魔女〉の予言ともなれば、冬といえども警戒せざるをえない。彼女の予言は過去に何度も、この国を救っているのだ。

「わたくし、お姉様と一緒に冬至のミンスパイとジンジャーケーキを食べて、我がケルベック伯爵領の見所を、案内してさしあげたかったですわっ……！」

そう語るイザベルの目元には、キラリと涙が滲《にじ》んでいた。相当悔しかったらしい。

「お嬢様、お嬢様、〈沈黙の魔女〉様が困っていらっしゃいますよ」

アガサの言葉にイザベルはハッと顔を上げ、ハンカチで目尻《めじり》の涙をサッと拭《ぬぐ》った。

「いけませんわね、簡単に涙を見せては悪役令嬢の名折れ……悪役令嬢が流す涙は、嘘泣きだけと決まっているのですわ」

「そ、そんな厳しい決まりがあるんですか……」

慄《おのの》くモニカの前で、イザベルはキリリと顔を引き締めた。その表情は、気品ある令嬢のそれだ。

「お見苦しいところをお見せしました。お姉様と一緒に冬休みを満喫したいという気持ちに変わりはありませんが……今は竜害の対策が最優先」

リディル王国で特に竜害が多いのが、ケルベック伯爵領をはじめとした東部地方だ。

ケルベックの歴史は、竜との戦いの歴史。ケルベック伯爵令嬢であるイザベルは、竜害の恐ろしさをモニカよりもずっと理解しているのだろう。

憂い顔のイザベルに、モニカはぎこちなく声をかけた。

「あのっ、竜害対策には、竜騎士団だけじゃなくて、七賢人も動くらしくて……もしかしたら、わたし、イザベル様のお家《うち》のそばに、派遣されるかもしれない、ですっ」

「まぁ！　もしそうなった時は、是非是非是非是非、お声がけくださいませ。我がケルベック伯爵領が総力をあげて、お姉様の竜退治をサポートいたしますわ！」

「いえ、わ、わたしは大丈夫なので……どうぞ、領地の警備に人手を割いてください……」

モニカがボソボソと言ったその時、周囲を警戒していたアガサが小声で「お嬢様」と囁《ささや》いた。

イザベルは、モニカに向けていた親しみのある笑顔を引っ込める。そして意地悪そうな顔でツンと顎を反らし、よく響く声で言った。

「あぁ、家族と穏やかに過ごすべき冬至休みに、貴女《あなた》のような人間が我が家にいるなんて、わたくしとても耐えられませんわ！　貴女なんかが身内だなんて、思いたくもない！　貴女には馬小屋がお似合いよ！」

「え、えっと……？」

突然の悪役令嬢演技にモニカが困惑していると、侍女のアガサが顔を動かさず、目だけを動かしてモニカを見る。

「わたくしの右斜め後方の女性二人組、セレンディア学園の生徒です。どうやら、イザベルお嬢様に気づかれたご様子……」

イザベルとモニカの関係がばれないよう、常に周囲に注意を払っていたアガサは、小声でイザベルに訊《たず》ねた。

「どうされますか、お嬢様？」

イザベルは思案するように僅《わず》かに目を伏せ、慎重に口を開く。

「本当は、お姉様ともっと一緒にゆっくりしたいのですが……ここは念のために別行動をしましょう。よろしいですか、お姉様？」

「は、はひっ」

モニカが頷《うなず》くと、イザベルはオレンジ色の巻き毛をかき上げ、よく響く声で言った。

「わたくし、いっぱい歩いたら疲れてしまったわ！　どこかでお茶をしているから、貴女はこの買い物メモに書いてある物を全て買ってきなさい」

そう言ってイザベルは、ポケットから取り出したメモをモニカに押し付ける。

買い物メモは白紙だった。

「一時間後に時計塔前で待っているわ。少しでも遅れたら、ただじゃおかなくてよ！」

そう言ってイザベルはアガサを伴い、少し離れたところにいる女子生徒に、さもたった今気づいたような顔で「あら、ごきげんよう」と声をかける。

その隙にモニカは、イザベルとは反対方向に移動した。


ケルベック伯爵令嬢イザベル・ノートンと、その連れのモニカ・ノートン。この二人を、離れたところから観察している一人の男がいた。

あまり人の記憶に残らない地味な顔立ちに焦茶の髪の、三〇代半ばぐらいの男だ。中肉中背で、ありふれた外套《がいとう》を羽織っている。

男は、とある人物に雇われた探偵であった。

探偵といっても、小説の主人公のように名推理を披露して、華麗に事件を解決するようなものではない。

彼は探偵だが、推理なんてしたことはないし、仕事は基本的に素行調査と、ペット探しだ。今回の依頼は、モニカ・ノートンというあの少女の素行調査である。

（やはりモニカ・ノートンは、ケルベック伯爵令嬢に苛《いじ》められているんだな。あの令嬢の、モニカ・ノートンを罵倒する憎々しげな声、とても演技とは思えない）

演技である。

だがそうと知らぬ探偵は、さてどうしたものかと思案した。

（依頼主はモニカ・ノートンを見張れと言ったが……本当にあの娘に何かあるのか？　見張るなら大物のケルベック伯爵令嬢の方だと思うんだが……）

イザベルに買い物を命じられたモニカは、メモを手にオロオロオドオドしていた。正直、見張る価値があるようにはとても思えない。

（まぁ、それでも依頼主の命令だ。一応見張っておくとするか）

男は自分にそう言い聞かせ、モニカ・ノートンの尾行を続けた。

＊　＊　＊

イザベルと別れたモニカは、無意味にその場をウロウロしていた。

（一時間後に時計塔前で待ち合わせだけど、それまで何してよう……）

一応、イザベルに買い物を命じられたことになっているのだし、何か買い物でもしていこうか。留守番をしているネロに、菓子を買っていくのも悪くない。

少し前のモニカだったら、人の多いウィンターマーケットは歩くだけで困難だったが、今は店を見て回って、欲しい物を買うぐらいはできる。声の大きい店員に話しかけられるのは、まだちょっぴり苦手だけれども。

なるべく自分に話しかけてこない店員のいる店が良いなぁ、などと考えながら、モニカが店を眺めていると、聞き覚えのある声がした。

「えぇい、一体いつまで食べ続けているのだ！　土産物を見に来たのではなかったのか⁉」

「だって、いっぱい歩いたらお腹《なか》減るじゃないすか。あっ、副会長もどうぞっす」

「いらん！　買い物という目的があるのなら、まずはそれを先に済ませるべきだろう！」

「ブラブラ見るのが楽しいんじゃないすかー」

モニカは思わず、声の方に目を向けた。

飲食物を扱っている屋台の前で騒いでいるのは、銀髪を首の後ろで括《くく》った線の細い青年と、金茶色の髪の長身の青年――シリル・アシュリーと、グレン・ダドリーである。

二人とも制服ではなく、シリルは落ち着いた雰囲気の外出着を、グレンはいかにも町人の普段着という雰囲気の動きやすそうな服を着ている。

モニカが足を止めて二人を凝視していると、グレンがこちらに気づいて、片手をぶんぶんと振った。

「あっ、モニカだ！　モニカも来てたんすか！」

人混みで知り合いを見かけた時、声をかけても迷惑ではないか気にしてしまうモニカにとって、グレンみたいに先に声をかけてくれる人は、とてもありがたい。

モニカは二人のもとにバタバタと駆け寄った。

「シ、シリル様、グレンさん、こんにちは……えっと、お買い物、ですか？」

「そっすよ！　オレ、帰省のお土産探してたんすけど……」

グレンの言葉に、腕組みをしたシリルが頷く。

「我が校の生徒が学園外で問題を起こしたら、殿下に迷惑がかかるからな。後輩を監督するのは、殿下の側近として当然の務めであり……」

「そこで副会長と偶然会ったんで、一緒に買い物してたんっすよ！」

シリルの言葉を悪気のない顔で遮り、グレンは抱えていた紙袋から菓子を一つ取り出した。

親指と人差し指で輪っかを作ったぐらいの大きさの揚げ菓子だ。こんがりと狐《きつね》色に揚がったそれを、グレンは「ほい」と言ってモニカに差し出す。

「あ、ありがとう、ございます」

モニカは小さく礼を言って受け取り、ほんのりと温かい揚げ菓子を小さく齧《かじ》る。

卵と小麦の優しい味がする生地の中には、杏《あんず》のジャムが入っていた。少し酸味のあるジャムが、生地の素朴な甘さとよく合う。

モニカがジャムの熱さにハフハフ言いながら菓子を食べると、律儀に食べ終わるのを待っていたシリルが訊ねた。

「ノートン会計は、ここまで一人で来たのか？」

「いいえ、イザベル様と一緒です。今は、ちょっと別行動中で……えっと、一時間後に待ち合わせ、なんです」

モニカの言葉に、シリルは険しい顔をする。

「女子生徒が一人で行動するのは、感心しない」

「じゃあ、待ち合わせ時間まで、オレらと一緒にいれば問題無いっすね！　モニカ、一緒に買い物しよう！　オレ達、丁度女の子のアドバイスが欲しかったんすよ！」

女の子のアドバイス、という一言にモニカは顔を強張《こわば》らせた。

モニカは自分の感性が、一般的な女の子の基準から、だいぶずれていることを自覚している。

「あの、アドバイスって……何の……ですか？」

恐々《こわごわ》訊ねるモニカに、シリルとグレンが同時に答える。

「女性が好む、土産物《みやげもの》を知りたい」

「女の子って、何貰《もら》ったら嬉《うれ》しいっすかね？」

魔術書か数学書が嬉しいです……というのは駄目だろうと、流石《さすが》のモニカも学習していた。

モニカはムムムと唸《うな》り、首を捻《ひね》る。

「えっと、女の人に、お土産を買いたいんです、か？」

「うち、妹が二人いるんすよ。で、帰省する時は、絶対土産買ってこいって、うるさくってさ。それも、お洒落《しゃれ》で可愛《かわい》いやつって！」

お洒落で可愛い――それは、ラナが得意とする分野である。

モニカは己のこめかみを指でグリグリしながら、こういう時、ラナならどんな物を買うだろうと考えた。

（ラナなら……お化粧品とか、アクセサリーとか……あっ、最近は香水も欲しいって言ってた……）

グレンの妹達の年齢は分からないが、香水は少し背伸びをしすぎな気がする。

その時、モニカは思い出した。イザベルが言っていたではないか。香りが良いと評判の石鹸《せっけん》があると。

「あのっ、石鹸とかは、どうでしょう……えっと、良い香り、らしいです。イザベル様も欲しがってて……」

自分が実際に使ったわけではないので、自信を持って勧められないのが悲しい。

だが、これがモニカにできる精一杯の提案である。

グレンは揚げ菓子を一つ頬張《ほおば》り、首を傾《かし》げた。

「ムグ……石鹸って、良い匂《にお》いがする必要あるんすかね？　汚れが落ちれば良くないすか？」

「不快な香りより良いだろう。古い作り方の石鹸は独特のにおいがあり、苦手な者も多かったと聞く。……それと、食べながら喋《しゃべ》るな。行儀が悪い」

グレンはムグムグと菓子を頬張ったまま頷く。

シリルは呆《あき》れたように息を吐き、モニカを見た。

「ノートン会計、その石鹸を扱っている店の場所は分かるか？」

「あ、はいっ、分かりますっ」

この通りを真《ま》っ直《す》ぐ行って角のところ——アガサがそう言っていたはずだ。

「案内してもらえるだろうか？」

「はいっ！」

モニカは勢いよく返事をした。

モニカにできるのは本当に些細《ささい》なことだけれど、それでも、尊敬する人や友人に頼られると、嬉しくて胸がムズムズするのだ。

大通りの角にある石鹸専門店は、女性客で賑《にぎ》わっていた。評判になっているというのは本当だったらしい。

客の中には、使用人を伴ったセレンディア学園の生徒らしき令嬢も数人いる。そういう令嬢達は、シリルやグレンをチラチラ見ているから、すぐに分かるのだ。

「あ、本当だ！　なんか花の良い匂いがするっす！」

店に入ってすぐに、グレンが声をあげた。

小花柄のクロスをかけた商品棚には、ハーブや花の香りの石鹸が可愛らしくラッピングされて並んでいる。

石鹸の中には、薔薇《ばら》の花弁が入っている物もあった。グレンがその石鹸の謳《うた》い文句《もんく》を見て、不思議そうな顔をする。

「『バーロック夫人も愛用！』ってのがあるんすけど、何者なんすかね、バーロック夫人って？」

「恐らくバーロック伯爵夫人だ。美容に詳しいことで、社交界でも有名なのだと聞いたことがある」

シリルの答えに、グレンはなるほどと頷き、花弁入りの石鹸を一つ手に取った。

「じゃあ、そのなんとか夫人のやつにするっす！　それなら、妹達も納得するだろうし」

「妹は二人いると言っていなかったか？　二つ買わなくて良いのか？」

グレンはシリルから目を逸《そ》らし、ボソボソと呟《つぶや》く。

「だってこの石鹸めちゃくちゃ高いじゃないすか。……だから半分に切って、ラッピングし直せば良いかなーって……」

「不誠実だ。一つずつ買ってやれ」

「えー……あんまりお土産を豪華にすると、妹達の要求がどんどん上がるんすよー」

グレンは愚痴をこぼしつつ、結局石鹸を二個手に取った。

それを横目に、シリルもラベンダーの石鹸を一つ手に取る。

(……クローディア様にあげるのかな?)

モニカがじぃっと見ていると、シリルはなにやらソワソワしながら、早口で言った。

「これは……その、私の故郷ではラベンダーは珍しいから……」

「あ、はい、良い香りだと、思います」

美容で有名な伯爵夫人が愛用している物より、自分が気に入った香りの方が良いとモニカは思う。

モニカが素直に頷くと、シリルはなんだか気の抜けたような顔で小さく笑った。

「……そうだな。これにする」

シリルが会計に向かうのを見送り、モニカはラベンダーの石鹸を横目で見る。

(竜害の予言が出てるし、今年は立ち寄れるか分からないけど……無理だったら送れば良いし……うん)

モニカはラベンダーの石鹸を二つ手に取り、会計の列に並んだ。

三人が石鹸専門店を出ると、どこからともなくシャラシャラという涼やかな音が聞こえた。

グレンが、角を曲がった先にある小さな広場に目を向け、「あ、冬精霊の氷鐘《オルテリア・チャイム》だ」と声をあげる。

グレンの視線の先、広場の中央に設置されているのは、大人の身長ぐらいの高さのポールだ。そこから、細長い金属の筒が幾つもぶら下がり、合間に雪の結晶を模した装飾が揺れている。

北風が吹いて筒が揺れると、金属の筒同士がぶつかって、シャラシャラと綺麗《きれい》な音がした。

冬精霊の氷鐘《オルテリア・チャイム》と呼ばれるそれは、オルテリアという氷霊の伝承が由来になっている。

昔々あるところに、オルテリアという氷の精霊がいた。

上位精霊でありながら力の弱かったオルテリアは、消滅の危機に瀕《ひん》した時、精霊神に助けを乞《こ》うべく、僅《わず》かな力をかき集めて氷の鐘を作った。ただの鐘じゃない。とびきり涼やかな音で鳴る、冬の美しさを集めた鐘だ。

オルテリアは氷の鐘を鳴らしながら、精霊神に呼びかけた。

——神様、神様、どうかわたくしに、お気づきくださいませ。

——神様、神様、どうかわたくしの声に、お耳をお傾けくださいませ。

——神様、神様、どうかわたくしに、ほんの少しの祝福を……。

オルテリアの鐘の音を聞いた精霊神は、消滅しかけていたオルテリアを救い、加護を与えたという。

そんな伝承を基に作られたのが、冬精霊の氷鐘《オルテリア・チャイム》だ。

冬精霊の氷鐘《オルテリア・チャイム》を鳴らしながら祈ると、神が耳を傾けて祝福をくれる——ひいては、願いごとが叶《かな》うと言われている。

「オレの地元じゃ冬になると、学校とか教会なんかに設置されたりするんすよね。ちょっと鳴らしていって良いっすか？」

「グレンさん、願いごとが、あるんですか？」

モニカがグレンを見上げると、グレンは少し気恥ずかしそうに首の後ろをかいた。

「願いごとっていうか、頑張るぞー、みたいな感じっすかね」

「なるほど。目標を立て、神に宣誓をするのか。良い心がけだ」

大真面目《おおまじめ》に感心するシリルに、グレンは「へへっ」と小さく笑い、冬精霊の氷鐘《オルテリア・チャイム》の持ち手を引いた。

金属の筒と、その合間にぶら下がった雪の結晶の装飾が揺れて、シャラシャラと澄んだ音がする。

その音が止《や》まぬ内にグレンは大きな声で叫んだ。

「魔術の修行、頑張るぞー！」

気持ちの良い宣誓だ。ただあまりに大きな声なので、周囲の人々が足を止めて、こちらに注目している。

人見知りのモニカが思わず肩を竦《すく》めていると、グレンが振り返り、モニカを見た。

「モニカも！　鳴らしていくっすか？」

「うぇっ⁉　えっと……えっと………」

わたしはいいです、といつものモニカなら言っていただろう。

だけど今のモニカには、グレンの「頑張るぞ」という宣言が、なんだかとても素敵に聞こえたのだ。

なによりこの場でグレンが宣誓をしたくなった気持ちが、モニカにはちょっとだけ理解できた。

（わたしの、目標……）

モニカは前に進み出て、冬精霊の氷鐘《オルテリア・チャイム》の持ち手を握る。

そうして、自分の気持ちを確かめるように目を閉じて、口を開いた。

「わたし、初めてこの街に来た時は、怖くて、グレンさんに声をかけてもらうまで、一歩も動けなくて……」

しゃがみこんで、目を閉じて、数字のことだけ考えて、そうやって逃げ出すことしかできなかった。

優しい誰かに手を引かれてばかりで、自分から何かをしようなんて考えもしなかった。

「でも、今日来たら、ちゃんと歩けたんです。前よりも人がいっぱいなのに。だから、えっと……」

モニカは冬精霊の氷鐘《オルテリア・チャイム》を鳴らした。

金属の筒と雪の結晶の装飾が揺れて、シャラシャラ、シャラシャラ、と美しい音が鳴る。

「そ、そういうのを、もっと頑張りたい、ですっ！」

あまり上手に言葉にできなかったけれど、紛れもなくモニカの本心だ。

モニカが持ち手の紐《ひも》を手放して振り向くと、腕組みをしていたシリルが小さく頷《うなず》いた。

「グレン・ダドリー、モニカ・ノートン」

「はいっす！」

「は、はいっ！」

背筋を伸ばす二人を交互に見て、シリルが短く告げる。

「期待している」

モニカとグレンは顔を見合わせて笑った。

二人がらしくもなく、冬精霊の氷鐘《オルテリア・チャイム》を鳴らして宣誓しようと思ったのは、それを見届けてくれる先輩がいるからだ。

「副会長にそう言われると、なんか気持ちがシャキッとするっす！」

「えへ……はい」

北風が吹いて、冬精霊の氷鐘《オルテリア・チャイム》がシャラララと音を立てて揺れる。

その音色を聞きながら、モニカは己の胸に、頑張るぞ、と言い聞かせた。

人が聞いたら、そんなことかと笑われそうな、ささやかな目標でも、笑わずに見守ってくれる先輩や友人がいるのだから。

＊　＊　＊

セレンディア学園の休校日、モニカ達がクレーメの街で買い物をしている頃《ころ》、リディル王国の第二王子フェリクス・アーク・リディルは寮の自室でソファに腰掛け、懐中時計を磨いていた。

銀細工に王家の紋章が施されたその懐中時計は、特注品だ。

だが、フェリクスにとって重要なのは王家の紋章でも、時計としての機能でもない。

開いた蓋《ふた》を一度閉じたフェリクスは、懐中時計の下部を少しだけ捻《ひね》る。そして再び蓋を開けると、文字盤の下に隠された、もう一つの盤面が現れた。

隠された盤面には、大粒のアクアマリンが嵌《は》め込まれている。これが、彼の契約精霊ウィルディアヌとの契約石だ。

アクアマリン自体は珍しい石ではないが、水色が深いほど高価であるとされている。フェリクスの手元のそれは、まさに最高級と呼ぶに相応《ふさわ》しい濃い水色をしていた。

かつてこの石は、とある貴婦人の首飾りだった。かの貴婦人は、このアクアマリンのように、とても美しい水色の目をしていたという。

フェリクスはその貴婦人のことをあまり知らないけれど、その貴婦人に負けず劣らず美しい水色の目を知っていた。

……もう、その水色を見ることは叶わないけれど。

フェリクスは懐中時計の蓋を閉じて立ち上がり、机の引き出しを開けた。

引き出しは懐中時計と同じように二重構造になっていて、底にもう一つの隠し空間がある。そこに隠していた紙の束をフェリクスは取り出した。

それは、とある魔術式に関する書きかけの論文——他でもない、彼が書いた物だ。

(これはもう、捨てなくては)

本気で王位を目指すなら、この論文は不要な物だ。

第二王子フェリクス・アーク・リディルに求められているのは、政治力や語学力であって、魔術の知識ではない。

——やめちゃうんです、か?

脳裏に、幼さの残る少女の困惑顔がよぎる。

フェリクスは色んなものを諦《あきら》めた顔で、薄く笑った。

（……そうだよ）

願いを叶えるために、これは手放さなくてはならない物だ。

己にそう言い聞かせ、フェリクスは紙の束を燃やそうと暖炉に近づく。その背中に、従者姿で郵便物の仕分けをしていたウィルディアヌが、控えめに声をかけた。

「マスター、クロックフォード公爵から、お手紙が届いております」

「見せてくれ」

フェリクスは紙の束を机の端に一度置き、クロックフォード公爵の手紙を広げる。

手紙に記されているのは、概《おおむ》ね予想通りの内容だった。

「外交の仕事だ。レーンブルグ公爵領にファルフォリア王国の使者が来るから、そのもてなしをしろということらしい」

「レーンブルグ公爵とは、確か……」

「エリアーヌ・ハイアット嬢の父君だね」

クロックフォード公爵の命令を要約すると、こういうことだ。

冬休みに入ったら、レーンブルグ公爵領に向かい、ファルフォリア王国との外交で一定の成果を出せ。

それと同時にレーンブルグ公爵の屋敷に滞在し、婚約者候補であるエリアーヌとの関係を深めろ。

ファルフォリア王国はリディル王国南東に位置する、農業大国だ。

外交の中身は貿易に関することで間違いないだろう。ファルフォリア王国は、リディル王国にとって重要な同盟相手でもある。

まして帝国との関係が微妙な今、ファルフォリア王国と帝国が手を結んだら、リディル王国は圧倒的に不利になる。

貿易取引で一定の成果を引き出しつつ、同盟関係を強固にするべく丁重にもてなす必要があるだろう。

（エリアーヌ嬢のことは、そのついでかな）

フェリクスが屋敷に滞在するとなれば、エリアーヌはさぞ張り切ることだろう。

なんと言っても、エリアーヌはクロックフォード公爵のお気に入りだ。

学園祭後の舞踏会でクロックフォード公爵のお墨付きをもらったエリアーヌは、既に自分がフェリクスの婚約者になれた気でいる。

（……まぁ、クロックフォード公爵はエリアーヌ嬢個人を気に入っているというより、その父親のレーンブルグ公爵が扱いやすい人間だから、エリアーヌ嬢を推しているんだろうけれど）

なんにせよ、憂鬱《ゆううつ》な冬休みになりそうだ。

学園の生徒達は、みな帰省を楽しみにしているらしく、どこか空気が浮ついている。

特に今年は珍しくシリルが浮かれていて、上機嫌で帰省の日を指折り数えているのだ。

うらやましいなぁ、とため息混じりに手紙を読んでいたフェリクスは、最後の一文に目を見開く。

ウィルディアヌが心配そうにフェリクスに声をかけた。

「……マスター？」

「ウィル、ウィルディアヌ、朗報だ！」

全《すべ》てを諦めていた碧《あお》い目が輝きを取り戻し、手紙を握る手が喜びに震える。

フェリクスは机の端に寄せていた、論文の束に視線を落とした。

諦めて、手放して、燃やすべきだ。これは、自分の目的には不要の物だ。

（だけど、こんな機会は、もう二度とないかもしれない……）

フェリクスは椅子に座ると、羽根ペンとインク壺《つぼ》を取り出し、書きかけの論文に着手する。

「マスター？」

「すまない、しばらく集中したいから、話しかけないでくれ」

硬い声でそう言い、フェリクスは羽根ペンを走らせた。

堪《こら》えきれない喜びに口の端を持ち上げ、頬を染めながら、フェリクスは喜びを噛《か》み締《し》める。

（冬休みは、〈沈黙の魔女〉に……レディ・エヴァレットに会える！）

＊＊＊

クレーメの街での買い物を終え、イザベルと共に女子寮に戻ってきたモニカは、ラベンダーの石鹸《せっけん》を胸に抱きながら、屋根裏部屋を目指していた。

石鹸は、世話になった養母とハウスメイドに贈るためのものだ。

モニカは七賢人になってから、一度も養母の家に帰っていないのだが、今年は都合がつけば立ち寄りたい、と考えている。

（ヒルダさんの家は王都にあるし、新年の前に時間があれば、立ち寄れると思うんだけど……）

新年の式典から一週間、七賢人であるモニカは城に滞在しなくてはいけないのだ。

ところが去年のモニカは、山小屋で新しい魔術式の開発に明け暮れていて、新年の式典のことなどすっかり忘れていた。

その結果、新年早々飛行魔術をかっ飛ばしてきたルイスに簀巻《すま》きにされ、城まで連行されたのである。振り返るだけで背筋が冷える思い出だ。

（あの時は、怖かったなぁ……）

当時を思い出してしみじみとしつつ、モニカは梯子《はしご》をのぼり、屋根裏部屋の戸を押し上げる。

「よいしょ。ただいま、ネロ」

「おかえりなさい」

戸を押し上げて屋根裏部屋によじ登ったモニカに声をかけたのは、ネロではなかった。ついでに言うと、リンでもない。

窓枠に脚を組んで座っているのは、栗色《くりいろ》の長い髪を三つ編みにし、片眼鏡をかけた男——モニカと同じ七賢人、〈結界の魔術師〉ルイス・ミラーである。

ルイスは、このセレンディア学園に防御結界を張った人物なので、一時的に侵入するのは不可能ではない。だが、誰かに見つかるリスクも、それなりにあったはずだ。

慎重なルイスが、リスクを承知で乗り込んで来たのだ。絶対に只事《ただごと》じゃない。

モニカは真っ青になって震えながら訊《たず》ねた。

「きょ、今日って……新年の式典、でしたっけ？」

いつものルイスなら「同期殿は、目を開けたまま寝ているのですね？」ぐらい言うのだが、今日の彼は沈痛な顔で短く告げた。

「非常にまずい事態になりました」

ルイス・ミラーという男は、大抵のまずい事態でも、余裕の笑みを浮かべているか、ヤケクソで笑っているような男である。

そんなルイスが沈痛な顔で言うのだから、これは本当にまずい事態なのだ。

ルイスが片眼鏡を指先で押さえ、告げる。

「〈沈黙の魔女〉モニカ・エヴァレット殿。この度貴女《あなた》は、我が国の第二王子フェリクス・アーク・リディル殿下の護衛に指名されました」

「……？　あのぅ、それって今の状況そのもの、ですよね？」

今まさに、モニカは正体を隠して第二王子の護衛をしている真っ最中である。

非常にまずい事態と言うから、身構えていたモニカは思わず拍子抜けしたが、ルイスはやはり沈痛な顔のまま首を横に振った。

「これは非公式な護衛任務ではありません。公式な護衛任務です」

「……へっ？」

「近日、ファルフォリア王国の使者が、我が国のレーンブルグ公爵領を訪れます。そこで外交取引が行われるのですが、これに第二王子が参加することが決まりました」

隣国との外交取引にフェリクスが出席するのは珍しいことではない。彼は一〇代前半の頃《ころ》から外交の場に立ち、幾つもの重要な取引をまとめてきた実績がある。

「取引の場となるレーンブルグ公爵領は、この国の南東部……竜害警戒地域として指定されています」

だんだん事情が呑《の》み込めてきたモニカは、顔を強張《こわば》らせてルイスに問う。

「ご、護衛って……まさか、その取引の？」

「そうです。しかも公式な護衛任務なので、貴女は第二王子の前に姿を現し、〈沈黙の魔女〉として行動を共にしなくてはなりません」

絶句するモニカに、ルイスは深いため息をついて告げる。

「そして、更に悪いことに……」

「こ、これより悪く、なるんですか⁉」

「悪くなるんです。うちの馬鹿弟子が、その護衛任務に同行することになりました」

ルイスの弟子――即ち、先ほど一緒に買い物をした、あのグレンである。

そして、グレンはモニカが七賢人であることを知らないのだ。

「ど、どうして……そんな、ことに……」

「元々は私と貴女が、この護衛任務を受けるはずだったのですよ。しかし、竜害の予言に怯《おび》えた中央のジジイどもが、〈結界の魔術師〉は王都にいてもらわねば困ると、ゴネやがりまして」

防御結界に関して、この国でルイスの右に出る者はいない。

結界を張る速度だけなら、無詠唱のモニカの方が速いが、結界の強度や規模、持続時間などは圧倒的にルイスが上なのである。故に、ルイスのことを「国の守護神」などと呼ぶ者もいるぐらいだ。

「『おや、そういえば〈結界の魔術師〉殿には、優秀なお弟子さんがいるらしいですなぁ。それならば、護衛任務にはそのお弟子さんを行かせれば良い。これで一件落着ですな、ハッハッハ』……というのが、腐れ大臣どもの意見です。この意見がポーンと通ってしまい、今に至るわけですよ。

ええ」

どうやら学園祭の舞台におけるグレンの大活躍が、国の重鎮達の目に留まったらしい。グレンの活躍を見た彼らは「あんなに優秀なお弟子さんなら、きっと殿下の護衛も務まるでしょう」と考えたのだ。

無論、ルイスは反対したらしいが、現在国内は竜害対策で人手不足。

自分の弟子を行かせるぐらいなら、〈沈黙の魔女〉一人を行かせた方がまだましだ、というルイスの主張は通らなかったらしい。

ルイスの言葉は端々に怒りが滲《にじ》んでいるし、その顔は凶悪に歪《ゆが》んでいる。

だが、モニカはそんなルイスに怯えるどころではなかった。

〈〈沈黙の魔女〉として公式に殿下を護衛？　しかも、グレンさんと一緒に？　正体を隠したままで？〉

どう考えても無謀である。どんなにフードを目深に被《かぶ》って顔を隠しても、口を開けば一発でばれてしまうではないか。

「あ、あのっ、それっ、わたし、喋《しゃべ》ったら、すぐにばれて……」

「なので、貴女には貴女の言葉を代弁してくれる従者をつけることを考えています。どなたか知り合いで、貴女の正体を知っていて、口が固い人間はいませんか？」

悲しいことに、〈沈黙の魔女〉モニカ・エヴァレットに、そんな知人はいない。

モニカの知人でモニカの正体を知っている者となると、バーニー・ジョーンズぐらいだが、伯爵令息で多忙な彼に、従者役をさせるわけにもいかないだろう。

〈そうなると……ネロに人間に化けてもらって、従者役をやってもらうしか……〉

だが、あのネロに従者役が務まるだろうか？

まして、今回はモニカの代弁役もしなくてはならないのだ。不安である。

モニカがキリキリ痛む胃を押さえていると、ルイスもまた、頭痛を堪えるような顔でこめかみを揉《も》んだ。

「とにかく、この件に関しては決定事項です。速やかに従者を選定してください」

「は、はい……」

「うちの馬鹿弟子には、〈沈黙の魔女〉に必要以上に話しかけるな、迷惑をかけるなと、重々言い含めておきます」

「お、お願いします……」

グレンは誰《だれ》に対しても人当たりの良い青年なのだが、それ故に距離が近すぎる。

〈沈黙の魔女〉さんは、なんでフードを被ってるんすか？　なんで喋んないんすか？　――と、興味津々の顔で近づいてくることは容易に想像できた。

「それと、今回は七賢人の正装のローブと杖《つえ》が必要になります。どちらも山小屋にありますね？」

七賢人には、専用のローブと杖が与えられている。

ただ、正体を隠してセレンディア学園に潜入するのに、七賢人専用装備を持ってくるわけにもいかないので、モニカはどちらも置いてきていた。

「時間が惜しいので、リンに回収させてきます。ローブはタンスに？」

「は、はい……」

モニカは少ししか服を持っていないので、洋服ダンスはいつもスカスカである。正装用のローブもそのタンスに突っ込んであるので、探すのはさして難しくはないだろう。

問題は杖である。

「杖はどちらに？　まさか、書類に埋もれているとか？」

「い、いえ……杖は……あまり使わない、ので……」

魔術師の杖は一種の魔導具で、魔力を安定させたり、一時的に増幅させたりすることができる。便利ではあるのだが、正直、七賢人にもなると、杖の補助など必要ないという者が殆《ほとん》どだ。

しかもリディル王国における魔術師の杖は、位が上になるほど長くなるため、魔術師の頂点である七賢人の杖は無駄に長い。

それこそモニカの身長よりも長い上に装飾も多く、場所をとるので、山小屋の中に置いておくと何かと邪魔なのだ。

「そのぅ……杖は、庭の……」

「庭？」

眉《まゆ》を撥《は》ね上げるルイスに、モニカは指をこねながら、小声で言う。

「物干《ものほ》し竿《ざお》がわり、に……」

ルイス・ミラーは、その美しい顔を過去最高に歪めて絶句した。

＊＊＊

セレンディア学園女子寮の廊下を、年若いメイドが早足で移動していた。

彼女の名はドリー。シェイルベリー侯爵令嬢ブリジット・グレイアムに仕えるメイドである。

ドリーは非常にせっかちなので、自身が仕えるお嬢様に伝えたいことがある時、ついつい廊下を走りたくなってしまう性分だ。だが、ここはセレンディア学園なのだからと自分に言い聞かせ、走るのを我慢して上品な早足で歩く。

（わたすが恥ずかしい振る舞いしたら、ブリジットお嬢様の恥になるさー。……気をつけなきゃ）

ブリジットの部屋の前に辿《たど》り着《つ》いたドリーは足を止めると、小さく深呼吸をした。尊敬するお嬢様の前では、落ち着きのある有能な使用人でいたい。

扉をノックし、下町訛《なま》りが出ないように気をつけながらドリーは声をかける。

「お嬢様、失礼いたします」

「入りなさい」

ドリーはそうっと扉を開けて中に入る。

部屋の中にいるのは、ブリジット一人だった。今日は休日なので、制服ではなく落ち着いたデザインのドレスを身につけ、ソファに腰掛けて外国語の本を読んでいる。

艶《つや》やかな金色の髪に、滑らかな白い肌、長い睫毛《まつげ》に縁取られた琥珀色《こはくいろ》の目——ドリーはこんなにも美しい人を他に知らない。

クリクリした黒髪にそばかす顔のドリーにとって、ブリジットは憧《あこが》れの存在だ。

（何度見ても、うちのお嬢様はお美しいさー……。じっちゃは美人は三日で飽きるなんて言ってたけど、毎日見ても飽きないさ）

ついつい見惚《みと》れていると、ブリジットが読みかけの本に栞《しおり》を挟み、ドリーをじっと見る。ドリーの用件を待っているのだ。

ドリーは慌ててポケットからメモを取り出し、落ち着きのある使用人の顔でブリジットに差し出した。

「お嬢様が雇われた探偵から報告です。なんでも、監視対象のモニカ・ノートンが、クレーメのウィンターマーケットに行ったのだとか……」

メモには、ウィンターマーケットにおける、モニカ・ノートンの行動が記録されていた。

ケルベック伯爵令嬢の荷物持ちとして同行するも、途中で癇癪《かんしゃく》を起こした令嬢に買い物を命じられて別行動。その後は、セレンディア学園の男子生徒と遭遇し、しばし一緒に行動。後に、ケルベック伯爵令嬢と合流して女子寮に戻る——特に不審な点は無し、というのが探偵の見解であった。

ドリーが仕えるお嬢様は、最近、このモニカ・ノートンという人物について調査をしている。

モニカ・ノートンは見るからに人畜無害そうな地味で素朴な少女なのだが、彼女が飛行魔術を使うところをドリーは目撃していた。つまり、モニカ・ノートンは魔術師なのだ。

（ブリジットお嬢様がお調べになってるってことは、きっと何か深い事情があるに違いないさ）

ドリーの推理はこうだ。

ケルベック伯爵令嬢イザベル・ノートンはフェリクス殿下に懸想していて、邪魔なライバルを蹴《け》散《ち》らすべく、金に困っていた魔術師を雇った——その貧乏魔術師がモニカだ。

貧乏魔術師のモニカは正体を隠して学園に潜入し、フェリクス殿下とイザベルをくっつけようとしている。そして、その障害となるブリジットを排除しようと企《たくら》んでいるのだ。

(きっとブリジットお嬢様は、悪い魔術師の正体を暴こうとしてるに違いないさー！　ひゃぁ、お嬢様かっこいい！)

ドリーの妄想は、悪い魔術師の正体を見破ったブリジットに、フェリクスが求婚するところまで話が進んでいた。

——悪い魔術師に騙《だま》されるところだった。ありがとう、ブリジット。私の妻になってくれないか？

——ええ、殿下。喜んで。

そうしてフェリクスはこの国の王に、ブリジットは王妃になって、いつまでも幸せに暮らすのだ。

ドリーが内心キャアキャア盛り上がっていると、ブリジットが読み終えたメモを差し出す。

「これは証拠が残らぬよう、処分しておきなさい」

「はい、かしこまりました」

「それと、探偵には冬休みの間もモニカ・ノートンを見張らせなさい。……学園外なら、尻尾《しっぽ》を出す可能性が高いわ」

そう告げて、ブリジットは何事もなかったかのように読みかけの本を開く。

妄想に浸っていたドリーは、すぐに仕事のできるメイドに戻った。

「かしこまりました。探偵に伝えておきます。それとお嬢様、別件でご相談が……先日注文した水色のドレスなのですが、仕立て師が胸元に花の装飾をつけたいと申しております。許可してよろしいですか?」

そのドレスのデザイン案をドリーは見ている。上品で大人びたブリジットによく似合う素敵なデザインだったが、確かに胸元が少し寂しいように思えた。花の装飾をつけたら、きっともっと華やかになるはずだ。

だが、ブリジットは首を小さく横に振る。

「装飾をつけるなら、花以外の物にしてちょうだい」

「かしこまりました。そのように伝えます」

ふと、ドリーは気がつく。

ブリジットの持っているアクセサリーや髪飾りには、花を模した装飾が少ない気がするのだ。

(お嬢様は、お花が好きではないんかなー。花瓶に飾るのは良いけど、身につけるのはお嫌とか?)

内心首を捻《ひね》りながら、ドリーはブリジットの部屋を後にした。


ドリーが出ていった後、一人になった部屋で、ブリジットは己の服の胸元に視線を落とす。

そういえば、今朝《けさ》も別の使用人に勧められたのだった。花のコサージュをつけたら、きっとお似合いだとかなんとか。

確かにこの服に花の飾りは似合うだろう。それでも、ブリジットは胸元を飾る花を望まない。

(あたくしが望む花を用意できるのは、世界でただ一人なのだから)

胸の内で呟《つぶや》き、ブリジットは長い睫毛を伏せて目を閉じる。

——それぞれの事情と思惑を胸に、冬休みが始まろうとしていた。

二章　偉大なる魔女、輝く風を纏《まと》いて降臨す

セレンディア学園前期最終日の式典を終えたレーンブルグ公爵令嬢エリアーヌ・ハイアットは、大急ぎで寮の自室に戻り、身支度をしていた。

この後、エリアーヌは馬車に乗って帰省するのだ。

本当はもっと出発にゆとりを持ちたいところだが、近日、ファルフォリア王国の人間が外交のため、レーンブルグ公爵領を訪問する。

エリアーヌはファルフォリア王国の使者を出迎えるために、急いで帰省する必要があった。

慌ただしい帰省に、いつもなら不満を抱くところだが、今のエリアーヌはこれ以上ないぐらいに上機嫌である。

何故《なぜ》なら、今回の帰省にはフェリクスが同行するのだ。

のみならず、ファルフォリア王国との外交取引のため、フェリクスはしばらくエリアーヌの実家に滞在するのである。

「帽子はやっぱり、この間買った物がいいわ。襟巻きに留めるのは、お母様に貰《もら》った真珠のブローチにして頂戴《ちょうだい》」

年嵩《としかさ》の侍女は慣れたもので、はいはいと頷《うなず》きながら、お目当ての帽子やブローチを取り出す。

化粧を直して髪を結い直したエリアーヌは姿見の前に立ち、己の姿を確認した。

おろしたてのコートと襟巻き、そして最新デザインの帽子。鏡に映っているのは、誰《だれ》もが愛らしいと褒めたくなるような、可愛《かわい》らしい少女である。

（これからフェリクス様と同じ馬車に乗るのだから、完璧《かんぺき》な装いにしなくては）

これは自分の存在をフェリクスにアピールする、絶好の機会だ。

父レーンブルグ公爵が言うには、今回の外交取引をセッティングしたのは、エリアーヌの大伯父にあたるクロックフォード公爵らしい。つまり、これはクロックフォード公爵のお膳立《ぜんだ》てなのだ。

領地に着いたら、フェリクスをどこに案内しようか。レーンブルグ自慢の果樹園も良いけれど、夜の庭園にも案内したい。

エリアーヌの実家の庭園には、魔力を吸う性質の花が植えてある。〈精霊の宿〉とも呼ばれるこの花は、夜になると魔力を放出しながら開花するのだ。

淡い光の粒を放ちながら夜に咲く花——その幻想的な光景をフェリクスと並んで見ることができたら、どんなに素敵だろう。

（絶対にこのチャンスをものにしなくては……！）

半年後、フェリクスはセレンディア学園を卒業してしまう。

エリアーヌとしては、卒業パーティでフェリクスとエリアーヌの婚約発表が行われるところまで、どうにかもっていきたい。だから、このチャンスを逃すわけにはいかないのだ。

それこそ、いざとなったら、既成事実を作ってしまってもいい。

（もし偶然……そう、偶然わたくしの寝室にフェリクス様が迷い込んで……もちろんわたくしはフェリクス様を誘惑するだなんて、はしたないことはしないけれども、もし、フェリクス様が寝間着姿のわたくしに心乱されて、二人はそのまま朝まで……なんていうことも、あるかもしれないわ。ええ、勿論《もちろん》わたくしから誘ったりはしませんのよ。あくまで、フェリクス様からその気になっていただかないと……そのためには侍女に仕込みをさせて……）

フェリクスを自分の寝室に誘導するための策をあれこれ練るエリアーヌに、侍女が声をかける。

「お嬢様、そろそろお時間です」

「ええ、今行くわ」

侍女に微笑《ほほえ》み返し、エリアーヌは寮を出た。

セレンディア学園の前には、帰省のための馬車が何台も並んでいる。その中でも、振動を抑えられる最新の車輪を搭載した一際立派な馬車が、ハイアット家の馬車だ。

フェリクスとは、この馬車の前で待ち合わせをしている。

エリアーヌと同じ馬車にフェリクスが乗り込むのを見た者は、きっと口々に噂《うわさ》するだろう。やはり第二王子はエリアーヌを婚約者に選んだのだ。だから、冬休みをエリアーヌの実家で過ごすのだと。

（ふふ……なんて良い気分かしら！）

エリアーヌはスキップをしたい気持ちを抑え、あくまで深窓の令嬢らしい淑《しと》やかさで前に進み出た。

馬車の前でエリアーヌを待っているのは、誰もが振り向く美しい王子様……と、もう一人。

「あっ、アメーリア役の小さい子！」

「エリアーヌ・ハイアット嬢だよ、ダドリー君」

馬鹿でかい声で失礼極まりないことを言い放ったのは、エリアーヌの王子様ではない。

学園祭の舞台でエリアーヌと共演した、グレン・ダドリーである。

その横に佇《たたず》むフェリクスが、やんわりとエリアーヌの名前を教えてやると、グレンはポンと手を打った。

「あー、そうだった。エリアーヌ、エリアーヌ……で、そのエリアーヌが、なんでここにいるんすか？」

それはこちらの台詞《せりふ》である。

何故、貴族でもなんでもないグレンが、フェリクスと一緒に、ハイアット家の馬車の前で話し込んでいるのか。

しかもグレンが身につけているのは、パリッとしたダークグリーンの制服――あれは、魔法兵団の制服ではないか。

エリアーヌが密《ひそ》かに訝《いぶか》しんでいると、フェリクスがにこやかに微笑みながら口を開いた。

「ダドリー君。彼女はレーンブルグ公爵の御令嬢だよ」

「へー、そうだったんすかー」

公爵令嬢であるエリアーヌはフェリクスのはとこであり、遠縁だが王家の血を引く、高貴な血筋の人間である。

それを軽く流されて、エリアーヌの神経はささくれだった。

「なんか、貴族の名前ってよく分かんないっすね。エリアーヌ・レーンブルグ・ハイアットって名前にしてくれれば分かりやすいのに」

「大抵の爵位は、領地に付随するものだからね」

「そうなんすかー」

「そうなんだよ」

「ところで『ふずい』ってなんすかね？」

これ以上この会話を聞いていたら、頭がおかしくなってしまう。

エリアーヌは引きつりそうになる顔に、可憐《かれん》な笑みを貼り付けた。

「ごきげんよう、フェリクス様。……ダドリー様」

「オレ、堅苦しいのは苦手だからグレンって呼んでいいっすよ！　これから一緒に行動するんだし、気さくに呼んでほしいっす」

「……はい？」

これから一緒に行動するとは、どういう意味か。

戸惑うエリアーヌに、フェリクスが笑顔で告げた。

「今回の滞在にあたって、七賢人の弟子であるダドリー君が、私の護衛につくことになったんだ」

（なんですって？）

絶句するエリアーヌに、グレンは太陽のように眩《まぶ》しい笑顔で言った。

「そういうわけなんで！　しばらくの間、よろしくっす！」

周囲の生徒達は、確かにエリアーヌ達に注目していた。だが、エリアーヌはこんな形で注目されることを望んだわけではない。

羨望《せんぼう》の眼差《まなざ》しではなく好奇の目で見られ、エリアーヌは淑女の笑顔の裏で地団駄を踏んだ。

＊＊＊

席が向かい合わせになった馬車ともなれば、エリアーヌの席はフェリクスの隣と決まっている。決まっているのに、どうしてフェリクスの隣がグレンで、その向かいがエリアーヌなのか。

「フェリクス様、そちらのお席、窮屈ではありませんか？」

エリアーヌがさりげなく気遣うように声をかけると、フェリクスは美しい笑顔で応《こた》えた。

「そんなことはないよ。それにダドリー君は、私の護衛だからね」

護衛が隣に座るのは当然だと言われてしまうと、エリアーヌには何も言い返せない。

あぁ、馬車が揺れた拍子にフェリクスの胸元にもたれてみたり、ちょっとうたた寝をするフリをして肩に寄りかかってみたり、そういう展開を期待していたのに！

エリアーヌが内心歯軋《はぎし》りをしていると、グレンが何かに気づいたようにハッと顔をあげてエリアーヌを見た。

（やっとわたくしの考えていることに気づいたのかしら？　そうよ、気を利かせなさい？）

「心配しなくても、大丈夫っす！　会長だけじゃなくて、エリアーヌのこともバッチリ守るから！」

違う、そうじゃない。

誰《だれ》も貴方《あなた》に守ってほしいなんて思っていませんのよ、という言葉をギリギリのギリギリで呑《の》み込み、エリアーヌは可憐に微笑んでみせた。

「まぁ、グレン様は頼りになりますのね。……ところで、どうして今日はその制服を？」

グレンが着ているのは、魔法兵団の制服だ。だがエリアーヌは、グレンが魔法兵団に所属しているなんて聞いたことがない。

魔法兵団は実戦に強い、魔術師のエリート集団。その殆《ほとん》どが上級魔術師で構成されていると聞く。

「オレ、師匠の伝手《つて》で魔法兵団の訓練に参加させてもらうことがあって、その時に制服借りてるんすよ」

「まぁ、そうでしたの」

つまり、まともな服を持っていないから、借り物の制服で代用したということだろう。

セレンディア学園の制服よりは目立たないし、魔法兵団の制服なら護衛官らしさもある。

エリアーヌが納得していると、グレンが陽気に笑いながら言った。

「ところで、エリアーヌって言いづらいんで、エリーって呼んで良いっすか？」

（良いわけないでしょう）

咄嗟《とっさ》に口走りそうになりつつ、エリアーヌは打算する。

ここでグレンにエリーと呼ぶことを許し、その流れで「フェリクス様もわたくしのことを、エリーと呼んでくれませんか？」とおねだりをしたら、極々自然にフェリクスからエリーと呼んでもらえるのではないか。

エリアーヌは、グレンに否定とも肯定とも言えない曖昧《あいまい》な笑みを向け、そのまま視線をずらしてフェリクスを見た。

「フェリクス様も、わたくしのことを……」

エリーと呼んでくれませんか？　――と最後まで言い終えるより早く、フェリクスの頭がカクンと揺れた。

フェリクスの長い金色の睫毛《まつげ》は伏せられていて、どこか眠たげである。どうやらエリアーヌの話などろくに聞かず、船をこいでいたらしい。

「……あのぅ、フェリクス様？」

「あぁ、すまないね。少し寝不足で……レーンブルグに行くのがとても楽しみで、昨日《きのう》はあまり眠れなかったんだ」

下降していたエリアーヌの機嫌は、フェリクスの言葉で急上昇した。

（まさかフェリクス様が、わたくしの家に来るのを、そんなに楽しみにしていたなんて！）

これは、なかなかに脈有りなのではないだろうか。

エリアーヌはこみ上げてくる喜びを噛《か》み締《し》めつつ、フェリクスを気遣うように言った。

「まぁ、フェリクス様ったら……どうか無理をなさらず、少しお休みになってくださいまし」

「あぁ、お言葉に甘えさせてもらおうかな」

フェリクスは椅子の肘掛《ひじか》けに頬杖《ほおづえ》をついて、目を閉じる。

あぁ、寝ているフェリクス様も素敵、とエリアーヌがうっとりしていると、グレンがエリアーヌの膝《ひざ》をちょんちょんとつついた。

「……何かご用ですか、グレン様？」

「ただ景色《けしき》見てるのも暇だから、ゲームでもどうっすか？　オレ、今日のために実家から色々持ってきたんすよ」

「あの、フェリクス様が寝ていらっしゃるので、あまり騒ぐのは……」

「小声でやるから、だいじょーぶ。ほい、このコインに注目～」

グレンはポケットからコインを一枚取り出すと、それを指先で弾《はじ》いて右手でキャッチした。

そして両手を握ったまま、エリアーヌの前に差し出す。

「コインが入ってるのは、どーっちだ」

「……右手、ですわ」

グレンがにんまり笑って両手を開くと、コインは左手の中にあった。エリアーヌは思わず目を丸くする。

「えっ？　えっ？　どうして？　だって、右手でキャッチしたのを、わたくし見ましたのよ？」

「じゃあ、もう一回～」

グレンは指先でコインを弾いて、右手でキャッチする。エリアーヌは瞬き一つせずに、コインの動きを見ていた。やはりコインは右手で握られたはずだ。

「今度こそ、右手です」

「残念、はずれっす！」

「えぇっ⁉」

エリアーヌは思わず前のめりになって、コインを凝視した。

こういうちょっとした手品は大道芸では珍しいものではないのだが、深窓の令嬢であるエリアーヌは、この手のものに慣れていない。

「ずるいですわ、ずるいですわ。何かこう……魔術を使ったのでしょう？」

「オレ、詠唱してないっすよー」

確かにグレンの言う通りである。

エリアーヌはむむと唇を曲げて、グレンの手元を凝視した。

「もう一回。……もう一回、お願いいたしますわ」

「じゃあ、今度はちょーっと難易度上げてくっすよー」

「あぁっ、まだ、最初のも分かってないのにっ！」


頬杖をついてうたた寝していたフェリクスは、片目を薄く開けてグレンとエリアーヌの様子を眺め、唇に小さな笑みを浮かべて、再び目を閉じる。

二人の会話を聞いているのも、まぁまぁ愉快ではあるけれど、今は少し眠っておきたい。昨日は寝る間を惜しんで、論文を仕上げていたのだ。

（あぁ、レディ・エヴァレットに会ったら、何から話そう……）

初恋の人に会いに行く少年のように胸を高鳴らせながら、フェリクスは幸せな気持ちで微睡《まどろ》む。

「ずるいですわ、ずるいですわ、カードに何か仕掛けが……」

「そんなもん無いっすよー。エリーが駆け引きに弱すぎるだけっす」

「わ、わたくしだって、経験を積めばこれぐらい……」

「ほい、これであがり」

「あぁんっ、もうっ！」

グレンとエリアーヌは、今はカードゲームに夢中になっているらしい。楽しそうでなによりである。

(ダドリー君が来てくれたのは、幸運だったな)

どうやら想定以上に、楽しい冬休みになりそうだ。

＊＊＊

レーンブルグ公爵領はリディル王国南東部に位置する、森林や果樹園の多い、温暖で肥沃《ひよく》な土地である。

レーンブルグ公爵の屋敷は、森林と果樹園の狭間《はざま》の少し小高い土地に建つ、白い壁の美しい建物だ。

そんな屋敷の裏にある厩舎《きゅうしゃ》で、一人の男が槌《つち》を振るい、脆《もろ》くなっていた扉を修理していた。

男が身につけているのは、屋敷で用意された仕立ての良いお仕着せだ。今日は暖かいので、上着を脱いで袖捲《そでまく》りをしており、腰のベルトからは工具袋をぶら下げている。

男は作業を一通り終えると、木製の扉を何度か開閉した。先ほどまではギシギシと軋《きし》んでいた扉が、今は音も無く開閉する。

仕上げに冬至用のリースを飾り、男は満足気に笑った。

「わっはー！　まぁ、こんなもんかな」

男の名はバルトロメウス・バール。故郷を捨てて、その日暮らしをしていた技術屋崩れである。

バルトロメウスが使っていた道具をベルトに下げた工具袋に戻すと、近くで作業を見守っていた若いメイドが、ペコペコと頭を下げた。

「ごめんなさい、もっと早くに直しておくよう、執事のレストンさんに言われてたのに、私、すっかり忘れてて……」

「いいってことよ。また困ったら言ってくれよな」

バルトロメウスがウィンクをすると、メイドは何度も頭を下げながらその場を立ち去る。

バルトロメウスは、最近この屋敷に雇われたばかりの下働きだ。小器用な男なので、屋敷の修繕や、ちょっとした繕い物の手伝いを頼まれることも多い。

雑用係と言われてしまえばその通りだが、そもそもその日暮らし時代にやっていたことも雑用なので、特に苦ではなかった。雑用をこなすだけで安定した給金が貰《もら》えるなんて、最高ではないか。

バルトロメウスが鼻歌混じりに厩舎を離れようとすると、木の陰から一人の男が現れた。

灰色の髪を撫《な》でつけ、髭《ひげ》を生やした、痩《や》せぎみの男――従僕のピーター・サムズだ。

ピーターは優しげな顔で目を細めて、バルトロメウスが直した厩舎の扉に目を向ける。

「相変わらず器用ですねぇ、バルトロメウス君」

「へぇ、それぐらいが取り柄なもんで」

バルトロメウスは愛想笑いを浮かべつつ、その場を立ち去ろうとした。

目の前にいるこの一見して六〇過ぎの穏やかそうな従僕が、バルトロメウスはあまり得意ではない。この男は優しそうな顔で、いつもチクリと嫌味を言ってくるのだ。今もそうだった。

「メイドにいい格好をするのは結構ですけど、彼女は若い馬丁と恋仲ですよ、バルトロメウス君」

どうやらピーターは、先ほどの年若いメイドに、バルトロメウスが懸想していると邪推している

何でも屋
バルトロメウス

らしい。

（仕入れた噂《うわさ》を吹聴したくて仕方ねぇんだろうなぁ……）

ピーターはこの屋敷の使用人の中では比較的勤続年数の浅い男だが、噂好きで、使用人達の人間関係に詳しい。

この男に変な誤解をされぬよう、バルトロメウスはヘラリと軽薄な笑みを浮かべて、黒髪をかいた。

「そいつぁ、邪推ってもんですぜ、ピーターじいさん。俺にはもう心に決めた女神がいるんで」

そう言ってバルトロメウスは、彼の心を奪った女神の姿を脳裏に思い描く。

人形のように美しい顔立ちに、サラサラの金髪。しなやかな肢体によく似合うメイド服と、エプロンの上からでも分かる豊かな胸。

すらりと伸びた手足は細く、それなのにバルトロメウスの体をしっかりと抱きかかえていた。

コールラプトンの祭りの夜、バルトロメウスを救ってくれた美貌《びぼう》のメイド。

詠唱も無しに風を操った彼女の正体を、バルトロメウスは知っている。

——七賢人が一人、〈沈黙の魔女〉モニカ・エヴァレット。

彼女にもう一度会いたい一心で、バルトロメウスはこうしてリディル王国に残り、せっせと金を稼いでいるのだ。

実のところ、少し前にセレンディア学園の制服作りという依頼を受け、バルトロメウスの懐はそこそこ潤っていた。

しかし、その金を更に増やそうと賭博《とばく》に手を出し……あとはお察しである。

（それでも、俺はついてるぜ。金払いの良い雇用主を見つけた上に……〈沈黙の魔女〉にもうすぐ会えるなんてなぁ！）

今日からしばらく、この屋敷に第二王子が滞在するのだが、その護衛として〈沈黙の魔女〉がやってくるというのだ。

これはきっと、自分の普段の行いが良いからだろう。バルトロメウスがうんうん頷《うなず》いていると、初老の執事が早足でこちらにやってきた。

白髪《しらが》交じりの薄い金髪の執事で、名をレストンと言う。

この屋敷で最も主人から信頼されている男で、セレンディア学園の学園祭帰りの馬車にも同乗していた。

通りすがりのバルトロメウスが馬車を修理することに、最も難色を示していた人物であり、同時に、馬車を修理した後は、誰《だれ》よりも丁重に礼を言った人物でもある。

部下に厳しいと有名なレストンは、鋭い目でバルトロメウスとピーターを睨《にら》み、命じた。

「何をサボっている。エリアーヌお嬢様がお帰りになられた。全員、持ち場につきなさい」

（……へぇ？）

レストンの言葉に、バルトロメウスは愛想笑いを浮かべたまま目を眇《すが》めた。

事前に聞いた話だと、エリアーヌは第二王子のフェリクス殿下と一緒に屋敷に帰ってくるはずだ。

それなのに、執事のレストンは「フェリクス殿下が到着された」ではなく、「エリアーヌお嬢様がお帰りになられた」と言った。

つまり長年この屋敷に仕えているレストンにとって、最優先は小さい頃《ころ》から面倒を見てきたお嬢様というわけだ。

（こいつぁ、可愛《かわい》い可愛いお嬢様に何かあったら、大変なことになりそうだ）

お嬢様に粗相をしないようにしよう、と密《ひそ》かに決意を固めていると、神経質なレストンがバルトロメウスに命じる。

「それと、もう間もなく〈沈黙の魔女〉様もご到着されるだろうから、応接室の最終点検を……」

「へい！　それは是非とも俺が！　バッチリ点検しておきますぜ！」

前のめり気味に言うバルトロメウスに、レストンは少し気圧《けお》されたような顔をしたが、小さく咳《せき》払《ばら》いをして頷く。

「やる気があるなら結構。くれぐれも、お嬢様達に失礼のないように」

レストンは厳格で堅物だからこそ、やる気のある人間を評価してくれる執事だ。

態度を和らげるレストンとは対照的に、ピーターがほんの少しだけ疎ましげに、バルトロメウスを見る。

優しげと優しいは別物だ。この老人はいかにも優しげな顔をしているが、自分以外の誰かが評価されると、すぐに笑顔の下でそれを妬《ねた》む。

やたらと噂に詳しいのも、周囲の評価を気にして、噂を集めて回っているからこそなのだろう。

これ以上、面倒な老人に絡まれるのも嫌なので、バルトロメウスはそそくさとその場を後にした。

今は、どうやって〈沈黙の魔女〉に近づくかを考えなくては。

＊＊＊

フェリクスがレーンブルグ公爵の屋敷に到着したのは、セレンディア学園を発って三日目の昼過ぎであった。

道中はグレンがいたおかげで、退屈せずに済んだ。

なんといっても、いつもフェリクスに構ってほしがるエリアーヌが、今回はずっとグレンに振り回されていたのだ。おかげで、フェリクスは大変楽をすることができた。

「は～、着いた着いたぁ。時間潰《じかんつぶ》しのゲーム、いっぱい持ってきて良かったっす！　エリー、まだ拗《す》ねてるんすか？」

「別に負けたことが悔しいなんて、思ってませんのよ……これはあくまで、市井の方々の文化を知るための社会勉強の一環であって、全然これっぽっちも悔しくなんて……」

グレンがエリアーヌに構っているのか、エリアーヌがグレンに構っているのかは、判断に悩むところであるが、仲が良くてなによりである。

屋敷の前に到着し、馬車を降りたところで、一行を使用人達が出迎えた。

真っ先に前に進み出たのは、白髪交じりの金髪をきちんと撫でつけた初老の執事と、灰色の髪の老従僕だ。

「ようこそお越しくださいました、フェリクス殿下。お帰りなさいませ、エリアーヌお嬢様」

「お荷物をお持ちいたします、フェリクス殿下」

挨拶《あいさつ》をする執事と老従僕の顔を何気なく眺めたフェリクスは、僅《わず》かに首を捻《ひね》る。

灰色の髪の老従僕の顔を、どこかで見たような気がするのだ。

「君の顔には見覚えがあるな。以前、お祖父《じい》様の屋敷にいなかったかい？」

フェリクスの言葉に、老従僕は驚いたように目を見開いた。

その顔に一瞬、焦りのような苦い表情が浮かぶも、男はすぐに取り繕い、使用人らしく頭を下げる。

「覚えていただき光栄です、はい。わたくし、ピーター・サムズと申します。以前はクロックフォード公爵のお屋敷で、お世話になっておりました」

クロックフォード公爵とレーンブルグ公爵は親交が深いし、使用人が他家に紹介されることは珍しくない。

ただ、従僕が一瞬見せた焦りのような表情が、フェリクスはやけに気になった。

もしかしたら、クロックフォード公爵の下で何かしらの粗相をして、他家に送られたのかもしれない。或《ある》いは、クロックフォード公爵とレーンブルグ公爵の連絡役か。

まぁ、それはこの場で指摘するようなことでもないだろうと判断し、フェリクスは本題を切り出す。

「今日からお世話になるよ、よろしく。……ところで〈沈黙の魔女〉は、もう到着しているのかい？」

「いいえ、まだお見えになっておりませんが…………あっ」

ピーターが何かに気づいたような顔で、上空に目を向けた。

つられてフェリクスやグレン、エリアーヌも空を見上げる。

薄い雲が広がる灰色がかった空に、黒い影が見える。杖《つえ》にまたがった小柄な女性と、大柄な男のシルエットだ。

杖に二人乗りをしたその影は、一度大きく空を旋回した。そのまま、高く高く上昇し——その真上に輝く門が現れる。

グレンがギョッと目を見開き、声をあげた。

「ええっ⁉　あれって、まさか……っ」

グレンの言葉を引き継ぐように、フェリクスはその奇跡の名を口にする。

「……精霊王、召喚」

輝く門が開き、門の奥から光の粒子を伴う風が巻き起こる。あれは、風の精霊王シェフィールドの力の一部だ。

奇跡を起こした魔女は、従者らしき黒髪の男を背後に従え、ゆっくりと空から降りてきた。

金糸の刺繍《ししゅう》を施した美しいローブ、七賢人だけが持つことを許される、身の丈を超える長さの杖。

フードを目深に被《かぶ》ったその顔は、口元にヴェールを着けており、表情までは分からない。

フェリクスは高鳴る胸を服の上から押さえ、感嘆の吐息が零《こぼ》れそうになるのを必死で堪《こら》えた。

煌《きら》めく風を纏《まと》い、精霊王の御使《みつか》いの如《ごと》き美しさで現れたのは、彼が焦がれ続けたこの国の英雄。

リディル王国における魔術師の頂点、七賢人が一人——〈沈黙の魔女〉。

＊＊＊

〈沈黙の魔女〉として正式に護衛任務を命じられたモニカは、レーンブルグ公爵の屋敷に赴くにあたり、幾つかの偽装工作をしなくてはならなかった。

まずセレンディア学園を発つ時、周囲に疑われぬよう、帰省するイザベルと同じ馬車に乗る。そして、ケルベック伯爵領に向かう途中の宿で、イザベルが手配した身代わりと入れ替わった。

正直、そこまでする必要があるのか、とも思ったが、これに関してはイザベルが「徹底するべきです」と強く主張したので、モニカはそれに従った。

そうしてイザベルと別れた後、モニカは荷物袋に隠していたネロと共に、レーンブルグ公爵領を目指したのである。

だが、途中までケルベックを目指して、そこからレーンブルグに向かっては、フェリクスに追いつくことはできない。

ルイスの契約精霊であるリンがいれば、風の魔法でひとっ飛びだが、リンはルイスと共に王都の防衛にあたっており、今回はモニカを手伝えない。

そこでモニカが選んだ移動手段が、飛行魔術だ。

モニカの飛行魔術はまだ小回りが利かないし、離着陸が不安定だが、ただ真《ま》っ直《す》ぐ飛ぶだけなら、それなりの時間維持していられる。

「へぇ、前よりもだいぶ上達したじゃねーか」

モニカの肩にしがみついた黒猫姿のネロが、にゃっふんゴロゴロと機嫌良く喉《のど》を鳴らす。

モニカは真っ直ぐに前を向いたまま、頷いた。

「わたし、気づいたの。ゆっくり飛ぶより、勢いよく飛ぶ方が、バランスとりやすいって」

飛行魔術に不慣れな頃《ころ》は、体を上下に動かしてバランスを取っていたが、今は真っ直ぐ飛ぶだけならその必要もない。

まだ安定はしていないが、悲鳴をあげて杖にしがみついていた頃を思えば、大成長である。

飛行魔術は消費魔力が大きいので、モニカは合間合間に休憩を挟みながらレーンブルグ公爵の屋敷を目指した。

やがて広葉樹の森が広がる地域に入ったところで、果樹園と森の合間にある小高い土地に、立派な屋敷が見えてきた。

事前に地図で確認してあるから間違いない。あれがレーンブルグ公爵の屋敷だ。

モニカは改めて自分の格好を確認した。

七賢人のローブに着替えたし、念のために口元をヴェールで隠している。フードも目深に被っているし、迂闊《うかつ》に口を開かなければ、正体がばれることもないだろう。

その時、モニカの肩の上で、ネロが思い出したように呟《つぶや》く。

「あ、そういや、今回はオレ様、お前の従者役なんだよな？」

「う、うん」

今回、口を利くことができないモニカのために、ネロが人に化けて従者の振りをすることになっている。もし、誰かに話しかけられたら、ネロに会話を代行してもらうのだ。

なにより人に化けたネロは大柄な青年だから、モニカが陰に隠れるのに都合が良い。

「だったら、あの屋敷に着く前に、人の姿になっておいた方がいいよな」

「うん、そうだね……」

それじゃあ一度着陸するから、とモニカが言うより早く、杖の後ろがズシリと重くなる。

「え」

モニカの肩に、背後から手が回された。猫の手じゃない。人間の男の手だ。

「これでよし」

いつのまにやら、ネロは人間の青年の姿に化け、モニカの後ろで杖に座っていた。

モニカはさぁっと青ざめる。

「ま、まま、待って……まだわたし、二人乗りはぁ……っ！」

真っ直ぐに飛んでいたモニカの体が傾き、上下に激しく揺れだした。

未熟なモニカの飛行魔術では、成人男性との二人乗りはあまりに負担が大きすぎたのだ。

「ネネネネネネロぉぉぉ、猫っ、猫っ、猫に戻ってぇぇぇっ」

「この状態でか⁉　猫の手じゃ、オレ様、振り落とされるだろーが！」

「ひぎゃあああああっ！」

モニカとネロは杖に二人乗りをしたまま、大きく空を旋回する。

このままでは落ちる。落ちるのが駄目なら、とにかく上を目指せば良い——そう考えたモニカは
ひたすら上を、上を目指した。

「いやお前、どうすんだよこれぇぇぇぇぇっ⁉」

「ひぃぃぃぃんっ、うぇっ、わぁぁぁぁん！」

降り方が分からなくなり、パニックになったモニカは考えた。

とにかく安全に降りたい。安全に降りるために必要なのものは何か？　精緻《せいち》に操れる風の魔術だ。

そして、モニカが使える中で、最も正確に風を操れる魔術と言えば……。

「七賢人が一人、〈沈黙の魔女〉モニカ・エヴァレットの名の下にっ、開け門んんんっ！」

——風の精霊王召喚。

冷静に考えれば、もっと簡単な対処方法はいくらでもあったのだが、パニックになったモニカは、これしかない、と己にできる最高位の魔術を展開する。

「静寂の縁より、現れ出《い》でよっ、風のっ、精霊王っ、シェフィールドぉぉぉぉ」

不慣れな飛行魔術と、最高位魔術である精霊王召喚の同時維持は無理だ。

モニカは飛行魔術を解除し、自身とネロの体を煌めく風で包んで、ゆっくりりと安全に下降する。

かくして、これ以上ないほど魔力と技術を無駄遣いして、〈沈黙の魔女〉モニカ・エヴァレットはレーンブルグの地に降り立ったのだ。

後に、この光景を目撃した人々は語る。

偉大な〈沈黙の魔女〉様が精霊王の風を纏い、空より降臨なされた、と。

＊　＊　＊

レーンブルグ公爵の屋敷の前には、ちょっとした人だかりができていた。

フェリクスとエリアーヌを出迎えに来た使用人だけでなく、屋敷の中にいた者達まで、精霊王召喚という大魔術の珍しさに様子を見に来たのだ。

そして、その人だかりの最前列にいるのは、モニカの護衛対象である、第二王子フェリクス・アーク・リディル。

精霊王召喚を解除し、門を消したモニカは、慌ててフードの端を押さえた。素顔を見られたら、極秘の護衛任務の方に支障が出る。

正直、今の空の一幕で全《すべ》ての気力を使い果たした気分だが、本番はここからなのだ。

これから自分は、モニカ・ノートンと同一人物であると気づかれないようにしながら、フェリクスを護衛しなくてはならない。

まずはネロに挨拶をしてもらおう、とモニカが考えたその時、フェリクスが目を見開いてネロを凝視した。

「君は……！」

驚きを隠せない様子のフェリクスを、エリアーヌとグレンが不思議そうに見つめている。

モニカもそうだった。フェリクスは何に驚いているのだろう？

そんな中、ネロがニヤリと笑って口を開いた。

「そういや、王子には一度会ったことがあったな」

（……へ？）

フェリクスが驚いた様子を見せたのは、ほんの短い時間だった。彼はすぐに、完璧《かんぺき》な王子様に相応《ふさわ》しい優雅さでネロに笑いかける。

「やぁ、久しぶり。バーソロミュー・アレクサンダー殿」

「いかにも、オレ様が〈沈黙の魔女〉の従者、バーソロミュー・アレクサンダー様だ」

モニカは、口から心臓が飛び出すんじゃないかというぐらい驚いた。

(待って、待って、待って、待ってぇぇぇっ⁉)

モニカがネロのローブの裾《すそ》をグイグイ引くと、ネロはニヤニヤしながらモニカを見下ろす。

「おう、どうしたよ、ご主人様」

モニカはネロを連れて屋敷の門の陰に引っ込むと、小声で訊《たず》ねた。

「なっ、なんで、ネロが殿下と知り合いなの⁉」

「んぁ？　言ってなかったか？　ほら、お前が潜入任務始めたばかりの頃《ころ》、ヒンヤリが森ん中で暴走してぶっ倒れたことがあったろ？」

ネロの言うヒンヤリとは、氷の魔術の使い手であるシリル・アシュリーのことである。

つまりネロは、シリルが魔力中毒で暴走した時のことを言っているのだろう。

だがそれは、モニカが生徒会役員になったばかりの頃——三ヶ月も前の話ではないか。

何故《なぜ》、そこまで話が遡《さかのぼ》るのか？　混乱するモニカに、ネロはあっさりした口調で言う。

「オレ様、ヒンヤリを男子寮に運んでやった時に、王子と遭遇したんだよ」

「きっ、聞いてないっ！」

あの時、気絶したシリルをネロが男子寮まで運んでくれたのは覚えている。

まさか、その時にフェリクスと遭遇していたなんて！

（あの時、ネロは「運んでおいたぜ」しか言ってなかったのにぃぃぃ！）

もし、ネロが人型でフェリクスと会っていることを知っていたら、モニカは絶対に従者役なんて任せたりしなかった。

「しかも、バーソロミュー・アレクサンダーって、なに⁉　別の偽名、考えてたよねぇ⁉」

バーソロミュー・アレクサンダーは、有名な冒険小説の主人公の名前である。そんなの誰《だれ》が聞いても偽名だし、怪しさ満点ではないか。

だが、ネロは悪びれもせず、あっけらかんと言った。

「偽名なー、あー、うん、忘れた。だってオレ様、興味のない人間の名前、覚えられねーもん」

「せめて、自分の偽名ぐらいは覚えて⁉」

「いいだろ、バーソロミュー・アレクサンダーで。これなら、オレ様絶対に間違えないぜ！」

モニカは両手で顔を覆って、膝《ひざ》から崩れ落ちた。

だが、ネロは何も問題ないと言わんばかりの堂々とした態度だ。

「別に大騒ぎすることじゃないだろ、だって、この任務が始まってから、オレ様の人型を見てる奴《やつ》なんて、ほんの一部だぜ」

確かにネロの言う通りだ。モニカ・ノートンと青年姿のネロが、行動を共にしているところを見ているのは、任務協力者を除けば、〈螺炎《らえん》〉による暗殺未遂の時のケイシー、チェス大会の時のバーニー、この二人だけである。

人に化けたネロと、モニカ・ノートンを繋《つな》げて考える人間は、少なくともこの場にはいない。

「三ヶ月前に殿下と会った時、わたしの名前、出してないよね？」

「出すわけねーだろ。オレ様賢いもん」

「その時に何を話したかは、あとでじっくり聞かせてもらうけど……とりあえず、今は真面目《まじめ》に従者してね？」

しつこく念を押すと、ネロは得意げに「おぅ、任せろ」と胸を叩《たた》いた。

不安だ。不安しかないが、フェリクス達を屋敷の前に立たせたまま、放置しておくわけにもいかない。

モニカはフードを目深に被り直し、緊張に震える足を動かして、フェリクスの前に進み出た。

そして右膝《みぎひざ》をついて杖《つえ》を置き、右手を地に置いた杖、左手を胸元に当てて、こうべを垂れる。

七賢人になったばかりの頃、ルイスに叩き込まれた魔術師の最敬礼だ。

だが、モニカが膝をついているというのに、ネロはモニカの横で踏ん反り返っているではないか。

（ネロ!?）

モニカが横目にネロを見上げて焦っていると、ネロが踏ん反り返ったまま言った。

「こいつがオレ様の主人の〈沈黙の魔女〉だ。名前の通り喋《しゃべ》らない主人だから、取り次いでほしい時は、オレ様に言え」

主人よりも態度のでかい従者に、その場にいる誰もが唖然《あぜん》としている。

フェリクスが苦笑混じりに口を開いた。

「主人が膝をついているのに、君は立ったままで良いのかい？」

「なんで、オレ様がお前に膝をつくんだ？　オレ様の主人は〈沈黙の魔女〉で、お前じゃねぇんだぞ」

「七賢人の上に立つのが王族だとしても?」

「オレ様、王族だろーが、なんだろーが、自分よりすげー奴にしか、膝なんてつかねぇよ」

(ネーーローーー!)

モニカは無言で立ち上がり、ネロの背中を拳《こぶし》でポカポカ叩いた。

(殿下に! 失礼なのは! 駄目でしょ!)

モニカの言いたいことを察したのか、ネロは不満そうに唇を尖《とが》らせている。

モニカはネロの頭を下げさせようとしたが、小柄なモニカではどんなに手を伸ばしても、長身のネロの頭に手は届かない。

モニカが奮闘していると、フェリクスがフフッと息を吐いて、楽しそうに笑った。

あれだけネロが失礼なことを言ったにもかかわらず、怒りも不快感も見せない大人の態度だ。

「そうか。では、いつか君が膝をつきたくなるような存在になるべく、努力しよう」

「おぅ、頑張れ」

モニカは無詠唱魔術を使って、問答無用でネロの頭上で風を起こした。風の塊に頭上から押しつぶされたネロは、「フギャッ!?」と悲鳴をあげて地面に這《は》いつくばる。

あぁ、早くフェリクスに謝罪をしなくては。王家の人間に対して、あの振る舞い。不敬罪と断じられても文句を言えない。

だが、焦るモニカとは裏腹に、フェリクスは感極まったような顔でモニカを見つめている。

「今のが、無詠唱魔術……」

ポツリと呟き、フェリクスはモニカに優雅な一礼をする。

「式典で何度かお見かけしましたが、こうして直接挨拶《あいさつ》をするのは初めてですね、レディ」

（良かった、殿下は怒ってない！　優しい！）

こっそり胸《むね》を撫《な》で下《お》ろすモニカに、フェリクスは美しくもどこか恍惚《こうこつ》とした笑みを浮かべ、小声で囁《ささや》く。

「学園の森で、シリルを助けてくれたのは、やはり貴女《あなた》だったのですね」

「――――!?」

モニカは声をあげそうになるのを必死で堪《こら》えた。

学園の森でシリルを助けた――それは、モニカがセレンディア学園に編入したばかりの頃、魔力中毒で暴走したシリルを助けた事件だ。

（わぁぁぁぁ、殿下があの時、ネロと会ってたんなら、そうなるよねぇぇぇ!?　こ、これって、どういう態度をとるのが正解なのぉぉぉ!?）

フェリクスは動揺するモニカの手を取り、その手の甲に口づけを落とす。

「貴女にお会いできて、光栄です」

〈沈黙の魔女〉を見るフェリクスの頬は紅潮し、碧《あお》い目はうっとり蕩《とろ》けていた。まるで、恋する青年のように。

彼が〈沈黙の魔女〉について熱弁を振るう姿は何度か目にしているけれど、こうして実際に接していると、胃が絞られるような心地《ここち》がする。

モニカがヴェールの下で口元を引きつらせていると、エリアーヌが苛立《いらだ》たしげに声を張り上げた。

「レストン！　まずは、到着したばかりの皆様をご案内して、その後はお茶をご用意してさしあげて！」

「はい、お嬢様」

公爵令嬢の命令に使用人達は速やかに反応し、一行を屋敷へと促す。

フェリクスの手から解放されたモニカは、早鐘を鳴らす心臓をローブの上から押さえた。

どうしよう、このままだと緊張のあまり吐きそうだ。

声を殺して、ふぅふぅと荒い息を吐いていると、フェリクスがモニカに話しかける。

「さぁ、行きましょう。レディ」

（わたしの胃……最終日まで、もつかなぁぁぁ……？）

モニカは杖を胸に抱き、俯《うつむ》き縮こまりながら、一行の後に続いて屋敷へ向かう。

「おいこら、オレ様を置いていくな！」

慌てて起き上がったネロが、文句を言いながら、その後を追いかけた。

三章　秘伝の三番の行方《ゆくえ》

屋敷の中に荷物を運び込んだり、レーンブルグ公爵に挨拶をしたり、といったことが一段落したところで、一行はゆったりとした広い部屋に案内された。

どうやら、ここで寛《くつろ》ぎながら歓談してください、ということらしい。

肉屋の倅《せがれ》のグレン・ダドリーは入り口の辺りに立ったまま、ソワソワと落ち着きなく室内を見回した。

（すっごい屋敷だなぁ……）

レーンブルグ公爵の屋敷は、外装も内装もとにかく豪華だ。壁紙もカーテンも柄と装飾が多くて、見ているだけで目がチカチカしてくる。

そんな室内で寛いでいるのは、フェリクスと〈沈黙の魔女〉、そしてその従者のバーソロミュー・アレクサンダーという男だった。

このアレクサンダーという男が、また胡散臭《うさんくさ》いのだ。

〈沈黙の魔女〉の従者を名乗っているが、主人よりも態度がでかいし、身につけているのはやけに古風なローブだし、名前は明らかに偽名だ。

『バーソロミュー・アレクサンダーの冒険』シリーズは、グレンでも知っている人気の冒険小説だ。

その主人公の名前を名乗るなんて、あまりにも怪しい。怪しすぎる。

おまけにこの男、ソファに踏ん反り返って、呑気《のんき》に大あくびをしている。この場にいる誰《だれ》よりも態度がでかいのだ。

一方、その主人である〈沈黙の魔女〉は、ソファの隅にちんまりと座って、じっとしていた。

（この小さい子が、〈沈黙の魔女〉……）

先ほど目にした、精霊王召喚の魔術を思い出し、グレンはゴクリと唾《つば》を飲む。

この護衛任務を師から言い渡された時、グレンは〈沈黙の魔女〉に関する、恐ろしい話を聞いたのだ。

＊＊＊

冬休み前の休日、ウィンターマーケットに行き、冬精霊の氷鐘《オルテリア・チャイム》を鳴らしてきた日の夜、グレンは寮監から呼び出しを受けた。

なんでも師であるルイスが、グレンを訪ねてきたのだという。

かくして、セレンディア学園男子寮にある面会室に足を運んだグレンは、己の師〈結界の魔術師〉ルイス・ミラーから、第二王子護衛任務を言い渡されたのだ。

ルイスから概要を聞いたグレンは、密《ひそ》かに張り切った。

魔術の修行がんばるぞ、と冬精霊の氷鐘《オルテリア・チャイム》に誓いを立てたその日に、王子様の護衛に任命されるなんて、なんだか運命を感じる。

なにより、護衛対象であるフェリクスには、いつも色々とお世話になっているのだ。こっそり肉を焼くのを見逃してもらったり、調理器具置き場を融通してもらったり。

「そういうことなら、オレ、頑張るっす！」

「……やる気があるのは結構」

応じるルイスは、どことなく疲れた顔をしていた。おそらく、グレンがこの護衛任務をすることに、あまり乗り気ではないのだろう。

「今回の護衛任務、お前はあくまで補助です。同行する七賢人の指示に従うように」

「同行する七賢人……えーと……〈なんとかの魔女〉さん、っすよね？」

グレンの呟《つぶや》きに、ルイスはピクリと頬を引きつらせた。

片眼鏡の奥で、灰色がかった紫の目がギラリと鋭く輝く。

「グレン、お前……まさかと思いますが、七賢人全員の名前ぐらいは言えますよね？」

「うっ、し、師匠と……〈星詠みの魔女〉さんと……」

グレンは視線を彷徨《さまよ》わせながら、指を折る。折った指は二つで止まった。

ルイスは眉間《みけん》に指を添え、悲痛な顔でため息をつく。

「七賢人の弟子が七賢人の名前を言えぬとは、なんと嘆かわしい。良いでしょう、お前がレーンブルグ公爵の前で恥をかかぬよう、七賢人について説明してあげます。そのスッカスカの頭に、しっかり叩き込みなさい」

はーい、と返事をしてグレンがお行儀の良い犬のように姿勢を正すと、ルイスは指を一本立てた。

「まず一人目。お前も知っている〈星詠みの魔女〉メアリー・ハーヴェイ。この国一番の予言者であり、占星術の達人。あの見た目で七賢人最年長。目が合った美少年は、とりあえず持ち帰りたがる美少年好きです」

「オレは美少年じゃないから、セーフっすね」

ルイスは二本目の指を立てる。

「次に二人目。〈茨《いばら》の魔女〉ラウル・ローズバーグ」

「魔女なのに、男の人みたいな名前っすね」

「男ですよ。〈茨の魔女〉は屋号のようなものです」

魔術の名家では、魔術師としての称号を当主が襲名することがある。

ラウル・ローズバーグは、五代目〈茨の魔女〉なのだ。

「五代目〈茨の魔女〉は現在の我が国において、最も保有魔力量が多いバケモノですが、そのくせ、あまり魔術を使わず、呑気に植物の研究をしている才能無駄遣い野郎です。目が合うと自家製野菜を押し付けてきます」

「近所のおばちゃんに、そういう人いるっすね」

グレンの平和なコメントを聞き流し、ルイスは三本目の指を立てる。

「三人目。〈深淵《しんえん》の呪術師〉レイ・オルブライト。若い女性と目が合うと、突然『俺のこと愛してる？』と言って詰め寄る不審者です」

「オレは女の子じゃないんで、大丈夫っすね」

「四人目。〈砲弾の魔術師〉ブラッドフォード・ファイアストン。『ドッカン、ドッカン』が口癖のオッサンで、目が合うと魔法戦を挑んでくる戦闘馬鹿です」

「……師匠、だんだん説明が面倒臭くなってきたんすね？」

半眼になるグレンに、ルイスがさも当然のような顔で頷《うなず》く。

「よく分かっているではありませんか。はい、五人目。〈宝玉の魔術師〉エマニュエル・ダーウィン。付与魔術が得意な魔導具作りの達人。金にがめつく貴族に取り入るのが上手《うま》い、典型的な小悪党です」

悪意に満ちた説明だが、話を聞いている限り、今までで一番まともな人物に聞こえるとグレンは思った。

ルイスは顔をしかめ、ぼやくような口調で続ける。

「ちなみに〈宝玉の魔術師〉は、クロックフォード公爵にべったりの第二王子派で、私のことを目の敵にしています。お前は私の弟子だから、目が合ったら確実に因縁をつけられることでしょう」

〈宝玉の魔術師〉は七賢人の中で最も政治色が強く、第一王子派のルイスとは天敵なのだという。

グレンは政治のことなどよく分からないが、第二王子があの生徒会長だということぐらいは流石《さすが》に知っていた。

（あれ？　じゃあ、第一王子派の師匠は、会長とは敵なのかな？）

グレンはあの生徒会長に恩があるので、できれば敵対したくないなぁ、というのが本音である。

実家の肉を美味《おい》しく食べてくれる人に、悪人はいない……と思いたい。

（でも、会長はオレのことを〈結界の魔術師〉の弟子って知ってるはずだし……もしかして、オレのことも敵って思ってるのかなぁ）

そうだとしたら少し寂しい。グレンは、平民である自分を馬鹿にしない、あの生徒会長が割と好きなのだ。

グレンが腕組みをして唸《うな》っていると、ルイスが六本目の指を立てた。

「そして六人目、今回、お前と共に第二王子護衛任務にあたる最年少の七賢人、〈沈黙の魔女〉モニカ・エヴァレット」

「オレの友達に、同じ名前の子がいるっす」

「限りなく偶然です。どこにでもある名前でしょう」

確かにモニカは珍しい名前ではない。そういう偶然もあるのだろう、とグレンはあっさり納得した。それに友人と同じ名前なら、覚えやすくて良い。

「〈沈黙の魔女〉は私と同時に七賢人になった、いわば同期。現存する魔術師の中で唯一の、無詠唱魔術の使い手です」

「あ、思い出した！　七賢人選考の魔法戦で、師匠をボッコボコにした……」

ルイスは美しく微笑《ほほえ》みながら、グレンの脛《すね》を蹴《け》った。大人げない。

グレンは痛む脛をさすり、恨めしげにルイスを見ながら問う。

「つまり〈沈黙の魔女〉さんって、師匠よりおっかないんすか？」

「………………」

ルイスは両手の指を組むと、これ以上ないぐらい真剣な顔で頷いた。

「お前の言う通り、〈沈黙の魔女〉は大の人嫌いで、無慈悲で残酷。無詠唱魔術を操り、一瞬で敵を屠《ほふ》る、極めて強力かつ、危険な能力の持ち主です。不興を買ったら、お前など一瞬で……あぁ、これ以上は口にするのも恐ろしい」

ヒェッと息を呑《の》むグレンに、ルイスは低い声で告げる。

「くれぐれも〈沈黙の魔女〉を怒らせたりしないように……接触は最低限にしなさい。不必要に話しかけるのも駄目です。目が合ったら殺されると思いなさい」

「め、めちゃくちゃ、やばい人じゃないすか……」

「そうです。あれはバケモノです。こちらの常識など通用しません」

一瞬、「そんな危険人物に、王族の護衛を任せて良いのだろうか？」という疑問が浮かんだが、ルイスのような人格破綻《はたん》者が城の防衛任務をしているぐらいだから、きっと問題ないのだろう。

一人納得しているグレンに、人格破綻者の師匠が重々しい口調で念を押す。

「繰り返しますが、命が惜しければ、必要以上に〈沈黙の魔女〉に近づいたり、話しかけたりしてはいけませんよ。……良いですね？」

グレンはフンフンと頷きながら、七賢人に関する情報を自分なりに整理した。

〈結界の魔術師〉：師匠。怒ると怖い。
〈星詠みの魔女〉：予言の人。目が合うと持ち帰られる（美少年限定）。
〈茨の魔女〉：魔女だけど男。目が合うと野菜を押しつけてくる。
〈深淵の呪術師〉：呪《のろ》いの人。目が合うと「愛してる？」と訊《き》いてくる（女性限定）。
〈砲弾の魔術師〉：ドッカンドッカンしてる人。目が合うと戦闘を申し込まれる。
〈宝玉の魔術師〉：師匠と仲が悪い。目が合うと因縁をつけられる（グレン限定）。
〈沈黙の魔女〉：昔、師匠をボコボコにした人。目が合うと殺される。

グレンは大変なことに気づいてしまった。

「師匠、これじゃあ七賢人の半分ぐらいの人と、目を合わせられないっす」

特に最後の三人あたりが。

困っている弟子に、ルイスはどこか得意げな笑みを浮かべる。

「これで、いかに私が有能でまともか、よく分かったでしょう？　もっと師を敬いなさい」

「師匠、他者を貶《おとし》めて自分の評価を上げるのは良くないって、ロザリーさんが言ってたっす」

妻の名を出されたルイスは笑顔のまま、こめかみに青筋を浮かべてグレンの脛をゲシゲシ蹴った。

今度は二回も。

痛みに悶絶《もんぜつ》しているグレンを尻目《しりめ》に、ルイスは咳払《せきばら》いをして言葉を続ける。

「とにかく、これで七賢人の説明は以上です。覚えましたか？」

グレンは蹴られた脛を撫《な》でながら、素直な感想を口にした。

「なんか、七賢人っていうより七変人って感じっすね！」

「私を含んでいないでしょうね、馬鹿弟子？」

ルイスが拳《こぶし》を握り始めたので、グレンは慌ててブンブンと首を横に振った。

ルイスの拳は、鉄板でも仕込んでいるんじゃなかろうかというぐらいに、硬くて痛いのだ。風の魔術で吹っ飛ばされた方が、まだ痛くない。

＊＊＊

師匠の言葉を思い出したグレンは、ソファにちんまり座り俯《うつむ》いている〈沈黙の魔女〉をこっそり観察する。

小柄な体にブカブカのローブを身につけ、縋《すが》りつくように杖《つえ》を握りしめているその姿は、魔術師ごっこをしている子どものようだ。

フードを目深に被《かぶ》り、ヴェールで口元を覆っているので、どんな顔をしているかまでは分からない。

ただルイスが言うには、彼女は大の人嫌いで、気に入らない者を容赦なく攻撃する恐ろしい魔女らしい。

（うーん、とても師匠をボッコボコにした人とは思えないけど……）

だが、この屋敷を訪れる時に空から現れた彼女は、使い手の少ない最高位魔術、精霊王召喚を使ったのだ。

あの魔術は、「逆らったら精霊王召喚で一網打尽にしてやる」という示威行為なのかもしれない。

グレンがどこにも座らず、密《ひそ》かにムムムと唸っていると、〈沈黙の魔女〉の向かいのソファに座っていたフェリクスがグレンに声をかけた。

「ダドリー君、君も座ったらどうだい？」

「じゃあ、失礼しまーっす……」

グレンは一声かけてソファに近寄る。向かい合わせになっているソファの片方に〈沈黙の魔女〉とその従者が、反対側にフェリクスが座っている。

グレンはフェリクスの隣に座った。丁度、アレクサンダーという男の向かいの席だ。

（話しかけるなら、この人にって言ってたし……訊いて良いかなー？）

そろそろ黙っていることに飽きてきたグレンは、ソファに踏ん反り返って欠伸《あくび》をしているアレクサンダーに恐々《こわごわ》と話しかけた。

「あのー、〈沈黙の魔女〉さんが、七賢人選考の時に、うちの師匠をボッコボコにしたって聞いたんすけど」

俯いていた〈沈黙の魔女〉の肩がピクンと震える。

訊いても大丈夫かな？　従者のアレクサンダーになら良いかな？　とビクビクしながらもグレンは問う。

「どうやって師匠に勝ったか、教えてほしいっす！」

〈沈黙の魔女〉は、隣に座るアレクサンダーのローブをクイクイと引っ張った。恐らく、代わりに答えてくれと頼んでいるのだろう。

だが、アレクサンダーは欠伸混じりに「知らね」と雑な返事をする。

「だってオレ様、その頃《ころ》のことよく知らねぇもん。まぁ、でもうちのご主人様なら、どいつが相手でも瞬殺だったんじゃねーの？」

〈沈黙の魔女〉はブンブンと首を横に振っているが、従者は意に介していないようだった。

そんな中、今まで神妙な顔で黙っていたフェリクスが口を開く。

「実に良い質問だね、ダドリー君。二年前の七賢人選考、私は非常に残念ながら立ち会うことはできなかったのだけど、後で当時の記録を見た限りだと、レディ・エヴァレットは魔法戦で広範囲攻撃魔術を連発し、他の候補者を寄せつけなかったらしい。特に遠隔術式と節制術式の複合魔術を無詠唱で行うという離れ技は当時の七賢人達も絶賛していてね。高威力かつ広範囲の魔術を彼女が連発できたのは、この節制術式のおかげで、これが〈結界の魔術師〉との勝敗を分けたんだ」

気のせいか、フェリクスはいつもより早口である。

そして、グレンは魔術を学んでいる身だが、フェリクスの言っていることが半分も理解できなかった。

「よく分かんないけど、すごかったんっすね！」

フェリクスはニコリと微笑み、淀《よど》みなく続ける。

「節制術式とは消費する魔力量を大幅に削減することができる代わりに詠唱に恐ろしく時間がかかるという特殊な術式で、初級魔術でも三〇分、上級魔術に組み込むと更に時間がかかってしまうという、本来なら実戦に向かない術式なんだ。これを無詠唱にするというのがどれだけすごいことか、魔術を少しでもかじった者なら分かるだろう？　レディ・エヴァレットは、その気になれば通常の半分以下の魔力量で大型魔術が連発できる。だから〈結界の魔術師〉は最終的に押し負けてしまったんだ」

やっぱりグレンには、フェリクスの言っていることがよく分からなかった。

ただ、（会長は勉強家なんだなぁ）と思ったので、その気持ちを素直に口にする。

「会長、めちゃくちゃ詳しいっすね」

フェリクスは誰《だれ》が見ても非の打ち所のない、完璧《かんぺき》な笑みで答えた。

「王族だからね」

「王族ってすごいんっすね！」

＊　＊　＊

〈絶対、王族とか関係ないいぃぃぃぃぃ‼〉

ソファの上で縮こまっているモニカは、ヴェールの下で唇をわななかせた。

グレンは気づいていないようだが、この部屋に案内されてからというもの、フェリクスはずっと〈沈黙の魔女〉に話しかけたそうにしていたのだ。

一度口を開いたフェリクスは目がキラキラしているし、いつも以上に舌の回りが滑らかだし、もう色々と隠せていない気がする。グレンは気にしていないようだけれど。

フェリクスの〈沈黙の魔女〉に対する憧《あこが》れの気持ちは本物だ。

二年前の魔法戦の記録をしっかり読み込んでいるなんて、熱烈なファンではないか。

〈沈黙の魔女〉について饒舌《じょうぜつ》に語るフェリクスに「王族ってすごい」の一言で納得するのなんて、グレンぐらいのもので……。

「はー、オレ様よく分かんねーけど、王族ってすげーんだなぁ」

訂正。グレンとネロぐらいのものである。

〈そっか……ネロは、殿下が〈沈黙の魔女〉をどう思っているか、知らないんだ……〉

つまり、フェリクスが〈沈黙の魔女〉を慕っているのを知っているのは、この場でモニカ一人だけなのだ。

おまけに、グレンはモニカのことを、なにやら恐ろしいものを見るような目で見ているではないか。

（わたし、もしかして、グレンさんに怖がられてる？　……ルイスさん、わたしのこと、なんて説明したのぉぉぉ⁉）

いつも快活で朗らかな友人に、そういう目で見られると、ちょっと胸が痛い。

フェリクスに尊敬の目で見られ、グレンに恐怖の目で見られ、モニカはキリキリする胃をこっそり押さえた。

＊　＊　＊

屋敷の厨房《ちゅうぼう》は、てんやわんやの大忙しだった。なにせ遠方の学園に通っていたエリアーヌお嬢様が帰省している上に、今日からしばらく、第二王子や七賢人が滞在するのである。

しかもこの忙しさは、まだまだ前哨戦《ぜんしょうせん》。明日には隣国の使者も訪れるのだ。当然、毎日豪華な食事を用意しなくてはいけない。

初日の晩餐《ばんさん》会を終えた厨房は、一つの戦いを終えたような空気に包まれていた。無論、片付けや明日の仕込みなど、やるべきことはまだまだある。

雑用係のバルトロメウスは厨房の片隅で、仕込み用のニンジンの皮を剥《む》きながら、密かに思案していた。

（あれが〈沈黙の魔女〉？　どういうこった？　俺が知ってる〈沈黙の魔女〉と別人じゃねーか）

精霊王召喚という大魔術を使って空から現れた〈沈黙の魔女〉の姿を、バルトロメウスは屋敷の窓から見ていた。

あれはバルトロメウスの心臓をズキュンと撃ち抜いた、美しい金髪の女じゃない。背丈がまるで違うし、なんと言っても胸が断崖《だんがい》絶壁ではないか。

できれば近づいて、あの小柄な魔女の顔を覗《のぞ》き込んでみたいが、新入りのバルトロメウスが直接客人達の世話をすることは、指名でもされない限り、まずない。客人の世話という重要な仕事は、ベテランの役目だ。

だからバルトロメウスは、給仕係に食事や食器を届けに行く時など、ちょっとした隙をついて、扉の隙間《すきま》から〈沈黙の魔女〉を観察していた。

そして、彼が行き着いた結論は一つ。

（俺は知ってる。本物の〈沈黙の魔女〉が、そこそこ背の高い金髪クールビューティだと……ということは、あのちっこい自称〈沈黙の魔女〉は偽者に違いねぇ）

だが、雑用で下っ端のバルトロメウスが声をあげても、誰がそれを信じるだろう？　周りは皆、あの小さいのが本物の〈沈黙の魔女〉だと信じているのだ。

（どうにかして、あの偽者の尻尾《しっぽ》を掴《つか》みたいところだが……さて、どうしたもんかね）

バルトロメウスがニンジンの皮を剥き終えたところで、厨房に初老の執事が早足で入ってきた。

エリアーヌお嬢様を溺愛《できあい》している、執事のレストンだ。

「フェリクス殿下は、今夜の晩餐をお気に召してくださったらしい。明日もこの調子で頼む」

レストンの言葉に、厨房の料理人達は一斉に胸を撫で下ろした。

この屋敷の主人であるレーンブルグ公爵は温和な人物で、どちらかというと、執事のレストンの方が仕事に厳しいのだ。

そのレストンが及第点を出したことで、厨房の空気が少し緩む。

レストンはそんな使用人達を見回し、神妙な面持ちで言葉を続けた。

「……それとエリアーヌお嬢様が、フェリクス殿下にお届けする飲み物が欲しいと仰《おつしや》っている。至急『秘伝の三番』を用意しなさい」

なんだそりゃ？　とバルトロメウスが作業の手を止めて首を捻《ひね》っていると、食器を磨いていた老従僕のピーターがバルトロメウスに耳打ちする。

「口当たりの良い果実水に、度数の高い酒とスパイスやハーブを混ぜた物ですよ。夜のお誘い用のとっておきです」

「はっはー、なるほどなるほど……」

つまりは軽い催淫剤というわけだ。あの可憐《かれん》なお嬢様は、今夜あの美しい王子様をお誘いしようと考えているらしい。

執事のレストンを含む、使用人歴の長い者達は、皆一様に感慨深げな様子で、「あの小さかったお嬢様が遂《つい》に……」「そうか、エリアーヌお嬢様が殿下と……」などと口にしている。

その様子を眺めていたバルトロメウスは思いついた。

（「秘伝の三番」……使えるかもしれないな）

作業台の隅には、〈沈黙の魔女〉に差し入れするためのフルーツケーキが置いてある。

バルトロメウスは周囲の目を盗んで「秘伝の三番」を少し拝借し、フルーツケーキに染み込ませた。

「秘伝の三番」はスパイスとハーブが混ざった独特の甘い香りがするが、フルーツケーキも香りづけに酒を使っているから、匂《にお》いを誤魔化《ごまか》せるはずだ。

（はっはー！　覚悟しろよ、偽者魔女！　このケーキを食べてフラフラになったところを、問い詰めてやるぜ！）

＊　＊　＊

「えぅぅぅ、やっと終わった……疲れたぁ……」

初日の晩餐会を終えたモニカは用意された客室に戻ると、口元を覆っていたヴェールを外し、ソファに倒れ込むように横たわった。

七賢人のために用意された部屋は広く、部屋の奥にベッドと書き物机があり、手前には寛ぐためのソファとローテーブルのセットがある。

モニカについてきたネロは、部屋の奥の大きなベッドを見て、目を輝かせていた。

「この屋敷すげーよな、さっきオレ様の部屋も見てきたけど、ベッドがでかいんだ」

ネロもモニカの真似《まね》をしてベッドに倒れこみ、ゴロゴロと転がる。成人男性の姿なのに、まるではしゃぐ子どもみたいだ。

それにしても、ネロには隣の部屋があてがわれているのだから、ゴロゴロするなら自分の部屋でしてほしい。

ソファに寝そべっているモニカが、じとりとネロを見ていると、ネロは上機嫌に言った。

「見ろよ、モニカ！　オレ様の長い脚がはみ出さない！」

人に化けたネロは二〇代半ばの青年の姿なのだが、かなりの長身だ。屋根裏部屋にあるモニカの小さなベッドでは、脚がはみ出してしまうだろう。

ベッドに寝そべったネロは、フンフンと鼻歌を歌いながら、ローブのポケットからチーズを取り出す。どうやら厨房からくすねてきたらしい。

「お前も食うか？　飯食ってなかったろ？」

「……いらない」

晩餐会には当然にモニカの席も用意されていたのだが、モニカは固辞していた。

食事をするには、口元のヴェールを外す必要があるからだ。どんなにフードを目深に被っても、同じテーブルに着席したら、流石に顔がばれてしまう。

フェリクスやグレンは、「レディも一緒にいかがですか」「オレと交代でご飯食べたら良いっすよ！」と気を遣ってくれたのだが、モニカは頑なに断り、晩餐会中はひたすら壁際に控えていたのだ。

そうしてモニカが壁際に突っ立っている間、ネロはブラブラと屋敷を歩き回り、チーズをくすねてきたというわけだ。この調子だと、他にも何かくすねているかもしれない。

モニカがじぃっとネロのローブを見ていると、ベッドに寝転がってチーズを齧《かじ》っていたネロは上半身を起こし、フフンと鼻を鳴らした。

「オレ様が食べてるのを見てたら、欲しくなったんだな？」

モニカはソファの上をゴロリと転がり、ネロに背を向けた。

「いらないってば。食欲ないもの」

「まだ初日なんだぜ？　ここでバテてたら、もたねぇぞ」

まったく、誰《だれ》のせいで疲れたと思っているのか。半分ぐらいはネロの振る舞いが原因だというのに。

モニカはノロノロと起き上がり、恨めしげにネロを見上げた。

「……ネロが殿下と顔見知りだったなんて、わたし、聞いてない」

この屋敷に着いた直後のネロとフェリクスのやりとりを思い出し、モニカはしかめっ面をする。

だが、ネロはいつもと変わらぬ調子で、チーズの最後の一欠片《かけら》を口に放り込んだ。

「別に大した話をしたわけじゃねーよ。ヒンヤリを引き渡して、世間話をしただけだぜ」

「本当に、わたしの正体はばれてないん、だよね？」

「おう、なんかトカゲを使って、オレ様のことを探ろうとしてたけど、すぐにつまみ上げてやったぜ」

「トカゲ？」

トカゲとは、一体何のことだろう？

モニカが怪訝《けげん》な顔をしたその時、部屋の扉がノックされた。

「レディ・エヴァレット。就寝前にすみません。少し、お時間よろしいですか？」

扉の向こうから聞こえたのは、フェリクスの声だった。

モニカは困り顔でネロを見る。ネロもチーズをゴクリと飲み込んで、モニカを見た。

「どーすんだ？　追い返すか？」

「追い返せるわけないでしょ。お通しして……くれぐれも、失礼のないようにね？」

ネロは「へいへい」と雑に相槌《あいづち》を打つと、モニカがフードとヴェールを装着したのを確認し、扉を開ける。

廊下に佇《たたず》んでいるフェリクスは、晩餐会の時と同じ立派な上着を着ていた。それなのに、腕には不釣り合いに質素なバスケットをぶら下げている。

フェリクスは扉を開けたのがネロだと気づくと、少しだけ驚いたような顔をした。

「……君も来ていたのかい？」

「オレ様がどこにいよーが、オレ様の勝手だろ。それより、こんな時間に何の用だ？」

ネロが下顎《したあご》を突き出して威嚇すると、フェリクスは腕にぶら下げていたバスケットを軽く掲げた。

バスケットには飲み物の瓶や、小ぶりのホーロー鍋《なべ》、それとパンやフルーツケーキが詰め込まれている。

「レディ・エヴァレットは晩餐会の食事は口にしていないし、その後も何も食べていないようだったから、夜食を用意してもらったんだ」

ネロは目をキラリと輝かせた。

「お前はいい奴《やつ》だ。入れ」

ネロの返答には、モニカの意見が何一つ反映されていない。だが、元より追い返すつもりもなかったので、モニカはオズオズとフェリクスにソファを勧めた。

フェリクスは礼を言ってソファに座り、ローテーブルにバスケットを置く。早速ネロが向かいのソファに座り、バスケットの中を覗き込んだ。

「なぁなぁ、この瓶の中身はなんだ？」

「果実水と聞いているけれど……」

フェリクスが言い終えるより早く、ネロは瓶に直接口をつけて、グビグビと中身を飲み干した。

「おっ、うめぇな。色んなスパイスの味がする。大人の味だな。腹がカッと熱くなる感じがいい」

「……？　ただの果実水で、アルコールは入っていないはずだけど」

フェリクスは不思議そうに呟《つぶや》きつつ、鍋の蓋《ふた》を開けた。鍋の中身は、ホコホコと湯気を立てるスープだ。

「レディ・エヴァレット。温かいスープはいかがですか？」

ずっと立ち尽くしていたモニカは、しばし悩んだ末に、ソファに座るネロの隣に腰掛け、ネロのローブの裾《すそ》を引く。

後で食べると、フェリクスに伝えてほしい——という主人の無言の訴えを、薄情な使い魔は見ていなかった。ご機嫌でフルーツケーキをバクバクと頬張《ほおば》っている。

モニカはネロに代弁させることを諦《あきら》め、書き物机に用意されている紙に「スープだけ、後でいただきます」と書いて、フェリクスに見せた。

それを見たネロが、フルーツケーキ片手に目を輝かせる。

「つまり、スープ以外はオレ様が食っていいわけだな。それにしても、このケーキうめぇな。酒の味がすげーいい」

「この地方の名産である蒸留酒に、果物を漬け込んでいるからね。ところで君は……レディ・エヴァレットとはどういう関係なんだい？」

ネロは口の周りに食べかすを付けたまま、堂々と答える。

「従者だ。見りゃ分かんだろ」

「ただの従者にしては、随分と親しげだね。お弟子さんか、ご家族か……それとも、恋人？」

モニカは思わず声をあげそうになり、慌ててヴェールの上から口を押さえた。

フルーツケーキを食べ終えたネロは、ゲラゲラと腹を抱えて笑う。

「それはねぇな！　だって、こいつオレ様のタイプじゃねぇもん」

それもそうだろう。以前語っていたネロの好みのタイプは、「尻尾がセクシーな雌」である。

だが、フェリクスはネロの返事に納得がいっていないようだった。

どう説明したものか、モニカが悩んでいると、ネロが腕組みをしながら言う。

「オレ様はアレだ。こいつの使い魔……じゃなくて……んー、んんーアレだ、アレ」

ネロは使い魔に代わる言葉を探すように唸《うな》り、ポンと手を打つ。

「下僕だ！」

モニカはフードの裾を押さえながら、全力で首を横に振った。

フェリクスも困ったような顔で、ネロとモニカを交互に見ている。

「……下僕、かい？」

「おぅ、こいつはオレ様の命の恩人だからな。鳥の骨が喉《のど》に刺さって悶絶《もんぜつ》してたところを、こいつが……」

モニカは慌てて、ネロのローブの裾をグイグイ引いた。

ネロも喋《しゃべ》りすぎたと判断したのか、己の口を塞《ふさ》ぐようにフルーツケーキを口いっぱいに頬張る。

ゆっくりとフルーツケーキを咀嚼《そしゃく》したネロは、それをゴクリと飲み込み、金色の目でフェリクスを睨《にら》んだ。

「あぶねー、あぶねー。危うく『ゆーどーじんもん』に引っかかるところだったぜ」

「誘導というより、率直に訊《き》いたつもりだったのだけど」

「お前、そんなにオレ様のことが知りたかったのか……」

フェリクスが知りたかったのは、間違いなくネロのことではなく〈沈黙の魔女〉のことだろう。

フェリクスはネロの言葉に苦笑すると、バスケットの奥から紙の束を取り出した。

「別に何かを探りに来たわけではないよ。レディ・エヴァレットと、少し私的な話をしたかったんだ。レディ、もし良ければ、これを見ていただけませんか？」

モニカはおっかなびっくり手を伸ばして、紙の束を受け取った。

一体、何が書いてあるのだろう？　もしかして、これから隣国と行われる貿易に関する相談？　それとも、交渉の場での護衛の段取り？

恐々と紙の束を捲《めく》ったモニカは、フードの下で目を丸くする。

（これって……魔術式？）

読みやすく整った字でびっしりと書かれているのは、水中における広範囲術式展開時の水流、水圧の影響に関する考察だ。

そこで主として取り扱われている広範囲術式の展開方法を、モニカはよく知っている。他でもない、モニカが考案したものだ。

モニカが思わず顔を上げると、フェリクスははにかみながら言う。

「実は、私の友人が貴女《あなた》の大ファンでして……私がレディ・エヴァレットに会うのなら、貴女にこの論文を是非とも添削してほしいと……」

（そ、そのご友人とは、もしかして……アイクと言うんじゃ……）

つまり、彼自身である。

フェリクスは膝《ひざ》の上で手を組み、期待に満ちた目でこちらを見ていた。無下にするのも気が引けて、モニカは論文に目を通す。

（……あ、すごい。よくできてる）

添付資料が少なく、惜しいところもあるけれど、論文そのものは非常によくできていた。着眼点も悪くない。水中における術式展開は、まだ研究が遅れている分野なので、モニカとしても非常に興味深かった。

（これは、水属性魔術の知識が、相当深くないと書けないものだ。もし、これを殿下が一人で考えたのなら、ミネルヴァの上級生に匹敵するだけの知識があることになるけど……）

だが、モニカは知っているのだ。フェリクスが、魔術の勉強を祖父から禁じられていることを。

それこそ専門書の類は所持することができなかったから、彼は魔術師養成機関ミネルヴァによって発行されている雑誌を、こっそり集めていたぐらいなのだ。

そんな限られた状況の中で、彼はこの論文を書きあげた。

（この人は、本当に……魔術が好きなんだ）

そんな人が、自分の考えた魔術式の応用を真剣に考えてくれたのだと思うと、モニカの魔術師としての矜持《きょうじ》が擽《くすぐ》られる。有り体に言って、嬉《うれ》しい。

モニカは書き物机に移動し、羽ペンで論文の隅に文字を書き込む。

一魔術師として、モニカは彼の熱意に応《こた》えたかった。

たとえ相手がこの国の第二王子であろうと、こと数式と魔術式において妥協するつもりはない。筆跡で正体がバレぬよう文字を少し崩し、間違っているところや考察の甘い点を指摘。その上で、モニカは論文の余白にこう書き込んだ。

『とても興味深い内容です。指摘した問題点を改善し、魔力流動量に関するデータ不足を補えば、更に良くなると思います』

そこまで書いて、モニカはハッと我に返る。

（も、もしかして、これってすごく失礼だったんじゃ……うわあああああ、な、何様って、思われたらどうしよう……っ！　や、やっぱり、最後の部分は塗り潰《つぶ》して……）

そんなことを考えていると、すぐ真後ろでハッと息を呑《の》む音が聞こえた。

振り返ると、フェリクスがモニカの背後に佇《たたず》んで、肩越しに論文を覗《のぞ》き込んでいるではないか。

（わあああ！　しょしょしょ、処刑っ⁉　不敬罪で処刑……っ⁉）

モニカはフードの下で慌てふためいたが、フェリクスは不快そうな顔なんてしていなかった。寧《むし》ろ今まで以上に感極まった様子で、服の胸元をギュッと握りしめている。

フェリクスは書き物机に座るモニカの手を取り、プロポーズでも始めるかのように情熱的な眼差《まなざ》しで告げた。

「貴女にこんな評価をいただけるなんて……大変に光栄です、レディ・エヴァレット」

パンを食べていたネロが、不思議そうに口を挟む。

「友人の話なんだろ？」

「……と、私の友人なら、きっとそう言うでしょう」

サラリと言葉を付け足し、フェリクスはモニカが添削した論文の束を胸に抱く。

「ありがとうございます、レディ。友人もきっと喜びます」

「…………」

モニカはほんの少しの葛藤《かっとう》の末、フェリクスの手の中から論文を一枚抜き取り、その裏面に小さくこう書いた。

『貴方《あなた》の論文が、また見たいです』

それを見たフェリクスの、喜びを隠しきれていない顔といったら！

碧《あお》い目は星をちりばめたかのようにキラキラと輝き、唇の端がムズムズしている。

今のモニカの行動は、正体を隠した護衛任務を続けるのなら、余計な行動だ。

それでも論文の裏に書いた文字は、魔術師モニカ・エヴァレットの紛れもない本音だった。

学園祭の後の舞踏会で、彼は星を見上げながら言った。

僕に残された自由は少ないのだと。

（それでも、わたしは……あなたに、諦めてほしくないんです）

もし彼が〈沈黙の魔女〉に、幻想を抱いているのなら、それを壊さないようにしようとモニカは密《ひそ》かに誓う。

フェリクスはその感情を初恋かもしれないと言っていたけれど、モニカはそう思わない。

きっと、フェリクスが〈沈黙の魔女〉に抱いているのは、恋愛感情ではなく、七賢人に対する純粋な憧《あこが》れと尊敬だ。

それならば、モニカは彼が憧れる〈沈黙の魔女〉として、これからも七賢人の座に君臨し続けよう。

……だから、どうか諦めないでほしい。彼が心から夢中になれるものを。

＊＊＊

レーンブルグ公爵令嬢エリアーヌ・ハイアットは、フェリクスが〈沈黙の魔女〉の部屋に入っていくのを物陰から眺め、歯軋《はぎし》りをしていた。

（あら、あら、あら、あら、これはどういうことかしら？　ねぇ、どういうことかしら？）

使用人に命じて、代々ハイアット家の女性に伝わる「秘伝の三番」を用意させたのが晩餐《ばんさん》会の後だ。

丁度そのタイミングで、フェリクスが「秘伝の三番」を、果実水と間違えて持って行ってしまったのだという。

だからエリアーヌは作戦を変更し、「長旅で興奮して眠れませんの、少しお喋りをしませんか？」とフェリクスの部屋を訪れるつもりでいた。

そうして「秘伝の三番」を飲んだフェリクスと良い雰囲気になり、忘れられない素敵な夜の思い出を……と思いきや、フェリクスは「秘伝の三番」を持ったまま、〈沈黙の魔女〉の部屋に入っていってしまったではないか。

「あれー、エリーじゃないすか。こんなところで何してんすか？」

ギリギリと歯軋りをしているエリアーヌに声をかけたのは、グレンだった。

何故《なぜ》いつもいつも、こういう時にエリアーヌに声をかけるのがフェリクスではなく、この男なのか。

「まぁ、ダドリー様こそ、こんな時間にどうされましたの？」

苛立《いらだ》ちを押し隠して訊《たず》ねるエリアーヌに、グレンは人懐っこい顔をキリリと引き締め、真剣な顔で告げた。

「実はオレ、エリーにどうしても頼みたいことがあるんす」

（あら、あら、まぁ、まぁ）

もしかしてこれは、愛の告白というやつではなかろうか？

（勿論《もちろん》わたくしはフェリクス様一筋なので、こんな男の告白なんて、お断り……）

「トイレに行きたいんすけど、暗くて怖いから、一緒に来てほしいっす！」

「…………」

かくして、エリアーヌ・ハイアットの素敵な夜は、グレン・ダドリーをトイレに案内して、幕を閉じたのだった。

＊　＊　＊

〈沈黙の魔女〉の部屋を密かに見張っていたバルトロメウスは、頭を抱えていた。

あの小さな魔女は偽者に違いないと考え、夜食のフルーツケーキに「秘伝の三番」を盛ったバルトロメウスは、使用人の誰かが〈沈黙の魔女〉の部屋に夜食を届けに行くのを待っていた。

そして、〈沈黙の魔女〉が酩酊《めいてい》状態になったら、「お前は何者だ、本物の金髪美人はどこにいる」と正体を聞き出すつもりだったのだ。

ところが、厨房《ちゆうぼう》から夜食を持って行ったのは、あろうことか第二王子のフェリクス・アーク・リディル。

しかも彼は、エリアーヌお嬢様が持って行くはずだった「秘伝の三番」も持って行ってしまったのだ――〈沈黙の魔女〉の部屋に。

（おいおい。こいつぁ、第二王子と偽〈沈黙の魔女〉が、大変なことになってるんじゃ……）

バルトロメウスは知らない。瓶に入った「秘伝の三番」も、フルーツケーキに垂らしたそれも、全《すべ》てネロが平らげてしまったことを。

バルトロメウスがこっそり〈沈黙の魔女〉の部屋を見に行くと、丁度フェリクスが部屋から出てくるところだった。

フェリクスに着衣の乱れはない。だが、あの美しい王子様は、それはもううっとりした顔をしていた。

頬は上気し、碧い目は濡《ぬ》れたように輝いている。あれは何かで満たされた人間の顔だ。

「おやすみなさい、レディ・エヴァレット……良い夢を」

入り口まで見送りにきた小柄な〈沈黙の魔女〉に、とろけるように甘い声で囁《ささや》き、第二王子は自室に戻る。

バルトロメウスは、一つの結論に行き着いた。

（もしかして、第二王子と偽〈沈黙の魔女〉は恋仲なのか！　……っかー、とんでもねぇ秘密を知っちまったぜ！）

これは偽〈沈黙の魔女〉の弱みを握る絶好のチャンスだ、とバルトロメウスは拳《こぶし》を握りしめる。

このネタで偽〈沈黙の魔女〉を脅し、本物の〈沈黙の魔女〉──金髪美人と会わせてもらうのだ。

バルトロメウスが決意を固めていると、たまたま通りすがったらしい老従僕のピーターが、不思議そうに声をかけた。

「おや、バルトロメウス君、何をしてるんですか？　執事のレストンさんが、馬車の点検のことで相談があると君を探していましたよ」

「あー、ピーターさん。いやぁ、なんでもありやせんぜ。わはははは、すぐ行きやす」

問題は、偽〈沈黙の魔女〉を脅すタイミングだ。

なんとか二人きりで話せる機会を作らなくては。

四章　バルトロメウス・バールの提案

屋敷に到着して二日目の朝、グレンは気合を入れて早起きをし、身支度を整えて、屋敷の庭に出た。

今回の護衛任務が決まってから、グレンはほぼ毎日、不慣れな早起きをして、魔術の修行をしている。

まずは飛行魔術を使い、己の体を地面からほんの少しだけ浮かせる。そして、飛行魔術を維持したまま、指先に火を起こす魔術の詠唱。

火の魔術は威力を絞った、ごくごく簡単な物だ。だが、二つの魔術を維持しようとすると、途端に難易度が跳ね上がる。

それは綱渡りをしながら、お手玉をする感覚に似ていた。

綱渡りに集中しすぎるとお手玉が落ち、お手玉に集中しすぎると綱から落ちる。そういう難しさだ。

グレンは直接見たことはないが、元七賢人の中には、一度に七つの魔術を同時維持する天才もいるらしい。そこまでいくと、もはや人間業じゃない、とグレンは思う。

「よっ……ほっ……とととと……っ！」

指先にポッと小さな火が灯《とも》るのと同時に、宙に浮いていたグレンの体がグラグラと揺れた。

結局、三秒も耐えきれず、グレンは地面に尻餅《しりもち》をつく。

「うー、いてて。やっぱ、二つ同時維持って難しいなぁ……」

二つの魔術を同時維持できれば、飛行魔術で敵の攻撃を回避しながら、攻撃魔術を使える。

だから、今は使える魔術の種類を無駄に増やすより、同時維持を身につけろ──というのが、師の言葉であった。

（でも、新しい魔術をバンバン覚えた方がすごいし、かっこいい気がする……）

セレンディア学園の魔術の授業で、グレンは得意属性以外の魔術についても一応学んでいる。その気になれば、使えるはずだ。

新しい魔術を覚える修行に切り替えようか──そんな考えが頭をよぎるが、グレンは己の頬を両手でペチンと叩《たた》く。

「いけね。地道に地道に……っと」

尊敬する先輩と、冬精霊の氷鐘《オルテリア・チャイム》に誓ったのだ。魔術の修行を頑張ると。

ならば、楽な方に逃げるのは良くない。

記憶の中の先輩も、「途中で投げ出すな！」と冷気を撒《ま》き散《ち》らして怒っている。

（うん、よし、もう一回……）

飛行魔術の詠唱をし、体をふわりと浮かせたところで、グレンは気がついた。少し離れたところで、誰かがグレンをじぃっと見ている。

フード付きローブを身につけ、口元をヴェールで隠した小柄な人物──〈沈黙の魔女〉だ。

（師匠をボッコボコにした、やばい人！）

グレンが飛行魔術を解除して立ち尽くしていると、〈沈黙の魔女〉が杖《つえ》を胸に抱きながら、ポテポテとグレンに近づいてきた。

（どうしよう、なんか近づいてきた！　オレ、なんか叱《しか》られる⁉　もしかして、気に入らないからぶっ飛ばされるとか……っ⁉）

〈沈黙の魔女〉は足を止め、フードの下からじぃっとグレンを見上げている。

師が言うには、この魔女は人間嫌いで、無慈悲で残酷な魔女であるらしい。

なにはともあれ挨拶《あいさつ》だ。こういう時は挨拶が大事なのだ。セレンディア学園の生徒たるもの、常に挨拶と礼節を忘れるなとかなんとか、某副会長も言っていた気がする。

グレンは顔を引きつらせながら、声を張り上げた。

「は、はよざいまぁっすっ！」

ちょっと声が裏返ってしまった。

（うわ、恥ずかしい）

グレンが密《ひそ》かに恥じていると、〈沈黙の魔女〉は手にした長い杖で、地面にガリガリと文字を書く。

今からお前をぶちのめす、とか書かれてたらどうしよう、とグレンは焦ったが、地面に書かれた文字は攻撃宣言ではない。

『同時維持の訓練ですか？』

こっそり身構えていたグレンは、胸《むね》を撫《な》で下《お》ろした。

「そうっす！　オレ、まだ二つ同時維持が全然できなくて……」

〈沈黙の魔女〉が更に文字を書き足す。

『火の魔術を二つ、同時維持してください』

「……へ？」

グレンがまじまじと〈沈黙の魔女〉を見ると、彼女は小さい手でフードの端を引っ張り、また文字を書き足した。

『同じ魔術の方が、同時維持はやりやすいです。慣れたら、飛行魔術でも練習してください』

グレンは半信半疑で詠唱し、右手の指先に小さい火を起こした。

そしてそれを維持したまま、もう一度同じ詠唱をする。今度は左の指先に火が灯った。

「よっ、ほっ……とっ、とっ、と……っ」

グレンは左右の指先を交互に見る。

炎の矢を一度に一〇本飛ばす魔術を使用した場合と、五本飛ばす魔術を二つ同時使用した場合、後者の方が矢の精度が上がるが、難易度も上がる。今、グレンが起こしている二つの火球は、それと同じだ。

火は酷《ひど》く不安定で何度か消えそうになったが、それでもなんとか二〇秒維持することができた。

「あ、ほんとだ！　これなら、できそう！」

最終目標の飛行魔術と火の魔術の同時維持には程遠いが、二つの魔術を維持する感覚は、少し掴《つか》めた気がする。

『同時維持は、感覚を掴むのが大事です。慣れるまで繰り返してください』

〈沈黙の魔女〉は地面にそう文字を書くと、ペコリと小さく礼をして、グレンに背を向ける。

親切だ。ものすごく親切だ。

やっぱり師匠は嘘つきだった、とグレンは諦《あきら》めとともに確信した。

きっとルイスは、七賢人選抜の魔法戦で負けたことを根に持っていて、それで〈沈黙の魔女〉を悪く言ったのだろう。

「〈沈黙の魔女〉さん！　ありがとうっすー！」

グレンはブンブンと大きく手を振り、立ち去る小さな背中に声をかけた。

＊　＊　＊

グレンに背を向けたモニカは、バクバクとうるさい心臓をローブの上から押さえ、早足でその場を離れる。

（で、でしゃばりすぎた……かな……）

正体を隠している以上、必要以上の接触は控えるべきだ。おそらく、ルイスもそう考えて、グレンを脅すようなことを吹き込んだのだろう。

それでもモニカは、魔術の修行を頑張っているグレンを応援したかった。

だって、友達が頑張っているのだ。それがモニカの得意分野なら、なおさら力になってあげたい。

しばし歩いてグレンの姿が見えなくなった頃《ころ》、モニカは、広い庭園をぐるりと見回した。

モニカが早朝の庭を歩いていたのは、散歩のためじゃない。庭の見回りをするためだ。

今日はファルフォリア王国の使者が到着する日なので、庭園に不審物が無いか確認をしておきたかったのだ。

レーンブルグ公爵の屋敷は庭が広く、隠れられる場所も多い。

それでなくとも、屋敷そのものが森と果樹園に挟まれているのだ。もし侵入者がいて、屋敷の外にある森に逃げられたら、追跡はかなり難しくなるだろう。

(この屋敷は、追跡の得意な猟犬をいっぱい飼ってるみたいだけど……何か対策も考えた方がいい、かな?)

そんなことを考えながら歩いていると、丁度屋敷の角に差し掛かった。

角の向こう側からは、複数の犬の鳴き声が聞こえる。この屋敷の猟犬達だ。犬の鳴き声の合間には、人の話し声も聞こえる。

足を止めて向こう側をこっそり覗《のぞ》きこむと、男性使用人が二人、犬の世話をしているのが見えた。白髪《しらが》交じりの金髪を撫でつけた初老の執事と、灰色の髪に口髭《くちひげ》の、六〇代くらいの老従僕だ。

犬達は執事には懐いているが、従僕には懐いていないらしい。年老いた従僕は犬に唸《うな》られ、オロオロしている。

執事が困惑顔で口を開いた。

「ピーター、貴方《あなた》はいつも犬に嫌われますね。何か他の動物に触れましたか?」

「いえ、特に心当たりはないのですけどねぇ……昔から、動物には嫌われるんですよ。えぇ」

ピーターと呼ばれた老従僕が困り顔で言うと、執事はふと何かを思い出したような顔をする。

「そういえば、〈沈黙の魔女〉様の従者の、アレクサンダー様もそうなんですよね。彼が近づくと、犬達が落ち着かない」

そのやりとりをこっそり聞いていたモニカは、密かに息を呑《の》む。

(あの人達の言っている従者って……ネロのこと、だよね?)

初老の執事は、いかにも神経質そうに眉《まゆ》をひそめて、愚痴を続けた。

「まったく困りました。ファルフォリア王国の方々がお見えになったら、交流の一環で狩りをするのに、猟犬達が怯《おび》えていたら話にならない」

「えぇ、困りましたねぇ」

「狩りにはエリアーヌお嬢様も同行されるだろうし、お嬢様を不安にさせるわけには……」

実を言うとモニカは、ネロが犬に嫌われる理由に心当たりがあった。だがそれは、おおっぴらに人に話せるものではないのだ。

(ネロには、あまり犬に近づかないように言っておいた方が良いのかも……)

モニカはこの場を離れるべく、足音を殺して数歩後退《あとじさ》り、クルリと体の向きを変えた。

だが、そのまま走ろうとした直後、何かにぶつかり尻餅をつく。

「ふぎゅっ」

「おーっと、こいつぁすいませんねぇ、〈沈黙の魔女〉様」

どうやら自分の背後に、誰かが佇《たたず》んでいたらしい。

モニカは尻餅をついたまま、ぶつけた鼻をヴェールの上から押さえ、相手を見上げた。

モニカがぶつかったのは、黒髪を撫でつけた背の高い男だ。年齢は二〇代半ば程度だろうか。この屋敷の男性使用人の服を着ている。

モニカは以前この男と会っていた——それも、この屋敷ではない別の場所で。

（この、人……）

以前目にした時はバンダナと作業服を身につけていたから、だいぶ雰囲気が違うが、それでもモニカは、男の顔を構成する数字を覚えている。

およそ二ヶ月前、コールラプトンの街で出会った男——バルトロメウスだ。

バルトロメウスは、古代魔導具〈星紡ぎのミラ〉の盗難疑惑で、〈星詠みの魔女〉にリンが引き渡したはずだが、その後、彼がどうなったかまではモニカも知らない。

（ど、どうしてこの人が、こんなところにぃ……っ）

彼と長く接しているのはまずい。正体がばれかねない。

「こんな朝早くにお散歩ですかぃ？　それでしたら、俺がこの庭園を案内しやすぜ！」

モニカは「いいえ結構です」という意味を込めて、首を横に振った。

だが、バルトロメウスはにこやかに笑いながら、モニカの進行方向に立《た》ち塞《ふさ》がる。

「まぁまぁ、遠慮なさらずに！　お客様を粗末にしたら、執事のレストンさんに叱《しか》られちまいますさぁ！　ささ、こちらへどうぞ！」

バルトロメウスは既に先導して歩き始めている。モニカは葛藤《かっとう》した。

（これは、断った方が不自然、かな？　……元々、庭を見て回るつもりだったわけだし……）

仕方なくモニカは、距離をあけてバルトロメウスの後ろを歩く。

バルトロメウスは先を歩きながら、あそこの木にはよく鳥が来るだの、あそこにあるのはお嬢様が生まれた年に植えた木で……だのと他愛ない話をしている。

それをなんとなく聞きながら歩いている内に、屋敷の裏側に辿《たど》り着《つ》いた。

この屋敷の敷地の中でも、一際人目につかない場所だ。隠れやすい場所や、不審物はないか、念入りに確認しておいた方が良いだろう。

モニカがキョロキョロと周囲を見回していると、突然手首を掴まれた。バルトロメウスだ。

バルトロメウスは至近距離でモニカを見下ろし、ニヤリと笑う。

「はっはー！　捕まえたぜ、偽者さんよぉ」

「……っ⁉」

何故《なぜ》、バルトロメウスが自分の手首を掴んでいるのか。何故、自分を偽者と呼ぶのか。

状況が理解できず混乱するモニカは、咄嗟《とっさ》に無詠唱魔術を使うことすら思いつかない。

動揺するモニカのヴェールに、バルトロメウスが手をかける。

「正体見せてもらうぜ！」

バルトロメウスの手が、モニカの口元を隠すヴェールを乱暴に剥《は》ぎ取った。

モニカが「あっ」と声を上げるのとほぼ同時に、バルトロメウスも「……へ」と間の抜けた声を漏らす。

「お前、どっかで……あ、そうだ。祭りの時の、リスフードの魔術師のチビ」

バルトロメウスはモニカの顔をまじまじと覗きこみ、訝《いぶか》しげに眉根《まゆね》を寄せる。

「なんでチビが、〈沈黙の魔女〉の偽者なんてやってんだ？」

「に、偽者ぉ⁉」

突然手首を掴まれ、ヴェールを剥ぎ取られ、挙句の果てに偽者呼ばわりされて、モニカの精神はそろそろ限界だった。もう、訳が分からない。

思わずモニカが涙目になると、バルトロメウスはギョッとした顔でモニカの手首から手を放す。

「いや待て、泣くな、泣くな！　いや泣かせたの俺だけど…………ほぎゃぁっ⁉」

早口の言い訳は、後半は無様な悲鳴に変わる。

バルトロメウスの頭上から、青年姿のネロが降ってきたのだ。どうやら、二階の窓から飛び降りたらしい。

ネロは足の下で潰《つぶ》れているバルトロメウスには見向きもせず、モニカを見る。

「おい、モニカ。散歩するなら、ちゃんとオレ様を連れてけよ」

『寒いから起きたくない』って、ベッドでゴロゴロしてたくせにぃ……っ！」

涙目で反論するモニカに、ネロは頭の後ろで手を組み、唇を尖《とが》らせた。

「しょうがねーだろ、オレ様、寒さに弱いんだからよぉ。……で、こいつはなんだ？」

ネロは足元のバルトロメウスに目を向ける。

バルトロメウスはネロに踏まれながら、モニカを見上げた。

「チビ……お前、何者だ？」

「わ、わたし、〈沈黙の魔女〉です……ほ、本物でふ……」

「おーっと、嘘《うそ》はいけねぇ。俺ぁ知ってるんだ」

何を？　というモニカとネロの疑問に、バルトロメウスは力強く答える。

「本物の〈沈黙の魔女〉は、コールラプトンの街で俺を助けてくれた、金髪美人メイドなんだろ！俺は見てたんだ。あの姉ちゃんが、詠唱も無しに風を操るのを！」

モニカとネロは、顔を見合わせた。

コールラプトンの祭りの夜、ネロは留守番をしていたのだが、それでも「風を操る金髪美人メイド」と言われて、モニカと同じ人物を──否、精霊を思い浮かべたのだろう。

ネロは金色の目をグルリと回して、モニカを見る。

「名探偵なオレ様は、気づいちまったぞ。それってつまり……」

「……うん」

名探偵でなくとも分かる。バルトロメウスの言う金髪美人メイドとは、〈結界の魔術師〉ルイス・ミラーの契約精霊、リィンズベルフィードのことだ。

なるほど確かに、あの時のリンは詠唱をせずに風を操り、バルトロメウスを抱えて空を飛んでいった。

それでバルトロメウスは、リンのことを無詠唱魔術を操る魔女と勘違いしてしまったのだろう。

「あのぅ、あなたが見たのは、リンさんって言って……人間じゃなくて、精霊です」

モニカがしゃがみ込んで説明すると、バルトロメウスはネロの足元で、「はぁ？」と納得していない声をあげる。

あれこれ言葉を尽くすより、まずは自分が本物だと証明した方が早いだろう。

モニカは無詠唱魔術で指先に小さな水を生み出し、その水を蝶《ちょう》の形にして、宙に浮かべた。

ふよふよと宙を舞う水の蝶は、バルトロメウスの鼻先でパチンと泡のように弾《はじ》けて消える。

唖然《あぜん》としているバルトロメウスに、モニカはキリリと顔を引き締め、力強く名乗った。

「わ、わたしがっ、七賢人……〈沈黙の魔女〉モニカ・エヴァレット、でひゅっ」

本物っぽい威厳を出そうとした結果、力みすぎて余計に間抜けな自己紹介になってしまった。

密《ひそ》かに落ち込むモニカをよそに、ネロがバルトロメウスの上から飛び降り、踏ん反り返る。

「そしてオレ様が、〈沈黙の魔女〉の最強カッコいい従者、バーソロミュー・アレクサンダー様だ！　敬え！」

今の流れでネロが名乗る必要はあったのだろうか、とモニカは思った。

多分、なんとなくカッコいいから名乗りたかったのだろう。


バルトロメウスは地面にへたりこんだまま、自分を見下ろす小柄な少女を凝視する。

ヴェールを剥がした瞬間、バルトロメウスはすぐにこの少女のことを思い出せなかった。それぐらい地味で平凡で、どこにでもいそうな少女だったのである。

だが、この痩《や》せっぽっちの少女が、正真正銘本物の〈沈黙の魔女〉モニカ・エヴァレットなのだという。事実、彼女は無詠唱で魔術を使ってみせた。

（そして、俺の心を奪っていった金髪美人は精霊で、名前はリンちゃん！　わっはー！　名前も可愛《かわい》いぜ、リンちゃん……！）

バルトロメウスは頭をギュインギュイン回転させ、どうしたら愛《いと》しのリンちゃんに会えるかを考える。

やはり鍵《かぎ》となるのは、目の前にいるこのチビだ。なんとか上手《うま》いこと懐柔して、愛しのリンちゃんを紹介してもらうことはできないだろうか？

バルトロメウスはユラリと立ち上がり、モニカに近寄る。

予備のヴェールを取り出し、口元に着け直していたモニカは、ビクッと体を縮こめて従者の背後に逃げ込んだ。

リスか、と声に出したくなるのを堪《こら》え、バルトロメウスは猫撫《ねこな》で声《ごえ》で言う。

「なぁ、チビ。俺と取引をしないか？」

「と、とり、ひき……？」

従者の背中から、モニカが顔を覗かせる。

バルトロメウスは真剣な顔でモニカに告げた。

「リンちゃんを、俺に紹介してくれ」

「へ？　な、なんで……？」

「そりゃ、好きになっちまったからさ。愛だよ、愛。マジで惚《ほ》れてんだ」

モニカはポカンと目と口を丸くして、バルトロメウスを見上げる。

「あのぅ……リンさんは、精霊で……」

「種族の壁なんか、俺の愛の前じゃ大した障害じゃねぇ」

力強く断言するバルトロメウスに、モニカは困惑顔で「うぇぇ……？」と呻《うめ》いた。

ここはもう一押しだ。バルトロメウスは厚い唇を持ち上げてニヤリと笑う。

「リンちゃんを紹介してくれるんならよぉ……お前の秘密は守ってやる」

「わ、わたしの秘密……？」

「鐘鳴らしの祭りで、お前が探してた相手……冥府《めいふ》の番人の仮装してたの。ありゃぁ、フェリクス殿下だ。違うか？」

「――!?」

モニカが目を剥《む》いて、バルトロメウスを凝視した。

やっぱりな、とバルトロメウスはほくそ笑む。

「リンちゃんとの仲を取り持ってくれるなら、お前と王子の秘密の関係は黙っててやるぜ」

秘密の関係――即ち、王子とこのチビはデキている。誰にも言えない、秘密の恋人同士なのだ。

だから、鐘鳴らしの祭りでは仮装をして秘密のデートをし、今も護衛という名目で王子の外交についてきて、滞在初日の夜にこっそり逢引《あいびき》していたのだ……と、バルトロメウスは確信していた。


バルトロメウスの誤解も知らず、モニカはヴェールの下で青ざめる。

(どどどどうしよう。秘密の関係って、護衛任務のこと、だよねぇぇぇっ、わたしが殿下の秘密の護衛だってことが、バレてるぅぅぅ!!)

どうしよう、どうしよう、と頭を抱えるモニカの肩を、ネロがチョンチョンとつつく。

「おい、モニカ。こういう時は、あれをするんだろ?」

「あれって?」

この事態を解決する案があるなら教えてほしい。

縋《すが》るような目をするモニカに、ネロは得意げに言う。

「くちふーじ」

「駄目ぇぇぇ! 待って待って待って……」

モニカは混乱しながら考えた。

どういうわけかバルトロメウスは、モニカが正体を隠してフェリクスの護衛をしていることを知っているらしい。

そして、それを周囲にばらされたくなければ、リンとの仲を取り持てという。

(でも、精霊って性別が無いんじゃ……)

モニカが汗まみれになって頭を抱えていると、バルトロメウスは物分かりの良い大人の顔で言った。

「なぁに、そんなに焦ることたぁねぇ。リンちゃんに会わせてくれるんなら、お前が殿下ともっと一緒にいられるように、俺が協力してやる」

モニカとフェリクスが一緒にいられるように——つまり護衛任務に協力してくれる、ということだろう。

だが、正体を隠しての護衛は極秘任務なのだ。一般人のバルトロメウスに知られたことがばれたら……ルイスの反応が恐ろしすぎる。同じ七賢人のレイとは、事情も立場も違うのだ。

「あのですね、このことは、本当に本当に秘密なんです……っ。だ、誰《だれ》にも言っちゃいけなくて……」

「あぁ、分かってるさ。こんなこと、人には言えねぇよな」

バルトロメウスは全《すべ》てを分かっている顔でうんうんと頷《うなず》き、パチンとウィンクをする。

「他の奴《やつ》には、俺の存在は黙ってりゃいい。俺はお前さんだけの秘密の味方だ。なっ?」

モニカがあぅあぅ呻いていると、ネロが納得したように「ふむ」と頷く。

「つまり、お前はモニカの使いっ走りになるってことだな。よし、子分と呼ぼう」

「へっへっへ、ほら、こっちの兄貴もそう言ってることだし……よろしくな、チビ！」

何故《なぜ》、ネロはこうも適応力が高いのか。

すぐに承諾することもできず、モニカが「でもぉ……」と口ごもっていると、バルトロメウスはモニカの手を取る。

その目は暑苦しいぐらい、ギラギラと輝いていた。

「頼むよ、俺は本気だ！　マジで一目惚《ひとめぼ》れなんだ！」

熱意に満ちた声でバルトロメウスが言ったその時、モニカの背後で足音がした。それも乱暴に土を蹴《け》るような足取りの。

振り向いた先に見えるのは、こちらに早足で近寄ってくるフェリクスだった。モニカの胃がヒュウンと竦《すく》む。

（ひぇぇぇ……っ、で、ででっ、殿下ぁ……！）

フェリクスはモニカの手を握るバルトロメウスの腕を掴《つか》み、モニカから引き剥がした。

「……レディに触るな」

バルトロメウスを見るフェリクスの目は、冬の湖もかくやというほど冷たい。

だがその顔をモニカに向けると、一転してフェリクスは春の日差しのように温かな笑顔になる。

「レディ、もうすぐ朝食の時間ですよ。一緒に行きましょう」

そう言ってフェリクスは令嬢をエスコートするかのように、モニカの手を取り歩きだした。

オドオドしながら歩くモニカの後ろを、ネロが面白がるような顔でついてくる。

庭園の角を一つ曲がり、バルトロメウスの姿が見えなくなったところで、フェリクスは真剣な顔でモニカを見つめた。

「困った使用人がいるようですね。貴女《あなた》が迷惑を被っているのなら、近づかぬようレーンブルグ公爵に伝えましょう」

モニカはブンブンと首を横に振る。

バルトロメウスを排除したら、モニカがフェリクスの秘密の護衛であることを、ばらされてしまうかもしれない。それだけは、なんとか回避しなくては。

モニカはネロのローブを掴み、無理やり屈《かが》ませて耳打ちをした。

(バルトロメウスさんのことは、気にしないでください……って殿下に伝えて！)

ネロはフンフンと頷き、フェリクスに向かって堂々と言う。

「あいつはオレ様の子分になったから、気にしなくていいぞ」

(他に伝え方があるでしょぉぉぉ——っ！)

フェリクスは僅《わず》かに目を細め、探るようにネロを見る。

浮かべた笑みはそのままなのに、有無を言わさない圧力があった。

「……そう。それなら君の子分が、レディ・エヴァレットに無礼を働かぬよう、しっかり躾《しつ》けておいてくれ」

モニカは痛む胃を押さえながら、泣きだしたいのを必死で堪える。

大変なことになってしまった。こうなったらもう、バルトロメウスに協力するか、口封じをするしか、モニカに道はない。

(仲を取り持つって、何をすればいいのぉ……リンさんは、わたしの契約精霊じゃないのにぃ……)

モニカは知らなかった。冷ややかな怒りを見せたフェリクスの態度に、バルトロメウスが「やっぱり、あの二人はデキてんだな」と納得していたことを。

……そして、本当に大変なことになるのは、これからだということを。

五章　肉食男子の肉食トーク

リディル王国の第二王子フェリクス・アーク・リディルがレーンブルグ公爵の屋敷に到着してから二日目の午前、ファルフォリア王国の使者は予定通りに到着した。

ファルフォリア側の使者は護衛を除くと八名。いずれも年配の、外交慣れした者達ばかりだ。

挨拶を交わした後で早速外交会議が始まったが、フェリクスはすぐに、今回の会議が難航することを確信した。

ファルフォリア王国は、元々はファル王国とフォリア王国という別々の国だった歴史がある。

それが連合国家の体制を取り、ファル＝フォリア連合王国と名を変え、月日を経て、今のファルフォリア王国になったのだ。

そのために民間でも統治者間でも、伝統的にファル王国の末裔《まつえい》とフォリア王国の末裔が競い合う傾向があり、内政は決して安定しているとは言い難い。

今回の使者八名の内、筆頭外交官であるバロー伯爵とマレ伯爵の二人が、部下を含めて四対四になる形で対立しているようだった。

旧ファル王国の末裔であるバロー伯爵は、比較的リディル王国に対して友好的——というより、へりくだった態度をとるのだが、旧フォリア王国の末裔であるマレ伯爵は、リディル王国との貿易拡大に難色を示している。

マレ伯爵はリディル王国より帝国の顔色を窺《うかが》っているのだろう、とフェリクスは確信していた。旧フォリア王国は帝国領と隣接しており、伝統的に帝国と協力関係にあるのだ。

（……つまり、いかにマレ伯爵を落とすかが、鍵《かぎ》だな）

フェリクスは外交資料を読みながら、隣国の使者達をさりげなく観察する。

小太りなバロー伯爵は、リディル王国との同盟を強化したいのだろう。分かりやすくフェリクスをおだててくる。

一方、痩《や》せ型《がた》のマレ伯爵は気難しい顔をしていて、到着してから殆《ほとん》どフェリクスの顔を見ようとしない。

だが、あえてフェリクスはマレ伯爵を見て、ニコリと笑いかけた。

「ファルフォリア王国のワインは、やはり別格ですね。私も先日、ペルル・ダンデの新作をいただいたのですが、今年は特に素晴らしかった」

あえて本命の小麦ではなくワインの話を持ち出すと、マレ伯爵は細い目を更に細めて、油断なくフェリクスを見た。

「……ええ、我が国の名産は、何と言っても極上のワイン。ですが、殿下の本命はワインではなく、それに合わせるパンなのではありませんか？」

マレ伯爵の言う通り、今回はいかにファルフォリアから輸入する小麦の量を増やせるかが本題だ。

リディル王国に近づきたいバロー伯爵は乗り気だが、マレ伯爵は露骨にそれに反対している。

「なんでも貴国では、このレーンブルグ公爵領内に、竜騎士団の駐屯所を増やす予定らしいですな」

やはりここに食いついたか、とフェリクスは笑顔の裏で考える。

リディル王国の中でも、特に竜害が多いのが東部地方。故に、王都から竜騎士団を派遣しても到着に時間がかかることが、以前から問題視されていた。

そこでリディル王国南東部に、竜騎士団を常駐させるための砦《とりで》を作る計画が進められている。

だが、この駐屯基地建設は他国から見ると、意味合いが少し違ってくるのだ。

竜騎士団とは、その名の通り竜討伐に長《た》けた騎士団のことであるが、常に竜だけと戦っているわけではない。戦争になれば当然、他国の人間に刃《やいば》を向けることになる。

そんな竜騎士団が滞在する施設を、帝国にもファルフォリア王国にも近いレーンブルグ公爵領に作るのだ。

帝国やファルフォリア王国側からしてみれば、これは牽制《けんせい》にも見えるだろう。

まして、マレ伯爵は親帝国派。この基地の建設を見逃せるはずがない。

（……まぁ実際、マレ伯爵の懸念は正しいのだけど）

今回の駐屯基地建設計画の中心人物は、フェリクスの祖父クロックフォード公爵だ。

そしてクロックフォード公爵は、竜騎士団駐屯所を補給基地にするつもりなのだろう）

（帝国との戦争になったら、竜騎士団駐屯所を補給基地にするつもりなのだろう）

クロックフォード公爵は竜害対策という名目を掲げ、戦争のための軍事力を強化したいのだ。

マレ伯爵はクロックフォード公爵の思惑を見抜いているらしく、口髭《くちひげ》を弄《いじ》りながら、探るような目でフェリクスを見る。

「新しい駐屯所を作るのなら、備蓄は大量に要りますなぁ。それこそ小麦もワインも、多いに越したことはない」

そう、だからこそ今回の取引で、ファルフォリアからの輸入量を増やしたいのだ。

特にこのレーンブルグ公爵領は、ファルフォリア王国から比較的近いので、輸入した食糧を新設の駐屯基地に運び込みやすい――つまり、輸送費が大幅に節約できる。

「しかし、本当に駐屯基地など必要なのですか？　失礼ながら、貴国は今までも竜害には充分に対応されてきましたでしょう？」

「それは地方領主の努力あってのことです。ですが、一部の領主達には竜害対策が重い負担になっている……だからこそ、駐屯基地は必要なのですよ」

フェリクスが淀《よど》みなく答えても、マレ伯爵はいまいちピンとこないという態度を見せていた。

そんなマレ伯爵の言葉をフォローするかのように、同じファルフォリア王国のバロー伯爵が前のめり気味に発言する。

「他国の事情に口を出してしまい大変申し訳ありません、フェリクス殿下。マレ伯爵の領地は旧ファリア王国領……比較的、竜害が少ない地域なのです。マレ伯爵は竜害の恐ろしさに、いまひとつ実感を持てていないのですよ」

「ふん、竜害対策など、使い捨ての傭兵《ようへい》で充分ではないか」

バロー伯爵とマレ伯爵が言い争うのを聞きつつ、フェリクスは内心苦笑した。

元々は小麦の輸入の話だったのに、駐屯基地と竜害の件に話がずれている。

（この場は一度、仕切り直しをする必要があるな。その上で、マレ伯爵を説得する方法を考えなくては……）

次期国王選びが近い今、この外交は絶対に失敗できない。

それになにより、とフェリクスは壁際に控えている〈沈黙の魔女〉をチラリと見る。

（どうやら僕は、憧《あこが》れの人の前で格好をつけたいらしい）

そんな心が、まだ自分に残っていることに、彼は少しだけ驚いた。


壁際に控えて会議を見守っていたモニカは、他国の使者を相手に堂々と渡り合うフェリクスの姿に、密《ひそ》かに感心していた。

（殿下は、本当にすごいんだなぁ……）

いつだったか生徒会室で、フェリクスの外交の成果がいかに素晴らしいか、シリルが熱弁を振っていたことがあった。

その時は寧《むし》ろ、そこまでフェリクスの外交記録を網羅しているシリルの方がすごいのでは、と思ったりもしたのだが、こうして実際に外交をしている姿を見ると、フェリクスのすごさがよく分かる。

勿論《もちろん》、セレンディア学園で生徒会長として振る舞う姿だって、充分に堂々としているけれど、ここにいるのは皆、フェリクスの倍以上生きている年長者達なのだ。

この交渉の場において、リディル王国の貴族達はフェリクスのことを信頼し、ファルフォリアの使者達は簡単には懐柔できない相手として見ている。年下だからと侮るような者はいない。

それだけ、過去の外交でフェリクスは成果を出しているのだ。

だからこそ、そんなすごい人が〈沈黙の魔女〉に対して、やけに恭しく接してくるのが、モニカにはどうにも落ち着かなかった。

（殿下は、わたしが無詠唱魔術を使うところを、見たことがあるみたいだけど……）

それどころかフェリクスは、モニカがシリルの魔力暴走を止めたことも知っているのだ。

（殿下は、何をどこまで知ってるんだろう……）

モニカ・ノートンが〈沈黙の魔女〉であることには気づいていないようだが、きっと彼は〈沈黙の魔女〉の素顔を知りたい、と思っているだろう。

これは、何か対策が必要かもしれない。

（バルトロメウスさんは、私の護衛任務に協力してくれるって言ってる……協力してもらうべき？）

コールラプトンの祭りの夜、バルトロメウスは迷子《まいご》のモニカをフェリクスに引き渡す時、フェリクスに顔を見られている。

だがフェリクスは、バルトロメウスのことを覚えていないようだった。夜だったし、接したのも短い時間だったから無理もない。

モニカに協力を申し出たバルトロメウスは、あれからモニカに露骨に近づいてくることはないが、廊下で見かけると、暑苦しいウィンクを飛ばしてくる。俺は味方だぜ！　というアピールなのだろう。

バルトロメウスを見かける度に、フェリクスが冷ややかな空気を滲《にじ》ませるので、正直モニカとしては、ただただ胃が痛い。

（あぁ……わたしは、どうしたら……）

考えることが多すぎて、頭がグルグルしてきたので、モニカはサムおじさんの豚に思いを馳《は》せた。

モニカの脳内で、豚が一匹、一匹、二匹、三匹、五匹……と増えていく。

やがてその数が、一〇六一〇二〇九八五七七二三匹になり、モニカの心がいくらか穏やかになった頃《ころ》、会議は一旦《いったん》お開きとなった。

豚が増え続ける世界から現実に帰ってきたモニカに、フェリクスが穏やかに声をかける。

「お待たせしました、レディ。長引いてしまい、申し訳ありません」

お構いなく、という意味を込めてモニカは小さく首を横に振る。

外交取引は機密事項も多いので、ネロはグレンと共に隣室で待機中だった。つまり、この場にモニカの代弁をしてくれる人間がいないのだ。

（えっと、この後の予定は……）

ファルフォリアの使者達は、ゾロゾロと部屋を出ていく。

それを目で追うモニカに、フェリクスは言った。

「昼食会の後、皆様で狩りに行くそうです。ところでレディ、乗馬の経験はおありですか？」

＊＊＊

外交会議が行われている部屋の隣室で、グレンは〈沈黙の魔女〉の従者、バーソロミュー・アレクサンダーとテーブルを挟んで、カードゲームをしていた。暇だったのである。

屋敷に着いたばかりの頃、グレンは〈沈黙の魔女〉の従者のことを、少し避けていた。見るからに横柄そうだったからだ。

おまけに冒険小説の主人公の名前を名乗っているし、着ているローブはやけに古臭いデザインだし、とにかく胡散臭《うさんくさ》い。

だが話しかけてみると、アレクサンダーは意外と気さくで話しやすかった。おまけに彼は大人なのに好奇心旺盛《おうせい》で、グレンが持参したカードゲームにも興味津々だったのだ。

今二人が遊んでいるのは、グレンが持ち込んだ、爪や牙《きば》の絵札を集めて竜を完成させるカードゲームである。

「ほい、水竜完成。あがりっす」

「うぉぉぉ、また負けたぁぁぁ」

アレクサンダーは悔しそうに呻《うめ》いて、手札をテーブルに広げる。その手札を見て、グレンは目を丸くした。

「アレクサンダーさん、また黒竜狙《ねら》いだったんすか？」

このゲームで一番高得点かつ、狙うのが難しい役が黒竜と白竜である。

グレンはこのカードゲームをそれなりの回数こなしているが、この二つの役が実際に完成したところを、一度しか見たことがない。

「どうせ狙うなら、大役に限るだろ。ちまちま雑魚《ざこ》い竜なんざ作ってられっか」

「そんなこと言って、今のところ全敗じゃないっすか。それに、水竜は全然雑魚じゃないっす」

「いーや、雑魚だね。ろくに意思疎通もできねぇ下位種じゃねーか」

竜は種類が多いのだが、大雑把に下位種、上位種と分けることができる。

下位種の中で最も数が多いのが翼竜、草食竜。

次に多いのが火竜、水竜、地竜だ。この三体は学問上では中位種と分類することもあるが、基本的には下位種と同じ扱いをされている。

そして、上位種とされるのが、赤竜、青竜、黄竜、緑竜、白竜、黒竜——色を名に持つ竜である。赤竜は火竜、青竜は水竜、黄竜は地竜、緑竜は翼竜の上位互換と言われており、鱗《うろこ》の色や骨格が似ているが、圧倒的に体が大きく、魔力量も桁違《けたちが》いだ。

そして何より、上位種は人間の言葉を理解することができる。中には高度な魔法を使うものもいるらしい。

とりわけ白竜と黒竜は下位互換のいない特殊な竜で、その存在自体が半ば伝説じみている。だからこそ、このゲームでも最高得点の役なのだ。

「そういや、上位種の竜って滅多に見かけないけど、みんな人間の言葉を喋《しゃべ》るんすかね？」

上位種の竜は人間と同等か、それ以上の知能を持っていると言われている。故に、滅多に人前には現れないし、人間を襲うことも少ない。

グレンの素朴な疑問に、アレクサンダーがカードの絵柄を眺めながら答えた。

「上位種の竜は人間の言葉を理解していても、それを発声する声帯を持ち合わせてねぇ。だから、喋るのは精霊どもと同じ言語だな。まぁ、大抵の人間にゃ理解できねぇよ」

「そうなんすか？」

「変化《へんげ》して声帯弄《いじ》りゃ、人間の声も発せるけどな」

傍若無人で礼儀知らずな従者かと思いきや、意外に博識らしい。

グレンが素直に感心していると、アレクサンダーは予備のカードをしまっているケースを弄り始めた。

「なぁ、声デカ」

「グレンって呼んでほしいっす」

「この『呪《のろ》い』ってカードは何なんだ？」

そう言ってアレクサンダーがケースの中から引っ張り出したのは、「呪い」と記されたカードだ。

「あー、呪竜は特殊ルールなんで、外してたんすよね。次は呪竜有りでやってみるっすか？」

「どういうルールなんだ？」

「種類は何でも良いんで竜を完成させて、かつ、手札に『呪い』があると、『呪竜』って役になるんすよ」

グレンは散らばったカードを集めて、火竜の役を作ると、そこに「呪い」のカードを添える。

アレクサンダーが腕組みをして、首を捻《ひね》った。

「呪竜は高得点なのか？」

「この役を作ると、他のプレイヤーがあがった時、その得点をマイナスにすることができるっす」

下位種、上位種問わず、呪いを受けた竜のことを呪竜と呼ぶ。

周囲に呪いを撒《ま》き散《ち》らすその存在は、まさに災害。最悪の竜害だ。

もっとも、呪竜は歴史上でも片手の指の数ほどしか目撃情報がない、黒竜や白竜に並ぶ稀有《けう》な存在である。

「なるほど、よくできたゲームだな。よし、もう一回やろーぜ」

アレクサンダーがそう言ってカードを集めたその時、扉がノックされて、使用人が入ってきた。

ピーターと呼ばれている、灰色の髪を撫《な》でつけた老従僕だ。

「失礼いたします。えぇと、昼食会の後に、旦那《だんな》様がお客様達と狩りに出かけられるとのことでして……護衛の皆様も、ご同行をお願いいいたします」

「狩りって、この辺でやるんすか？」

「はい、馬で少し走った先にある森です。皆様の馬も用意してありますので」

ピーターの言葉に、アレクサンダーが金色の目をクルリと回してグレンを見る。

「声デカ、お前、馬乗れるか？」

「乗ったことないっすね。捌《さば》いたことは、あるんすけど」

肉屋の倅《せがれ》の言葉に、アレクサンダーとピーターはギョッとしたような顔をした。

＊＊＊

レーンブルグ公爵令嬢エリアーヌ・ハイアットは静かに苛立《いらだ》っていた。

今回の帰省で、フェリクスとの距離を詰めると決めていたのに、なかなかその機会が来ないのだ。

ファルフォリア王国の使者が来る前日も、フェリクスはレーンブルグ公爵達と外交のための打ち合わせをしていたし、使者が来てからは更に忙しい。

だから、ファルフォリア王国の使者を交えて狩りに行くと聞いた時、これはチャンスだと思った。

狩りは基本的に男性が参加するものだが、エリアーヌやその母も馬車で同行し、ピクニックをしつつ声援を送ったりする。

ここで気の利くところをアピールして、フェリクスの気を惹《ひ》こうとエリアーヌは考えていたのだ。

だが、フェリクスはさっさと狩場に移動してしまい、エリアーヌには見向きもしない。

「今日の獲物はキジらしいっすよ。良いっすよねー、キジ。脂肪分が少ないから、詰め物してオーブン焼きにすると最高っす！」

「オレ様、鳥は大体好きだぜ。ただ、骨が小さいから、チマチマ取り除くのが面倒なんだよなぁ」

「あー、キジは脚の辺りに小骨が多いっすもんね」

「オレ様、昔それで酷《ひど》い目にあったぜー」

ピクニック用の敷物の上に座り、そんな話をしているのは、グレンと〈沈黙の魔女〉の従者アレクサンダーだ。

この二人は乗馬経験がないため、こうしてピクニック側の護衛として待機しているのである。

馬に乗ってフェリクス達に同行しているのは、〈沈黙の魔女〉とレーンブルグ公爵の部下数名だ。

グレンは飛行魔術を使えるが、飛行魔術は魔力の消費が大きいため、狩りの間、ずっと空中を飛び回っているわけにもいかないらしい。だから、彼はピクニック側で待機しているのだ。

グレンが、あの肉はこうすると美味《おい》しいだの、あの肉はこの季節が旬だのと語るのを聞きながら、エリアーヌは笑顔の裏でイライラしていた。

（どうしてフェリクス様がわたくしの隣にいなくて、この人達がわたくしの隣に座っているのかしら？　隣に座るにしても、お肉談義なんて野蛮だわ。もう少しましな話題はありませんの？　貴婦人に配慮した話題にするべきではなくて？　……ああ、お母様から、何か言ってくださらないかしら）

エリアーヌがチラチラと母に目を向けると、レーンブルグ公爵夫人は扇子を口元に当て、おっとりと微笑《ほほえ》んだ。

「あらあら、まぁまぁ、ダドリーさんは、お肉のことに詳しいのですね」

「オレ、肉屋の息子なんで！」

「まぁ、そうなの？　それなら、お聞きしたいのだけど、ウサギ肉のお勧めの食べ方はあるかしら？　エリアーヌが偏食で、あまり食べてくれないのよ」

エリアーヌは淑女の笑みを保ちながら、笑顔の裏で絶叫した。

（お母様⁉　なんで、お肉談義にしれっと交ざっていらっしゃるのです⁉）

こういう調理法は試したのだけど、と公爵夫人が例を挙げると、グレンはフンフンと真剣な顔で相槌《あいづち》を打つ。

「ウサギ肉なら、断然メスの方がしっとりしてて美味しいんすよね。煮込みも良いんすけど、豚と合わせて茹《ゆ》でて、ペーストにするとか……」

肉について語るグレンは、珍しくキリリと賢そうな顔をしていた。

そうしていると、まぁまぁ格好良く見えなくもないのだが、話している内容は肉談義。

「あとは汁物も美味しいっすね。骨をハンマーで叩《たた》いて、出汁《だし》が出やすいようにするのがポイントで……」

そもそもエリアーヌがウサギ肉を苦手になったのは、幼少期、料理人がウサギの皮を剥《は》いでいる現場を目撃したのが原因である。

そんなエリアーヌが、骨を叩いて出汁を取るだのという調理方法を聞いて楽しめるはずがない。

エリアーヌは静かに立ち上がると、横乗り用の鞍《くら》を着けた馬に乗った。

エリアーヌは乗馬の腕が達者というわけではないが、一人でも乗り降りはできるし、軽く近くを回るぐらいはできる。

エリアーヌが使用人に声をかけようとすると、それより早くグレンが訊《たず》ねた。

「トイレっすか？」

誰か、このデリカシーのない男の頭を引《ひ》っ叩《ぱた》いてくれないだろうか。

苛立ちつつ、エリアーヌはあくまで淑女の笑みで答えた。

「わたくしも少し、周囲を散策したくなりましたの」

「じゃあ、オレかアレクサンダーさんのどっちかが、ついていくっすよ」

「結構ですわ。この森はわたくしにとって庭のようなものですから、迷うこともありませんのよ」

こういう時、真っ先にエリアーヌのお供を申し出るのは執事のレストンなのだが、今日は同行していない。屋敷で晩餐《ばんさん》の指示に忙しいからだ。

手隙の使用人は二人。最近入った新入りの黒髪と、それよりはもう少し勤続年数の長い、灰色の髪の老従僕のピーターだ。

エリアーヌは新入りの名前を知らなかったので、ピーターの方に声をかけた。

「ピーター、お供してちょうだい」

「はぁ、かしこまりました」

ピーターはエリアーヌの気紛れに戸惑っているようだったが、それでもエリアーヌの言う通り、馬を歩かせる。

手綱を引かれた馬は、少しだけ不快そうに鼻を鳴らしたが、大人しく歩きだした。どうやらピーターは、あまり動物に好かれる気質ではないらしい。それでも、若い新人に任せるよりましだ。

エリアーヌは横座りで手綱を握りながら、森の中で偶然フェリクスと会えたらいいのに、とため息をついた。

＊＊＊

「エリー、大丈夫っすかねぇ」

チラチラと森を気にするグレンに、レーンブルグ公爵夫人が飲み物を差し出し、おっとりと笑いかける。

「どうか、あまり気を悪くなさらないでね。あの子、少しわがままなものだから」

「……？　気を悪くするようなことなんて、ないっすよ」

温かい茶をグビグビ飲みながら答えると、公爵夫人は「あらあら、まぁまぁ」と笑った。

笑い方がエリーに似てるなぁ、と思いながらグレンが茶を啜《すす》っていると、〈沈黙の魔女〉の従者、アレクサンダーが声をあげる。

「オレ様、茶より酒がいい！　あと食い物！　肉！」

「へい、お持ちしやしたぜ、兄貴」

素早く駆け寄り、酒やら干し肉やらを並べたのは、比較的若い黒髪の使用人だった。

アレクサンダーは機嫌の良い猫みたいに、喉《のど》を鳴らしてニンマリ笑う。

「でかした子分」

この人は、他人の家の使用人を子分にしているのか、とグレンが呆《あき》れていると、レーンブルグ公爵夫人が微笑《ほほえ》ましげに言った。

「まぁ、二人は仲良しなのね。名前が同じだからかしら？」

「……名前？」

グレンが思わず首を捻ると、黒髪の使用人が畏《かしこ》まった態度でお辞儀をする。

「俺ぁ、バルトロメウスって言うんすけどね。リディル王国語だと、バーソロミューっていうんでさぁ」

「なんか、ややこしいっすね。バーソロミューさんと、バルトロメウスさん」

「ややこしかったら、俺のこたぁバールと呼んでくだせぇ」

なるほど、アレクサンダーさんと、バールさん。これなら少しは覚えやすそうだ。

その時、干し肉を齧《かじ》っていたアレクサンダーが、勢いよく顔を上げて、キョロキョロと周囲を見回した。

その表情は、いつも陽気に笑っている彼にしては珍しく険しい。

「どうしたんすか、アレクサンダーさん？」

「何かがすげー速さで近づいてきてる……なんだ、この変な魔力？」

グレンの疑問に答える間も、金色の双眸《そうぼう》は忙しく周囲を見回していたが、やがてその動きがピタリと止まる。

彼が鋭い目で凝視しているのは、エリアーヌが進んでいった方角だ。

「おい、子分、声デカ。あのふわふわお嬢を連れ戻せ。なんかやべぇのが近づいてきてる」

「やべぇの？　兄貴、なんすかそれ？」

「ハッキリとは分かんねーよ。でも、すげーやべぇ。この形と大きさは……」

アレクサンダーの言葉は漠然としていて、どうにも緊張感が持ちづらい。

他の使用人達も、困惑したように彼を見ている。

そんな中、アレクサンダーはハッと息を呑《の》むと、眉《まゆ》を吊《つ》り上《あ》げて叫んだ。

「──竜だ！　……いや、竜に限りなく近い形をした何かが近づいてきてやがる！」

六章　呪《のろ》われたもの

レーンブルグ公爵領は竜害が多いとされる東部地方寄りではあるが、それでも飛び抜けて竜害の多い地域というほどでもない。

領地に魔力濃度の濃い森があり、そこに少しばかり竜や精霊が棲《す》みついているが、年に数回、群れからはぐれた草食竜が人里に迷いこむぐらいだ。大型竜が出没したことは、エリアーヌが生まれてから数回しかない。

だから、エリアーヌにしてみれば、竜よりも熊や猪《いのしし》の方がよっぽど身近な脅威だ。

この森は、そういった大型の獣も少ないから、散策するには丁度良かった。

（あぁ、ここでばったりフェリクス様とお会いしたら、どんなに素敵かしら。フェリクス様は少し驚いた顔をするけれど、すぐに微笑《ほほえ》んで「エリアーヌ、こちらにおいで」ってわたくしに手を差し伸べてくださるの。わたくしは、戸惑いつつもフェリクス様の手を取って……そしたら、フェリクス様はちょっと強引にわたくしを抱き上げるのよ。そして恥じらうわたくしに「しっかり掴《つか》まっていないと危ない」と言ってくださって、わたくしはフェリクス様の胸におずおずと手を伸ばし……）

心地よい夢想にエリアーヌがうっとりしていると、馬が唐突に足を止めた。

「あら、どうしたの？」

「分かりません。馬が急に怯《おび》えだして……」

ピーターが馬の具合を確かめるが、怪我《けが》をした様子はない。ただ馬は明らかに興奮し、何かに怯えていた。

近くに大型の獣がいる可能性があると判断したのか、ピーターが念のために猟銃を構える。

しかし森の中はとても静かで、大型動物が草をかき分けるような音は聞こえてこない。

強い風が吹き、エリアーヌのスカートの裾《すそ》を揺らした。日が陰ってきたのか、少し肌寒い。

雲の様子を確かめようと、エリアーヌは首を傾け、空を仰ぎ……そして絶句した。

「……え？」

日差しを遮っているのは雲ではなかった。

大きな何かが木々の上を旋回している。その巨体のシルエットに、エリアーヌの背筋は凍りついた。

「……竜」

飛行を得意とする竜と言うと、真っ先に思い浮かぶのは翼竜だ。

翼竜の大きさは、大体牛と同じか少し大きいぐらい。だが、頭上の竜はその倍以上の大きさがあった。見るからに硬質そうな厚い鱗《うろこ》は、鮮やかな新緑色をしている。

「緑竜……上位種だわ……」

エリアーヌの呟《つぶや》きに、ピーターも頭上を見上げた。

彼は青ざめながらも従僕としてなすべきことをすべく、馬の手綱を引く。

だが、怯えた馬は一歩も動こうとしない。それどころか、下手《へた》に刺激すると暴れだしそうだ。

「お嬢様、一度馬から降りてくださいっ」

「で、でも、馬に乗って逃げた方が……」

「竜と遭遇した馬は、暴走しやすいんです！　横座りの鞍《くら》では振り落とされる！」

エリアーヌは慌てて手綱を手放し、スカートを押さえて馬から降りようとした。そのタイミングで、頭上の竜が甲高い声で鳴く。

竜の鳴き声に怯えた馬が嘶《いなな》き、前足を高く持ち上げた。

バランスを崩したエリアーヌが馬から転げ落ちると、ピーターがエリアーヌの手を引いて、馬に蹴《け》られぬよう距離を空ける。

その時、一際強い風が吹いた。緑竜がこちらに向かって急下降してきたのだ。ピーターとエリアーヌは慌てて木陰に逃げ込んだ。

下降してきた竜は、暴れる馬の胴体に太い爪を食い込ませる。その鋭利な爪は、頑丈な鞍ごと馬の胴体を握《にぎ》り潰《つぶ》した。

馬の断末魔の鳴き声に、エリアーヌは咄嗟《とっさ》に耳を塞《ふさ》いで目を背ける。そんなエリアーヌの腕を、ピーターが強い力で引いた。

「ここを離れましょう、今すぐ」

「ま、待ってちょうだい。下手に動くより、隠れた方が……っ」

竜は馬の亡骸《なきがら》を貪《むさぼ》るでもなく、ただ八つ当たりのように切り刻み、すり潰している。その様子は明らかに尋常ではなかった。

そもそも、上位種の竜は下位種と違い知性がある。故に、無闇に人間を襲ったりはしないはずなのだ。

（なのに、どうして……っ）

そうっと緑竜の様子を眺めたエリアーヌは、違和感を覚えた。

緑竜の美しい新緑色の鱗の上に、黒い帯状の影が見えるのだ。

その影は大蛇のように、緑竜の体の表面を這《は》っている。

（あれは……まさか……）

エリアーヌは、体の上に影を這わせる竜など見たことがない。だが、物語で読んだことがあった。

魔力と負の感情が結びつき生まれた、世界の澱《よど》み——人はそれを呪いと呼ぶ。

そして、ありとあらゆる生き物を蝕《むしば》み苦しめる呪いが竜を蝕んだ時、呪竜は生まれるのだ。

呪竜はそこにいるだけで、周囲に呪いを撒《ま》き散《ち》らす最悪の存在だ。その危険度は、同じく伝説級とされる黒竜に匹敵する。

——ォォン、ォォォォォォオオ……。

呪われた緑竜が、喉を擦り合わせるような醜く掠《かす》れた鳴き声をあげる。

すると、竜の巨体を這っていた影の一部がぬらりと浮かび上がり、馬の亡骸に絡みついた。

かつて馬だった肉片はみるみる内に黒く染まり、大蛇のような影と溶けて混ざり合う。

エリアーヌは直感で理解した。あの馬は呪いに喰《く》われたのだ。

「ピーター、あぁ、ピーター……」

「ひっ、ひぃっ、あ、あぁ……次は、私の番だ……次は……次は……あぁっ」

ピーターは親指の爪をガリガリと噛《か》みながら、反対の手で髪を掻《か》き毟《むし》っている。錯乱しているのだ。

頼りになる大人がパニックになり、その恐怖と混乱はエリアーヌにも伝染する。

「いや、いやよ、いや、いや！　こんなところで、こんな、いやぁっ！　……死にたくない……っ！」

馬を取り込んだ影は、スルスルと緑竜の体に戻っていく。

竜の太い首がゆっくりと動き、エリアーヌ達が隠れている木を睨《にら》んだ。次の獲物に狙《ねら》いを定めたのだ。

（大丈夫、大丈夫、この辺りは木々が密集して狭いから、体の大きい竜は通れない……っ）

だが、エリアーヌの微《かす》かな希望を、緑竜は羽の一振りで打ち壊す。

分厚い皮膜を持つ羽が上下すると、強い風が吹き、不可視の風の刃《やいば》が周囲の木々を切り倒した。

赤竜が火、青竜が水を操るように、緑竜もまた風を操ることができるのだ。

この能力こそ、緑竜が翼竜の上位種たる所以《ゆえん》である。

「いやぁっ……ひ、ひぅ……ぅ、ぁあ……っ」

緑竜の体を這う黒い影が再び浮かび上がり、エリアーヌ達に這い寄る。

あの影は呪いそのもの。それに触れたら……その末路をエリアーヌはたった今、目にしたばかりだ。

「い、いやぁぁああああっ！」

エリアーヌが震える足を動かし、その場を逃げ出そうとした時、緑竜が羽を一振りした。

強い風がエリアーヌの体を地面に叩《たた》きつける。もう逃げられない。

緑竜の体を這う黒い影が、ゆらりと浮かび上がってエリアーヌとピーターに狙いを定める。

「エリー！　……と、使用人のおじいさんっ！」

その時、力強い腕がエリアーヌの体をすくい上げるように持ち上げ、小脇に抱えた。

「怪我はないっすか⁉」

低空飛行でエリアーヌを救出したのは、グレンだった。

グレンはエリアーヌを抱えるのと反対の腕で、ピーターを抱えている。

右手にピーター、左手にエリアーヌ。いかにグレンが若くて体力があっても、相当辛《つら》いのだろう。グレンの顔は真っ赤《まか》だ。

それでも、二人を落とさないようにしっかりと抱えたまま、グレンは木々の隙間《すきま》を縫うように飛ぶ。木よりも高く飛ぶと、飛行能力の高い緑竜の的になりやすいからだ。

緑竜は大きく羽を羽ばたかせて飛び上がり、木々の上からグレン達を追尾した。そして、その体から黒い影を触手のように伸ばす。

飛行魔術は馬に負けないぐらいの速さが出るはずだが、今のグレンの飛行スピードは、走るのよりやや速いという程度だった。

エリアーヌとピーターの二人を抱えているせいだ。以前、学園祭の舞台で抱き抱えられた時と比べて、明らかにふらついている。

グレンは飛行魔術を使いながら、早口で詠唱を繰り返していた。だが、飛行魔術以外の術は発動しない。恐らく、魔術の同時維持に不慣れなのだ。

すぐ真後ろに迫る影に、ピーターが悲鳴をあげた。

「あ、あぁぁっ、追いつかれるぅぅうっ‼」

影がピーターとエリアーヌの足に触れようとした瞬間、グレンが強引な方向転換をし、大木の陰に回り込んだ。

飛行魔術を維持し、宙に浮いたまま木の陰に隠れ、グレンは詠唱の最後の一節を口にする。

「これで……どうだぁっ！」

宙に火球が浮かび上がり、真《ま》っ直《す》ぐに緑竜目がけて飛翔《ひしょう》する。

グレンは飛行魔術を使って飛び回りながら、攻撃魔術を発動することができない。だから、一度動きを止めることで、二つ目の術を成功させたのだ。

先に発動していた飛行魔術も解除せずに維持したままだから、グレンは即座に低空飛行を再開できる。

「今のうちにぃ……っ！」

苦しげに呻《うめ》き、グレンは飛行魔術でその場を離れた。

グレンの小脇に抱えられたエリアーヌは、精一杯首を捻《ひね》って背後を見る。

撒き散らされる炎。その向こう側で黒い影が暴れている。まるで、火に焼かれてのたうち回る蛇のようだ。

だが、魔術の素養のあるエリアーヌは、火の威力が低いことに気づいた。恐らく、グレンは慣れない同時維持のせいで、火力を出せなかったのだ。

（それでも、この派手な音と火を見たら、誰かが非常事態だと気づいてくれるはず……！）

微かな希望を嘲笑《あざわら》うように、火が霧散した。緑竜の操る風に、グレンの火が負けたのだ。

木の多いところに逃げ込んだので緑竜は追ってこないが、黒い影が大蛇のように伸びて襲いかかる。速い。

グレンが、喉《のど》も裂けんばかりに咆哮《ほうこう》する。

「──っ、だぁありゃあああああっ！」

グレンは小脇に抱えていたエリアーヌとピーターを、近くの茂みに投げ飛ばした。

投げ出された二人は、苔《こけ》むした地面をゴロゴロと転がる。

「きゃぁっ⁉」

「ひぃぃぃっ⁉」

茂みの枝や硬い葉が、エリアーヌの柔《やわ》い肌を傷つけ、ふわふわの髪に絡まった。

淑女に対してなんという扱い！　これは一言文句を言ってやらねば、と起き上がったエリアーヌは見た。

エリアーヌとピーターを逃したグレンの足に、黒い影が絡みつく。その影は足首から、胴体、首、顔へと這い上がっていった。

飛行魔術で浮いていたグレンの体が、矢で射落とされた鳥のように、ボトリと力無く地に落ちる。

「あっがぁっつっうぅぁあああぐぅぇぁあああっああっああ、がうぁあああああっ‼」

血を吐くような絶叫がグレンの口から溢《あふ》れ出す。

その痛々しい叫びに、恐怖に、エリアーヌは耳を塞ぎたくなった。

グレンの体は黒い影でまだらに染まっている。あの馬の亡骸のように、グレンの体も呪いに取り込まれようとしているのだ。

いつも快活に笑うグレンの顔は、苦悶《くもん》に歪《ゆが》んでいる。

エリアーヌはその光景を、カタカタと震えながら見つめることしかできない。

(いや、いや、こんなの、いやぁ……)

グレンの体は、既に半分ほど影に蝕まれていた。

その目は焦点を失い、口がパクパクとか細い声を漏らす。それは苦悶の声ではない――必死の詠唱だ。

「……ぐぅ、っ……燃ぇ、ろぉっ!」

グレンの手のひらに火球が生まれる。

ガクガクと痙攣《けいれん》する手から放たれた火球は、耳が痛くなるような音を立て、緑竜の顔面に炸裂《さくれつ》した。先ほどとは違う、高威力の火球だ。

グレンを蝕んでいた影は、その一部をグレンに残したままグレンの体を離れると、スルスルと緑竜の体に戻っていった。

緑竜はグレンの火球の直撃を食らってもなお健在だ。竜の鱗は熱に強く、眉間《みけん》以外への攻撃は効果が低い。

それでも高威力の火球に脅威を感じたのか、呪《のろ》いを纏《まと》った緑竜は一度大きく旋回し、この場を離脱した。

ピーターはヒィヒィと喉を鳴らしながら「た、助かった……?」と呟いている。

エリアーヌはピーターには目もくれず、震える足でグレンに近寄った。

「グ、グレン様……?」

返事はなかった。うつ伏せに倒れたグレンの体はピクリとも動かないのに、呪いの残滓《ざんし》の影だけが、うぞうぞとグレンの体を這いずり回っている。

「いや……いやよ……ねぇ、大丈夫、なのでしょう？　起きて……起きてくださいまし……」

「そいつに触るなっ！」

背後で誰かが鋭く叫び、エリアーヌの首根っこを掴《つか》んだ。

まるで猫の子でも扱うかのようにエリアーヌを掴んでいるのは、黒髪に長身の男──〈沈黙の魔女〉の従者、バーソロミュー・アレクサンダーだ。

「は、放して。グレン様が……グレン様が、わたくし達を庇《かば》って……」

「こいつは今、呪《のろ》われてんだ。触ったら呪いが感染《うつ》るぞ」

「でもっ、でもぉ……このままじゃ……グレン様が、死んで、しま……っ、うぅっ……ひぐっ……」

とうとう啜《すす》り泣《な》き始めたエリアーヌに、アレクサンダーは嫌そうに顔をしかめた。

彼はエリアーヌから手を放すと、グレンの前にしゃがみ込み、グレンの全身を蝕む影の様子を観察する。

「こういうのは、魔力量が少ない奴《やつ》だと、すぐに喰われちまうもんだが……あぁ、やっぱこいつ、人間にしちゃ魔力量が多いんだな……もしかして、うちのご主人様より多いんじゃね？」

アレクサンダーはブツブツと呟《つぶや》き、グレンの体を蝕む影に、指先でチョンチョンと触れた。

影はその指を這い上がるかと思いきや、どういうわけか、指を避けるような動きをする。

「ん、よし、オレ様なら触っても大丈夫だな」

アレクサンダーはグレンの体を肩に担いで立ち上がると、エリアーヌとピーターを交互に見た。

「とりあえず、安全なところに戻るぞ。それと屋敷に戻ったら、呪いの専門家を呼べ。これは素人《しろうと》の手に負えるようなもんじゃねぇ」

＊＊＊

狩場には、フェリクスやレーンブルグ公爵をはじめ、リディル王国側の貴族が八人、ファルフォリア側の使者が八人、それと使用人や護衛が同行し、それなりの人数で賑《にぎ》わっていた。

本気で狩りをするのなら、散開した方が効率的だとモニカは思うのだが、彼らは馬に乗ってのんびりと談笑をしている。

この狩りは、あくまで使者との交流を目的としたものなのだ。

（まぁ、まとまっていてくれた方が、わたしも護衛しやすいけど……）

今回、護衛として同行しているモニカは、横座り用の鞍《くら》を着けた馬に乗っている。ローブ姿では馬に跨《また が》るのが難しかったためだ。杖《つえ》も邪魔になるので、ネロに預けてある。

セレンディア学園の選択授業で乗馬の基礎は習っているが、横座りの鞍は初めてだった。

横座りは走るのには全く向かないし、跨《また》ぐよりも不安定だが、それでも乗馬の授業のおかげか、それほど無様な乗り方にはならずに済んだ。

乗馬の授業を受けていなかったら、多分数歩で落馬していただろう。

（それにしても、寒いなぁ）

モニカは手綱を握る手を何度か開閉して、血を巡らせる。

今日は日差しが暖かいが、木の多い森の中では、日陰にいるとそれなりに冷える。

手袋をしてくるべきだった、と後悔していると、モニカの横にフェリクスの馬が並んだ。相変わらず安定した手綱《たづな》捌《さば》きだ。

フェリクスは気遣うように、モニカを見つめた。

「レディ、その格好では冷えるでしょう？　私の手袋を使ってください」

畏《おそ》れ多《おお》すぎる。モニカはブンブンと首を横に振った。

その時、背後で猟犬が鳴き、銃声が響く。猟犬に追い立てられたキジを、誰かが撃ったのだ。

猟銃を構えているのは、会議中フェリクスに突っかかっていたマレ伯爵だった。マレ伯爵のもとに、キジを咥《くわ》えた猟犬が戻ってくる。

フェリクスがマレ伯爵の方に馬を向け、微笑《ほほえ》んだ。

「素晴らしい腕前ですね、マレ伯爵」

「なに、年の功というやつです。……それなりに長く嗜《たしな》んでいるもので」

マレ伯爵の言葉は丁寧だが、経験の浅い若造め、という嫌味にも聞こえた。事実、フェリクスを見るマレ伯爵には、どこか勝ち誇ったような雰囲気がある。

だがフェリクスは挑発には乗らず、穏やかに微笑み、マレ伯爵の足元に控えている猟犬に目を向けた。

「動物は、人以上に人を見ているものです。猟犬達は貴方《あなた》を、信頼に値する人間だと認めている」

遠回しに、貴方は信頼に値する人間であると言われ、マレ伯爵が鼻白んだような顔をする。

「私も貴方のように、慕われる人間でありたいものです」

フェリクスの言葉に、マレ伯爵の小鼻がピクピクするのをモニカは見た。

狩りが始まってそれなりに経《た》つが、フェリクスは猟銃を殆《ほとん》ど使っていない。それはきっと、ファルフォリア側の人間に狩りの成果を譲り、気分を良くさせるためなのだろう。

(外交って、大変なんだなぁ……)

こういう水面下の駆け引きは、見ているだけで神経が摩耗する。

モニカがこっそりため息をついていると、遠くの方で大きな音がした。ドォンと何かが爆《は》ぜる音は、銃声よりも低く重い。

「おい、あれはなんだっ⁉」

真っ先に声をあげたのは、ファルフォリア王国のマレ伯爵だった。

音が響いた方角の空に、翼を広げた大きな竜の姿が見える。シルエットは翼竜に似ていたが、それよりも圧倒的に大きい。

(あれは……上位種の緑竜っ⁉　なんで、こんなところに)

客人達が混乱し、ざわめく中、フェリクスが馬をなだめながら、周囲に声をかける。

「どうか落ち着いてください。見たところ、あの竜はこちらに近づいてくる気配は無い。今は静かに休憩所に戻りましょう。ご婦人方が不安がっているかもしれない」

冷静なフェリクスの言葉に、一行は少しだけ落ち着きを取り戻したようだった。

だが、モニカは嫌な予感にローブの胸元を握りしめる。

先ほど聞こえた大きな音は、恐らくグレンの攻撃魔術だろう。ネロは魔術を使えない。

モニカは自分達の現在位置と休憩所までの距離、方角を素早く計算する。

(あの音が聞こえたのは、休憩所とは違う方角だった……グレンさんが単独行動？　ネロは何をしてるの？)

モニカの疑問に応《こた》えるかのように、休憩所の方角から馬に乗った誰かがやってくる。

馬に乗っているのは、黒髪を撫《な》でつけた彫りの深い顔立ちの男――バルトロメウスだ。

バルトロメウスは「馬上から失礼しやす」と一言断り、声を張りあげた。

「兄貴……じゃねぇ、〈沈黙の魔女〉様の従者、アレクサンダー殿より伝言です！『やべぇのが近づいてきてる。すげーやべぇ』……以上です！」

いかにもネロらしい雑な伝言である。

危険が迫っているから、どうするかはモニカが決めろ、といったところか。

影の薄いレーンブルグ公爵が、顔に浮かんだ汗をハンカチで拭《ぬぐ》いながら言った。

「アレクサンダー殿は、具体的に何が近づいているとは、言っていなかったのかい？」

まぁ、十中八九竜だろうけど、と呟くレーンブルグ公爵に、バルトロメウスは歯切れ悪く答える。

「……えーと、あの旦那《だんな》の言うことにゃ、竜に限りなく近い形をした何か……らしいですぜ」

ネロらしからぬ曖昧《あいまい》な表現に、モニカの胸騒ぎはますます強くなった。

＊＊＊

モニカ達が休憩所に引き返すと、そこは大変な騒ぎになっていた。

使用人達は恐慌状態だし、エリアーヌは啜り泣いている。

そして地面に寝かせられているグレンは、全身を黒い何かに蝕《むしば》まれ、青白い顔でぐったりとして動かない。

そんな状況の中、普段はおっとりとしているレーンブルグ公爵夫人が、テキパキと使用人達に指示を出していた。

「王都に至急の遣いを送りなさい。主人の名前を出しても構いません。何かあったら、わたくしが全《すべ》ての責任を負います。そこのお前は屋敷に先に戻って、医師の手配を」

レーンブルグ公爵夫人は、隣で泣きじゃくっているエリアーヌを一瞥《いちべつ》すると、鋭い口調で叱咤《しった》する。

「エリアーヌ、いつまで泣いているのです。おまえが泣いても、状況は何も変わりませんよ。できることが無いなら、せめて邪魔にならぬよう馬車の中にでもいなさい」

とうとうエリアーヌは、声をあげて泣き崩れた。

普段から影が薄く気弱なレーンブルグ公爵が、妻のもとに駆け寄り訊《たず》ねる。

「お、おまえ、これはいったい……何があったんだ」

「呪竜ですわ、あなた。ダドリー様がエリアーヌを庇って、呪《のろ》いを受けました」

呪竜。その言葉に場の空気が凍りついた。

呪竜は半ば伝説のような存在だ。実際にそれを目の当たりにした者は、少なくともこの場にはいないだろう。

だが呪竜によって街が複数滅んだという事実は、今も人々に語り継がれている。

呪竜とは、呪いを受けた竜のことを指すが、この呪いというものについて、現代に至っても全容が明らかになっていない。呪いは自然現象だが、そうそう起こるものではないからだ。

魔術の応用で呪いを生み出し、操る技術を呪術《じゅじゅつ》と言い、少ないながら呪術師は存在する。七賢人の一人、〈深淵《しんえん》の呪術師〉レイ・オルブライトがそうだ。

そして、呪術の知識はオルブライト家が独占している——つまり七賢人のモニカですら、呪いや呪術に関する知識は殆どない。

「おぅ、帰ったか」

モニカが馬から降りると、グレンの様子を見ていたネロが歩み寄ってくる。

モニカが口を開くより早く、馬から降りたフェリクスがネロに訊ねた。

「危険を教えてくれて、ありがとう。ダドリー君の容態は？」

「すっげーやべぇ。普通の人間なら、とっくにくたばってるぜ。ただ、魔力量が多いから、辛うじて呪いに対抗できてるって感じだ。……絶対に触るなよ。触ると呪いが感染る」

「それなら、どうやってダドリー君を運ぶんだい？」

「オレ様なら触れるんだよ。オレ様はすげーからな」

フェリクスとネロのやりとりを聞きながら、モニカは無詠唱で感知の魔術を発動し、グレンを観察した。

グレンの全身には、黒い帯状の影が張りついている。この影が呪いなのだ。

張りついた影は、肌を這《は》う大蛇のように刻一刻と形を変えている。

（これは呪いがグレンさんを取り込もうとしているのを、グレンさんの魔力がギリギリで防いでいる状態……つまり呪術は魔力である程度防げる性質があるということ。でも恐らく、ただの防御結界じゃ完全には防げない。専用術式を組むとしたら、呪術は闇属性魔術に近い性質を持つものだから……）

その時、モニカの思考を遮るように、誰かが悲鳴をあげた。老従僕のピーターだ。

「りゅ、りゅりゅ、竜だぁ——っ！　うわああああっ！」

ピーターが指さした先に、全身を斑《まだ》らに黒く染めた緑竜が滑空してくるのが見える。

緑竜は羽を広げると、ちょっとした山小屋ぐらいの大きさがあった。それが魔力を帯びた風と、黒い帯状の影を伴って滑空してくるのだ。まともにくらったら、ひとたまりもない。

モニカは咄嗟《とっさ》に無詠唱で、防御結界を張った。だが、この防御結界では緑竜の体当たりや風を防げても、呪いは防げない。

モニカの懸念通り、緑竜の体を這う影がゆらりと浮かび上がり、頭上から襲いかかる。

その影は、モニカが張った防御結界を容易《たやす》くすり抜けた。

周囲の人々が絶望の悲鳴をあげる中、モニカは敷物の上に置いてあった杖を手に取り、たった今考えたばかりの魔術式を発動する。杖の装飾がシャラン、と鳴った。

（お願い、効いて……っ！）

それは対呪い用に、モニカが即席で作り上げた防御結界だ。

理論は穴だらけ。検証すらしていない術を実戦で使うなんて、いつものモニカなら絶対にやらない。だが、今はなりふりかまっていられないのだ。

一《いち》か八《ばち》かの対呪い用防御結界は正しく発動し、黒い影を弾《はじ》き返した。効いている。即席の防御結界は効果があったのだ。

あぁ、助かった……と周囲は安堵《あんど》の声をあげたが、モニカはこの絶望的な状況に青ざめた。

（駄目。このままじゃ、攻撃ができないっ！）

モニカが同時に維持できる魔術は、二つまで。

そして今、モニカは竜の攻撃を防ぐための通常防御結界と、対呪い用防御結界の二つを発動している——つまり、今のモニカは攻撃ができないのだ。

周囲には猟銃を持っている者もいるが、通常防御結界が邪魔をしてしまい弾丸が通らない。

この状況では、結界の外から攻撃魔術を使える魔術師がいないと、攻撃ができないのだ。

そしてこの場で、竜に致命傷を与えられるだけの攻撃魔術を使えるのは、恐らくグレンのみ。そのグレンは意識を失っている。

（攻撃の手が足りない……っ！）

黒い影は勢いを弱めるどころか、じわじわとモニカの結界を侵食しつつある。

対呪い用結界は、即席で作った結界だ。当然に綻《ほころ》びが多い。このままでは押し負けるのは時間の問題だろう。なによりモニカの防御結界は、そこまで持続時間が長くない。

（ルイスさんなら二つの結界を一つにまとめるぐらいできたし、結界の強度も、もっと頑丈にできたのに……っ！）

〈結界の魔術師〉ルイス・ミラーは、一つの防御結界に複数の効果を付与する天才である。

彼なら、モニカが使っている防御結界を一つにまとめて、空いた手で攻撃魔術を使うことができただろう。

モニカの無詠唱魔術の強みは、即時発動できることにある。

故に先手を取ると、この上なく強力なのだが、後手にまわり防戦一方になってしまうと優位性が失われる。今がまさにその状況だ。

（それでも、なんとかしなきゃ。……わたしは七賢人なんだから。〈沈黙の魔女〉なんだから……っ！）

せめてこの場から、みんなを逃がしたい。

だが、モニカが張っている結界は半球体だ。つまり、この場にいる人間は結界に守られていると同時に、結界に閉じ込められ、逃げることができなくなっているとも言える。

（結界の範囲を後方に広げて、少しでも離れてもらう？　でも、これ以上範囲を広げると、結界の強度が下がる……通常防御結界を一瞬だけ解除して、そこから攻撃魔術を使う？　でも、緑竜の風の刃は、防御しないと死傷者が出る……！）

それは、チェスで手詰まりになった時に似た絶望感だった。

思いついた手を一手一手考察していくが、どうしても敵をチェックするには届かない。

（なにか、なにか、手は……っ）

そんな絶望的な状況の中、動きだした者がいた。

杖《つえ》を構えて結界を維持するモニカに、フェリクスが近づく。

（殿下、危ないから下がって……！）

内心悲鳴をあげるモニカのそばで、フェリクスは背負っていた猟銃を構えた。

「レディ、通常防御結界を部分的に解除することは可能ですか？　拳《こぶし》一つ分でいい」

フェリクスがやろうとしていることに気づいたモニカは、その無謀さに驚きつつ、小さく頷《うなず》く。

彼はこんな状況でも、生徒会室で見せるのと変わらない穏やかな笑みを浮かべていた。

フェリクスは慣れた手つきで猟銃を構え、狙《ねら》いを定める。

「眉間《みけん》を狙《ねら》います」

モニカは瞬時に猟銃の角度から弾丸の軌道を計算し、弾丸が通るよう、拳一個分だけ結界に穴を開けた。

フェリクスが引き金に指をかける。

ダァン、という銃声がすぐそばで響き、モニカは一瞬体を竦《すく》ませた。鼻を衝《つ》くのは硝煙のにおいだ。

——オォォオンォアアァ、ァアアアォォォッ！

正確に眉間を撃ち抜かれた緑竜が、断末魔の声をあげ、地に落ちる。

その鳴き声にモニカは硬直した。

モニカは地面に倒れた緑竜を凝視する。だが、緑竜はもう物言わぬ骸《むくろ》になっていた。

（今の、って……）

緑竜の体を這いずり回っていた黒い影も、ピタリと動きを止めている。

「私を信じていただき、ありがとうございます。レディ・エヴァレット」

フェリクスが銃口を下げ、モニカに笑いかける。周囲の人々が歓声をあげる。

「フェリクス殿下と〈沈黙の魔女〉様が、伝説の呪竜を倒された！」

だが、周囲の喜びの声も、フェリクスの甘やかな声も、モニカの耳には届かない。

モニカの頭の中は、竜が最期に残した言葉で、いっぱいだったのだ。

七章　傀儡《かいらい》が死の淵《ふち》で思うこと

レーンブルグ公爵の屋敷に運び込まれたグレンは、夜になっても意識が戻らぬままだった。

グレンを寝かせている部屋にいるのは、グレンの他はモニカとネロだけだ。

グレンの体内に残った呪《のろ》いが動きだし、人間を襲う可能性もあったので、使用人の出入りは禁じている。

燭台《しょくだい》の灯《あか》りに照らされるグレンの体には、いまだ黒い影が張りついたままだった。

呪いの大元である緑竜を倒したことで、影の動きは止まっている。だが、緑竜の亡骸《なきがら》に影が残っているように、グレンの体の影も消えていない。

グレンは時折苦しげな呻《うめ》き声をあげるものの、その声すらか細く、命の灯火《ともしび》が消えかかっていることは誰《だれ》の目にも明らかだった。

モニカはグレンの体に残った影を観察し、ポツリと呟《つぶや》く。

「……ネロ。あの緑竜の最期の言葉……聞こえた、よね」

「おう」

上位種の竜は知性が高く、人間の言葉を理解している。ただ、その発声器官の構造上、人間の言葉を喋《しゃべ》ることは難しいため、精霊達と同じ言葉を発しているのだ。

モニカは魔術師養成機関ミネルヴァにいた頃《ころ》、精霊言語を学んでいるので、簡単な単語なら聞き取ることができる。

――ゆるさない、あのにんげん、ぜったいにゆるさない。

あの緑竜は明らかに人間を憎んでいた。それも、特定の誰かを。

「あの緑竜な、オレ様が感知した時点で、既に相当衰弱してたぜ」

本来、上位種の竜は精霊と同等か、それ以上に強い魔力を持っているのだ。

だが、あの緑竜は酷《ひど》く衰弱していた。だからネロも、すぐには存在に気づかなかった。

「オレ様が感知したのは、竜にまとわりつく呪いの魔力だな。蛇みたいなウネウネが竜ぐらいの大きさだったから、もしかして竜じゃね？　って思ったら正解だったわけだ」

緑竜が衰弱していたのは、呪いに蝕《むしば》まれていたためだろう。

（呪いの大元の緑竜を倒すだけじゃダメなの？　このままじゃ、グレンさんが……）

グレンに大量の魔力を注ぎ込めば、呪いを退けることはできるかもしれない。だが、その効果は一時的なものにすぎないし、下手《へた》をするとグレンが魔力中毒になる。

無理矢理この呪いを引き剥《は》がしたとして、その行為にグレンの体が耐えられるかも分からない。

現状を打破するには、あまりにも呪いに関する情報が足りなすぎるのだ。今は専門家の到着を待つことしかできない。

（……グレンさん、守れなくてごめんなさい）

友人が苦しんでいても、モニカには何もできない。魔術師の最高峰である七賢人なのに。

無力さに唇を噛《か》み締《し》めていると、部屋の扉が控えめにノックされた。

モニカがサッとフードとヴェールを着けたのを確認し、ネロが扉を少しだけ開ける。

扉の隙間《すきま》からこちらを見ているのはエリアーヌだった。

泣き腫《なは》らした目をしている彼女は、ネロの肩越しに部屋の中を覗《のぞ》き込もうと背伸びをしている。

「あの、グレン様の……容態は……」

「この部屋には近づくなって、言われたろ」

ネロが扉を閉めようとすると、慌ててエリアーヌは扉にすがりついた。

「グレン様は助かりますかっ？　助かり……ますわよね？　だって、七賢人様がいらっしゃるのだから……」

「呪いは魔術とは、ちげーんだよ。専門家でなきゃ、どうにもならねぇ」

素っ気なく言い放つネロに、エリアーヌは懸命に食い下がる。

「でもっ、〈沈黙の魔女〉様は、呪いを結界で弾《はじ》いていらっしゃったでしょう？　その要領でグレン様の呪いも……」

「結界で弾くのと解呪は、別物なんだとよ。呪いを無理矢理引っぺがすことで、ショック死する可能性もあるらしいぜ」

ネロの言葉に、エリアーヌは衝撃を受けたような顔でヒッと声を漏らした。

グレンはエリアーヌとピーターという使用人を庇《かば》って、呪いを受けたのだという。だからこそ、エリアーヌも責任を感じているのだろう。

いつも可憐《かれん》に微笑《ほほえ》んでいる美しい少女の顔も、今は花が萎《しお》れたかのようだ。

「失礼いたしました……困らせて、ごめんなさい」

エリアーヌは震える声で謝罪し、そっと扉を閉じた。

扉の向こう側から、啜《すす》り泣く声が聞こえる。それが遠ざかるのを確認し、ネロは面倒臭そうにため息をついた。

「やれやれだぜ。どいつもこいつも、七賢人を万能薬とでも思ってるんじゃねぇの？」

だが、それも無理のないことだった。一般人にしてみれば、魔術と呪術《じゅじゅつ》など大差ないように見えるのだろう。だから魔術師の最高峰である七賢人なら、呪いもどうにかできると思い込んでいる。

モニカは本で読んだ僅《わず》かな知識とグレンの症状を元に、即席で対呪い用防御結界を作ったが、それだって誰にでもできるようなことではないのだ。

それでも、モニカは自分を責めずにはいられなかった。もっと何かできたのではないかと。

「呪竜なんて、オレ様でも見たことがない伝説の災害だぜ。過去には街が滅んでるんだぞ？　他に死傷者が出なかっただけ奇跡だろ」

「でも、グレンさんを助けられなかった……わたし、ルイスさんに、なんて言えば……」

その時、ベッドに眠るグレンが苦しげに呻いた。反射的にベッドに目を向けたモニカは、ギョッとする。

グレンの体に染み込んだ呪いの影が、僅かに動き始めているのだ。

「離れてろ、モニカっ」

ネロがモニカをベッドから引き剥がし、グレンを蝕む呪いを睨《にら》みつける。

「声デカの魔力が減ってきてる……いや、これは……吸われてる？」

だが、グレンの魔力を吸ったにしては、影の動きがさほど活発化しているようにも見えない。

（グレンさんから吸い上げた魔力を、どこかに送っている？　もしかして……）

ネロとモニカは同時に答えを思いつき、顔を上げた。

「もしかして、緑竜のところに？」

「ありえない話じゃねぇ。末端の呪いが獲物から魔力を吸い上げて、本体に送り込むって寸法か」

ネロは窓に近づくと、狩場の方角に目を向ける。

とうに日は沈み、外は真っ暗だが、窓の外には僅かに光が見えた。この屋敷の庭園には、魔力を吸って光る花が植えてあるのだ。

この手の魔力を吸う花は幾つか種類があるが、精霊が花に留まって休んでいるようにも見えることから、総じて〈精霊の宿〉と呼ばれている。

ネロは、〈精霊の宿〉に照らされる庭園の向こう側――暗い夜闇に沈む森を睨むように、目を細めた。

「どうやら、オレ様達の予想は正しかったようだぜ。あの呪いが、ちょっとずつこっちに近づいてきてる」

「緑竜がまだ生きてた？　それとも緑竜が死んで、呪いだけが生きてる……？」

自問自答するように呟くモニカに、ネロが問う。

「オレ様が力を貸してやろうか？」

モニカはしばし考えて首を横に振り、壁に立てかけていた杖を握る。

「まずは、わたしがなんとかしてみる。でも……一緒についてきてくれる？」

ネロは鋭い歯を見せて「勿論《もちろん》！」と笑った。

＊＊＊

ファルフォリアの客人との晩餐《ばんさん》会を終えたフェリクスは、自室に戻ると襟元のタイを緩めて息を吐く。

今日の晩餐会の席に、〈沈黙の魔女〉とその従者の姿は無かった。二人とも、呪《のろ》いを受けたグレン・ダドリーの看病にあたっているためだ。

看病と言えば聞こえは良いが、実際は見張りと言った方が正しいだろう。

グレンを蝕む呪いが、他の人間に襲いかかることを懸念している者は少なからずいた。それならば、グレン・ダドリーを殺してしまった方が良いのでは、と考えている者も。

無論そうならないようにするために、フェリクスはグレンを早々に隔離し、見張りをつけたわけだが。

（皮肉なことに、今回の件、ファルフォリアの客人達の反応は悪くない）

〈沈黙の魔女〉が呪いを防ぎ、犠牲を最小限にしたこと。そして、フェリクスの狙撃で呪竜にとどめを刺したことを、ファルフォリアの人間――特に、あの偏屈なマレ伯爵は高く評価していた。

晩餐の席でマレ伯爵はフェリクスの銃の腕を絶賛していたし、機嫌も悪くはなさそうだった。竜の脅威を肌で感じたことで、竜騎士団駐屯所の件にも一定の理解を示してくれたらしい。

（なにより伝説級の災害に直面し、生き延びることができたという話は、絶好の武勇伝になる）

きっとファルフォリアの客人達は、自国に戻ったら、いかに呪竜が恐ろしい存在だったかを語り広めてくれることだろう。

自分達が何もできずに右往左往していたことは、都合良く伏せて。竜の脅威から生き延びた英雄のような顔で。

レーンブルグ公爵夫妻も、フェリクスのことを英雄だと持ち上げている。じきに、第二王子フェリクス・アーク・リディルが〈沈黙の魔女〉と共に呪竜を倒したという話は、国中に広がるだろう。

（……よくできたシナリオだ）

フェリクスは皮肉げに笑い、机に投げ出していた封筒に目をやる。

この屋敷に到着すると同時に渡された手紙に差出人の名前はなく、ただ簡潔にこう記されていた。

『国王陛下に病の兆候あり。万全に対処せよ』

これは、クロックフォード公爵からの指令だ。

事情を知らぬ者が見れば「国王陛下の体調が優れぬからこそ、国王の負担にならぬよう、万事つつがなく対処せよ」と受け取れる文面である。

だが、フェリクスにはクロックフォード公爵の真意が手に取るように分かった。

——国王の死期が近い。万全をもって、次期国王の座を射止めよ。

今回の呪竜騒動は、そのためのお膳立《ぜんだ》てだ。

「……忌々しい」

低く呟き、封筒を暖炉の火にくべる。

火かき棒で手紙の灰を奥に押しやると、窓の隙間《すきま》から白いトカゲ——ウィルディアヌが入ってきた。

外の様子を窺《うかが》っていたウィルディアヌは、焦り声でフェリクスに告げる。

「マスター、大変です。昼の呪竜が、この屋敷に接近しています」

「へぇ？　眉間《みけん》を貫いたと思ったのだけど、生きていたのかな？　大した生命力だ」

顔色一つ変えずに相槌《あいづち》を打ち、フェリクスは部屋の隅に立てかけていた猟銃を手に取った。

ウィルディアヌが爬虫類《はちゅうるい》特有の無表情のまま、しかし困惑したようにフェリクスを見上げる。

「マスター……？」

「『万全に対処せよ』。それが、あの男の命令だ」

フェリクスの顔から表情が消える。

整った顔から穏やかな笑みが消え、どこか虚《うつ》ろで、それでいて見る者の背筋を凍らせるような、冷ややかな空気が青年を支配した。

「クロックフォード公爵の傀儡らしく、誰《だれ》にも知られぬよう、後始末に勤《いそ》しもうじゃないか」


動きやすい質素な服に着替えて、部屋を抜け出したフェリクスは、猟銃を担いで夜道を駆ける。

本当は馬を連れて行きたかったが、馬小屋に馬丁の姿があったので諦《あきら》めた。

今からすることは、誰にも見られるわけにはいかないのだ。

「ウィル、呪竜の位置は？」

白いトカゲに化けたウィルディアヌが胸ポケットから顔を出し、申し訳なさそうに答える。

「北北東、距離は……すみません、まだ正確には」

「そうか。分かり次第教えてくれ」

ウィルディアヌの感知能力はあまり高くはないので、漠然とした方向しか分からない。それでも竜の巨体ともなれば、ある程度近づけば視認できるはずだ。

フェリクスは、自身が呪竜に対して風下になるよう気をつけながら移動した。

射撃をするなら、そこそこ高さのある場所がいい。少し走ったところで、彼は程よく小高い丘を見つけた。適度に木々が生えているから、姿を隠すには丁度いい。夜の闇もそれを手伝ってくれる。

フェリクスは懐から小さなケースを取り出し、中から猟銃の弾薬を取り出した。

「ウィル」

フェリクスの声に応《こた》え、ウィルディアヌが弾薬に魔力を注ぎ込む。物質に魔力を付与する、付与魔術と同じ効果のものだ。それも、とびきり強力な。

魔力付与した弾なら、今度こそ確実に息の根を止められるはずだ。

弾薬を装填《そうてん》し、フェリクスは丘の下を見下ろす。そろそろ頃合いか。

程なく、ズルズルと巨大な何かが這《は》う音が聞こえてきた。何か、なんて言うまでもない。

かつて緑竜だったものは、全身を蠢《うごめ》く黒い影に引きずられるようにして、地を這っていた。そこに上位種の竜の威厳などない。

呪竜は哀れだ。種こそ違えど、尊厳を汚された姿は同情に値する。

「今、楽にしてあげよう」

狙《ねら》いを定めるのは、さほど難しくはなかった。的は大きいし、なにより動きが鈍い。小さなキジを撃つ方がよっぽど困難だ。

フェリクスの指が引き金を引く。

魔力を帯びた弾丸は、吸い込まれるように正確に呪竜の眉間を貫いた。

これで、緑竜は完全に死んだはずだ……はずなのだ。それなのに、呪竜の動きは止まらない。

それどころか、呪竜は進行方向をフェリクスの方へと変えた。呪竜を先導する大蛇のような黒い影が、フェリクスに狙いを定めている。

フェリクスは理解した。あの緑竜はもう死んでいるのだ。だが、その亡骸《なきがら》を無理やり呪いが動かしている。

(死してなお、呪いの傀儡《かいらい》と成り果てた、惨めな生き物か)

自嘲《じちょう》するように薄く笑うフェリクスのポケットで、ウィルディアヌが呟《つぶや》いた。

「そんな……呪いに取《と》り憑《つ》かれた竜が死んだら、呪いも霧散するはずなのに……」

ウィルディアヌが落ちぬよう、フェリクスはポケットを押さえ、猟銃を担いで走り出す。

「じゃあ、普通の呪いではないのだろうね。本来呪竜とは、自然発生した呪いが竜に取り憑いたものだ。だけどあれは恐らく呪術《じゅじゅつ》を受けた……いわば、人の手で作られた呪竜なのだろう」

フェリクスの言葉に、ウィルディアヌが困惑したような声をあげる。

「理解できません。どうして、そのようなことを……」

「この呪竜騒動そのものが、クロックフォード公爵の仕込みだからだよ。第二王子フェリクス・アークト・リディルを英雄に仕立て上げるための」

呪竜は完全にフェリクスに狙いを定めたようだった。

フェリクスはなるべく木々を利用して逃げるが、呪いの黒い影は夜闇に潜み、忍び寄る。追いつかれるのは時間の問題か。

（あれだけ強力な呪術なら、媒介となる呪具がどこかにあるはずだ）

走りながらフェリクスは背後に迫りくる竜を観察する。目に見える範囲で、呪具らしき物はない。もし自分なら、どうやって呪具を竜に仕込むか？　答えはすぐに出た。

（餌に混ぜて、食べさせたんだろうな）

呪具が竜の腹の中に入ってしまえば、もう外から呪具に手を出すのは不可能に近い。竜の体は厚い鱗《うろこ》に守られている。腹の奥まで攻撃を届けるのは困難だ。

（呪具を仕込んだ人間にとっても、これは予想外のことだったのだろう……恐らく呪術が強すぎたんだ。そして、制御できなくなった）

フェリクスは次弾を装填し、木の後ろから飛び出しながら、ダラリと開いた竜の口に猟銃を撃つ。弾丸は竜の口腔《こうこう》を削ったが、恐らく腹の奥までは届いていない。

竜が太い前足を振り上げた。あの鋭い爪が、自分に振り下ろされる瞬間を想像し、フェリクスは虚ろに笑う。

（……なんて皮肉な死に方だ）

この終わり方は、クロックフォード公爵も予想していなかっただろう。

迫りくる死を前に、フェリクスは冷めた心で考える。

今ここで自分が死んだら、自分の名はどれだけ人の心に残るだろう、と。

（命と引き換えに、呪竜から民を守ろうとした王子……ギリギリ及第点かな）

死の間際でさえ妄執に憑かれた男を、竜の爪が引き裂こうとし——その前足が、硬質な音を立てて弾かれる。

目を見開くフェリクスの背後で、呆《あき》れたような声が響いた。

「つくづく、夜遊びが好きな王子様だな」

呪竜の背後からこちらに駆け寄ってくるのは、古風なローブを着た黒髪の男──バーソロミュー・アレクサンダー。そして彼が背負っているのは、杖《つえ》を握りしめた〈沈黙の魔女〉。

フェリクスを間一髪で救った防御結界は、彼女が張ったのだ。

アレクサンダーは〈沈黙の魔女〉を背中から下ろすと、場違いなニヤニヤ笑いを浮かべた。

「見ろよ、ご主人様。あの王子、とうとう人間の女遊びに飽きて、雌竜のケツを追い回し始めたぜ」

フェリクスは死にかけた人間とは思えない穏やかさで、その軽口に応えた。

「あぁ、この竜って雌だったんだ？」

「尻尾《しっぽ》がセクシーだろうが」

アレクサンダーの横で〈沈黙の魔女〉が杖を振りかざす。

次の瞬間、呪竜の頭上に氷の槍《やり》が一〇本ほど生まれ、巨大な羽を地面に縫い付けるように串刺《くしざ》しにした。

鱗に覆われた胴体と違って、羽は比較的薄い部分だが、高威力の魔術でないと貫くことは難しい。それを〈沈黙の魔女〉は容易《たやす》く、無詠唱でやってのけたのだ。

地面に縫いつけられ、動けなくなった竜の体から、黒い影が浮かび上がり、フェリクス達に襲いかかる。

〈沈黙の魔女〉が杖を一振りした。シャランと澄んだ音がして、対呪い用の結界が黒い影を弾く。

フェリクスは声を張り上げた。

「レディ！　それは呪術です。恐らく、呪具が体内のどこかに！」

フェリクスの言葉に、アレクサンダーがギョッと目を見開いた。

「呪術だとぅ⁉　そりゃ人間が使うやつじゃねぇか！　人間の呪術に竜が操られるなんて、聞いたことねぇぞ⁉」

無論、フェリクスも呪術で竜を操るなど聞いたことがない。だが、彼は半ば確信していた。

——これは、クロックフォード公爵の手先の呪術師が仕掛けたものだ。

恐らく本来は、竜を自由に操るための呪術だったのだろう。

ファルフォリアの客人達に竜をけしかけ、フェリクスが〈沈黙の魔女〉と協力して、竜を倒すように仕向ける。

そうしてファルフォリア側に竜害の危機をアピールし、竜騎士団駐屯基地の件を納得させ、同時にフェリクスに「伝説の呪竜を倒した王子」という箔《はく》をつける。

ついでにフェリクスが七賢人と信頼関係にあると、周囲に印象づけることができれば言うことなしだ。

……だが、呪術は術師の手を離れて、暴走してしまった。

アレクサンダーは信じられない様子だったが、聡《さと》い〈沈黙の魔女〉はすぐに行動に移った。

彼女が長い杖を一振りすると、呪竜を串刺しにしていた氷の槍が消え、代わりに炎の槍になる。

紅蓮《ぐれん》に燃え上がる炎の槍が竜の口腔から体内に入り込み、内側から呪具ごと肉を焼く。

その間も黒い影は必死で抵抗しようと暴れていたが、対呪い用の結界にあえなく弾かれた。

もし、緑竜としての能力がまだ生きていたら、風の刃《やいば》でフェリクス達を攻撃することができただろう。だが緑竜の魔力は殆《ほとん》ど残っていないのだ。

呪術は緑竜の体を無理やり動かすことはできても、もう風を起こすことはできない。

呪いの影の抵抗も虚しく、ボンッとくぐもった爆発音が竜の腹から響いた。〈沈黙の魔女〉の炎が、竜の腹の中で爆発したのだ。

今の一撃で、腹の中の呪具が壊れたのだろう。呪いの影は次第に薄れ、夜の闇に溶けるように消えていく。

後に残ったのは、ボロボロになった緑竜の亡骸のみ。その緑の鱗に呪いの影はない。

あぁ、とフェリクスは吐息を零《こぼ》し、〈沈黙の魔女〉を見つめる。

(また、助けられた)

死を覚悟した瞬間ですら冷めていた心臓が、鼓動を思い出したかのように高鳴る。冷えた指先に血が、熱が戻っていく。

耳の奥でドクドクと血が巡る音を聞きながら、フェリクスは〈沈黙の魔女〉の前に進み出た。

「レディ・エヴァレット」

口にした声は自分でも驚くぐらい、感動に震えていた。

人前で堂々と喋《しゃべ》ることには慣れているはずなのに、感情が抑えられない。

「……貴女の起こす奇跡に、救われてばかりだ」

尊敬、憧憬《どうけい》、敬愛、思慕——胸を揺さぶる幾つもの強い想《おも》いが、フェリクスを衝動的に動かす。

フェリクスは〈沈黙の魔女〉の手を取り、その手の甲に感謝の口づけを落とそうとした。

だが、〈沈黙の魔女〉はその手を力任せに振り払う。

「レディ？」

「……っ！　…………あっ……」

ヴェールで覆った口元から噛《か》み殺《ころ》したような悲鳴が漏れ、〈沈黙の魔女〉はガクリと膝《ひざ》を折る。

その左手に、髪の毛のように細く黒い糸が巻きついていた。

「しまったっ！」

アレクサンダーが声をあげ、〈沈黙の魔女〉の左手に絡まっていた黒い糸を乱暴に払う。

黒い糸は空中でプツリと途切れ、その一部を〈沈黙の魔女〉の左手に残したまま、するすると緑竜の死骸《しがい》に戻っていった。

それを見て、ようやくフェリクスも気付く。

呪《のろ》いは――呪術《じゅじゅつ》は、まだ生きていたのだ。

左手に呪いを受けた〈沈黙の魔女〉が、杖を握りしめたまま地面にうずくまった。


夜の闇《やみ》に紛れて忍び寄る、髪の毛ほどの細い影にモニカが気づいた時、既にそれは左手に絡みついていた。

もはや無詠唱であろうと、結界を張っても間に合わない。

モニカにできたのは、自分に近づいたフェリクスの手を振り払い、距離を置くこと。そして、呪いが全身に巡らぬよう、左手に魔力を集中することだけだった。

ネロが咄嗟《とっさ》に振り払ってくれたおかげで、モニカの体に付着した呪いは極々少量で済んだ。

(これぐらいの量なら、わたしの魔力で押さえ込めるかも……)

そう考え、魔力を集中した瞬間、左手の肘《ひじ》から下に激痛が走った。血管に無数の釘《くぎ》を打ちつけられたような激痛だ。

左手に集めた魔力が暴走し、縋《すが》りついていた杖に流れこむ。杖の装飾が乾いた音を立てて、地に落ちた。

モニカは杖を手放し、悲鳴を殺すために自身の右腕に噛みつく。

ふぅっ、ふぅっ、とくぐもった声で呻《うめ》くモニカを、ネロが抱き上げた。

ネロも、フェリクスも焦った様子で何か叫んでいる。

けれどもう、その声はモニカの耳には届かない。自分の心臓の鼓動の音だけが、やけにうるさく頭の中でガンガンと響く。

「……はぁっ……ふぅっ…………ぅ、ぐ……ぁ」

少しでも呪術の進行を食い止めようと、モニカは左腕に魔力を集めて抗《あらが》う。

頭がクラクラした。目の前が赤と黒に明滅し、視界が不明瞭《めいりょう》になる。

霞《かす》む視界の中で、モニカは幻を見た。

倒れた竜——あの呪われた緑竜じゃない。あの緑竜の半分ぐらいの大きさの体に、緑の鱗。恐らくは幼体の緑竜だ。
その体は八割以上が黒い影に蝕《むしば》まれ、もう動かなくなっていた。

幼い緑竜の死骸のそばに、誰かが立っている。人間だ。その顔はぼやけて見えない。ただ、その体のラインで辛うじて成人男性だということは分かる。

『呪具を食わせるまでは上手くいったのに……また失敗か。クソッ』

男は忌々しげに呟き、幼い竜の死骸を放置して、その場を立ち去ろうとする。

そこに一匹の緑竜が降り立った。立派な体躯《たいく》の緑竜は、恐らく幼い竜の母親だったのだろう。

怒り狂った緑竜は人間の男を追ったが、男は素早く逃げて岩陰に隠れてしまった。

このままでは、あの憎き男を見失ってしまう。

——許すものか！　許すものか！　許すものか！

緑竜は人間の顔を少ししか見ていない。あの男が人間の群れに紛れたら、きっともう見つけることはできなくなってしまうだろう。

——逃すものか！　逃すものか！　逃すものか！

緑竜は幼い我が子の亡骸のもとに戻ると、呪具に蝕まれたその体を見下ろした。

そして緑竜は大きく口を開け、我が子の亡骸に食らいつく。

鋭い牙《きば》を立て、まだ柔らかな鱗と皮膚を引き裂き、肉を食らう。愛《いと》しい子を殺した呪具ごと。

呪具には呪術師の魔力がたっぷりと染み込んでいる。この魔力を辿《たど》れば……あの男を追うことができる。

——必ず、あの男を八つ裂きにしてくれる‼

そうして呪竜と化した緑竜は、翼を広げて飛び立った。

我が子を呪術で殺した、憎きあの男を殺すため。

（……あぁ）

モニカが、この緑竜の記憶を垣間見《かいまみ》たのは、呪いに触れてしまったためだろうか。

薄れゆく意識の中、モニカは理解する。

（誰かが、呪具で子竜を呪ったんだ……だから、あの緑竜は怒って……）

左腕に絡みつく黒い影が、モニカの魔力を吸い上げて、緑竜の亡骸《なきがら》に送り込む。

緑竜の体がまたゆっくりと動き出した。

羽は千切れてボロボロになり、腹は内側から焼《や》け爛《ただ》れ……とうに生命活動を停止しているのに、呪いに染みついた緑竜の憎悪と執念が、亡骸を動かし続けている。

——全《すべ》ては、我が子を殺した人間に復讐《ふくしゅう》するために。

モニカの頭の中に、緑竜の怨嗟《えんさ》の声が響き渡る。何度も何度も、繰り返し繰り返し。

フェリクスの目の前で、緑竜の体が再びゆっくりと起き上がり、動きだす。

最悪の状況に、フェリクスは歯噛《はが》みした。

従者に抱き抱えられた〈沈黙の魔女〉は、グッタリとしている。恐らく意識を失ったのだ。

フェリクスは猟銃を握る手に力を込める。

猟銃では、竜の肉体を殺せても、呪いは殺せないだろう。それでも今は、潔く殺されてやるつもりなどなかった。

敬愛する〈沈黙の魔女〉が自分を庇《かば》って倒れたのだ。このまま彼女を死なせるわけにはいかない。

「……私が時間を稼ぐから、レディ・エヴァレットを連れて逃げてくれ」

フェリクスは猟銃を構え、硬い顔でアレクサンダーに告げる。

だが、アレクサンダーはフェリクスなど見向きもせず、〈沈黙の魔女〉の体を地面に横たえた。

〈沈黙の魔女〉の従者を名乗る男はフェリクスの横をすり抜け、不自然なほど自然な足取りで、呪いを撒《ま》き散《ち》らす竜に近づく。

黒い影が帯のように伸びて、アレクサンダーの全身に絡みついた。

触れただけで激痛をもたらす呪いだ。髪の毛一本分ほどの量で〈沈黙の魔女〉は意識を失った。

だが、アレクサンダーは顔色一つ変えず、己の体の上を這《は》う影を引き剥《は》がし……あろうことか、質量ある影にガブリと歯を立てる。

さしものフェリクスも、その光景には言葉を失った。

「大して美味《うま》くねぇな、これ」

咀嚼《そしゃく》するように口を動かしながら、彼は翳《かじ》った影をポイと雑に地面に投げ捨てた。投げ捨てられた影は、怯《おび》える蛇のようにスルスルと緑竜の体に戻っていく。

アレクサンダーは金色に底光りする目を細め、影に蝕まれた緑竜を睥睨《へいげい》した。

「オレ様の主人を壊したな？」

風もないのに、彼の黒髪がザワザワと揺れた。

男の体が、少しずつ夜闇に溶けるように黒ずんでいく。そんな中で、金色の目だけが闇に浮かび上がり、ギラギラと輝いている。

「同胞のよしみだ。これ以上、その哀れな姿を晒《さら》さなくていいよう、一瞬で塵《ちり》にしてやる」

バーソロミュー・アレクサンダーを包む闇《やみ》が、明確な質量をもって膨れ上がる。

その闇は、緑竜を蝕む呪《のろ》いとは別物――夜空よりもなお黒く、純度の高い闇だ。

緑竜よりも二回りほど大きく膨れ上がった闇から、一対の羽が広がり、月の光を遮る。

圧倒的かつ暴力的な威圧感を撒き散らし、闇を纏《まと》った生き物は、その全貌《ぜんぼう》を現した。

牛も容易《たやす》く食いちぎれそうな牙。一振りで数多《あまた》の命を蹴散《けち》らす鋭い爪。

そして、黒曜石のような鱗《うろこ》を持つ、巨体の竜。

――リディル王国で最も危険視されている一級危険生物、黒竜。

フェリクスの胸ポケットの中で、ウィルディアヌが震えていた。フェリクスは辛うじて震えこそ堪えたが、それでも驚愕《きょうがく》を隠せない。手のひらに冷たい汗が滲《にじ》む。

（〈沈黙の魔女〉の従者が、黒竜？　まさか……）

黒竜は呪竜同様、伝説級の存在だ。滅多に人前に姿を見せない。

だが、フェリクスは覚えている。忘れるものか。今から半年前、ケルベック伯爵領で起こった奇跡を。

〈沈黙の魔女〉が撃退したと言われる存在を。

ケルベック伯爵領ウォーガン山脈を根城にし、二〇を超える翼竜を従えた黒き竜。

「ウォーガンの、黒竜……」

黒竜は大きな口を開き、漆黒の炎を吐いた。呪いの影よりも夜の闇よりも、なお深く黒いその炎は、瞬き三回ほどの時間で、呪竜を跡形もなく焼き尽くす。

黒竜の吐く炎は、防御結界でも呪いでも、ありとあらゆるものを焼き尽くす冥府《めいふ》の炎だ。

一度、その炎が放たれたら、もはや防ぐ術《すべ》はない。全ては等しく塵となる。

黒竜はゆらりと長い首をもたげて、立ち尽くすフェリクスを見下ろした。

その金色の目は、爬虫類《はちゅうるい》特有の無機質さでフェリクスをじっと見ている。まるで、彼の真意を探ろうとするかのように。

今更気づいた。自分は呼吸を忘れていたらしい。

フェリクスは冷たい汗に濡《ぬ》れた手を握りしめ、慎重に呼吸を整えた。夜闇に白い吐息が滲んで消える。そうして、寒さとは違う震えを堪え、フェリクスは己を見下ろす金色の目を見上げた。

黒竜は鼻で笑うみたいに、シュウッと鼻から息を吐く。

途端に黒竜の体は水に溶けたかのように滲んで黒いモヤとなり、そのモヤは圧縮されて成人男性の姿を形作った。

黒いモヤの下から現れたのは、古風なローブを着た黒髪金目の青年――〈沈黙の魔女〉の従者、バーソロミュー・アレクサンダーだ。

「へぇ、逃げ出さねーなんて、まぁまぁ度胸あるじゃねぇか、王子」

「これでも、それなりに驚いてはいるんだ」

我ながらなんて虚《むな》しい強がりだろう、と内心苦笑しつつ、フェリクスはいつもの声音を取り繕う。

「君はレディ・エヴァレットに退治されたはずでは？」

「そういうことにしといた方が、お前ら人間は安心できるだろ」

フェリクスは反論の言葉を呑み込んだ。

この竜の言うことは正しい。伝説の黒竜が七賢人の使い魔になったことが知れたら、国は大混乱になるだろう。

竜を使い魔にするなど前代未聞だ。まして伝説級の黒竜を従えるなんて、歴史上にもそんな魔術師は存在しない。

もし、このことが公になったら、戦争の兵器に、或《あ》るいは他国への抑止力として、〈沈黙の魔女〉と黒竜を担ぎ上げる者が現れるだろう。クロックフォード公爵なら間違いなくそうする。

そして、それは〈沈黙の魔女〉の望むところではないのだ。

黙り込むフェリクスに、人の姿をした黒竜は、鋭い歯を見せてニタリと笑った。

「不安か？　怖いか？　安心しろよ。オレ様は〈沈黙の魔女〉の使い魔だからな。こいつがオレ様の主人でいる限り、人間を襲ったりはしねぇ」

黒竜は自分の主人の小さな体を抱き上げると、ゆらりと首を捻《ひね》ってフェリクスを見た。

「でも、そうだなぁ、お前がオレ様の正体を他の奴《やつ》にバラしたら、その時は……」

凶悪な笑みを浮かべた口元で、鋭い歯がカチカチと音を立てる。

「頭からバリバリ食ってやる」

八章　愛されたがり、到着

レーンブルグ公爵領に呪竜が現れた五日後の昼下がり、その男はレーンブルグ公爵の屋敷を訪れた。

全体的に不揃《ふぞろ》いな紫色の髪という目立つ容姿のその男は、案内役のメイドを目にすると、ピンク色の目をギョロギョロさせて、必死の形相で縋りつく。

「お、俺が必要とされてるってことは、愛されてるってことだよな？　これは愛されてると思っていいんだよな？　頼む、愛してると言ってくれ。俺のこと、愛して愛して愛して……」

到着するなりメイド達を壮絶に困らせた、愛されたがりなその男の名は、〈深淵《しんえん》の呪術師〉レイ・オルブライト。

モニカと同じ七賢人の一人であり、この国で最も呪術《じゅじゅつ》に精通している人物である。

＊　＊　＊

バルトロメウスはモニカの杖《つえ》を一振りし、装飾の留め具を確認すると、満足そうに頷《うなず》いた。

「よぅし。直ったぜ、チビ」

七賢人のローブ姿で、客室のソファにちんまりと腰掛けていたモニカは、おずおずと右手を伸ばして杖を受け取る。

破損した杖の装飾は、見た目だけなら元通りだ。軽く振ると、シャランと澄んだ音がする。

試しに魔力を流し込んでみると、滞りなく杖に魔力が流れていくのを感じた。装飾が砕けていた部分にも、問題なく魔力が流れていく。

「すごい……」

モニカは思わず感嘆の声を漏らした。

七賢人の杖は、非常に精緻《せいち》で複雑な魔術が組み込まれた魔導具の一種である。それ故、修理するには魔術式の知識と、職人の技術の両方が必要なのだ。

モニカは魔導具の簡単な加工技術はミネルヴァで学んでいるが、七賢人の杖のように高度な物を直せるほどではない。

杖の装飾を指先でつついていたネロが、感心したようにバルトロメウスを見た。

「器用じゃねーか。お前、結構便利だな、子分」

「むかーし、魔導具工房で働いてたんでさぁ。いやぁ、それにしても、こんだけ高度な魔導具が壊れるなんて、呪いってぇのはとんでもねぇな。おぅ、チビ、左手はまだ動かねぇのか」

モニカは杖をソファに立てかけ、右手で左手をさすって小さく頷く。

五日前の夜に起こったこと——フェリクスと共に呪竜に立ち向かい、最終的にネロの黒炎で呪竜を焼き尽くした件を知っているのは、当事者であるフェリクスとネロだけだ。

黒炎で焼き尽くされ、消滅した呪竜の死骸《しがい》については、「いつのまにか無くなっていた。おそらく呪いに喰《く》われて、崩壊したのだろう」と、モニカの左手の負傷は、「昼間の呪竜退治の際に負ったもので、後から悪化した」という風に、フェリクスがレーンブルグ公爵達に伝えている。

それがフェリクスにとっても、モニカにとっても、一番都合の良い言い訳だからだ。フェリクスは夜中に屋敷を抜け出したことがバレずに済むし、モニカもネロの存在を隠せる。

呪具を完全に破壊したことで、グレンとモニカを蝕《むしば》んでいた呪いは消えたが、グレンはまだ目覚めていない。

グレンの全身とモニカの左手には、呪いの後遺症なのか、赤黒い痣《あざ》が残っている。血管のように枝分かれした、細い筋状の痣だ。

今のモニカの左手は握力が殆《ほとん》どなく、動かさなければ痛みはしないが、少し指を曲げるだけでズキリと痛む。

そんな不便な状況で、何かとモニカを助けてくれたのが、自称協力者のバルトロメウス・バールであった。

いまだ目覚めずにいるグレンの様子を見てきてくれたり、壊れた杖を直してくれたり、馴染《なじ》みのメイドに声をかけて、モニカの着替えや湯浴《ゆあ》みを手伝わせたり。

なんといっても、他の使用人にするように筆談をする手間がなく、気楽に仕事を頼みやすいのがいい。

(問題は、リンさんをどう紹介するかだけど……)

内心うんうん唸《うな》っていると、バルトロメウスは何かに気づいたような顔で廊下の方に目を向けた。

「なんだ？　玄関の方が騒がしいな。……ちょいと、様子を見てくらぁ」

バルトロメウスは早足で部屋を出ていく。モニカは扉が閉まったのを確認し、コロンとソファに寝転がった。

ソファの背後に立っていたネロが、ソファの背もたれ越しにモニカの顔を覗《のぞ》き込む。

「おう、お疲れだな、ご主人様」

「うん、もう、何から手をつけたらいいのやら……」

バルトロメウスに、どうやってリンを紹介するかも難題だが、それ以上にモニカを悩ませているのは、ネロの正体を知ってしまったフェリクスの存在である。

呪竜を倒したあの夜以降、フェリクスとは殆ど顔を合わせていない。

フェリクスは何度かモニカの部屋に見舞いに来ているが、そういう時は使用人や護衛がそばにいるので、ネロのことを話題にできなかったのだ。

（ネロは口止めしたって言うけど……ううう。ネロがウォーガンの黒竜だってことは、ルイスさんだって知らないことなのに……）

ソファに力無く突っ伏し、うんうん唸っていると、部屋の扉がノックされた。

扉の外から、バルトロメウスの声がする。

「あー、〈沈黙の魔女〉様にお客様ですぜ」

（わたしに？　誰《だれ》だろう？）

モニカはローブのフードを被《かぶ》って、口元をヴェールで隠し、ネロに目配せをした。

ネロが一つ頷いて、扉を開ける。

扉の隙間《すきま》から覗くのは、不揃いな紫色の髪と、爛々《らんらん》と輝くピンク色の目。

「お、俺のこと……愛してる？」

ネロは無言で扉を閉めた。

「ネロ、あの、中に入ってもらって……」

「あれは追い返していいだろ」

「駄目だってば」

ネロは鼻の頭に皺《しわ》を寄せ、扉を手前に引く。

引いた扉にベッタリ張りついていたレイは、ズルズルと床に崩れ落ち、その状態から床を這《は》って部屋の中に入ってきた。できれば普通に歩いて入室してほしい。

廊下に立っていたバルトロメウスが、困惑顔でネロを見ている。

「あー、兄貴……この人は……」

「案内ご苦労。しばらく、この部屋に人を近づけんなよ。以上」

それだけ告げて、ネロは扉を閉め、鍵《かぎ》をかけた。

レイはズルズルと床を這って移動し、ソファに座るモニカの足元に辿《たど》り着《つ》くと、床に這いつくばったままモニカを見上げる。

モニカはぎこちなく口を開いた。

「お、お久しぶりです、〈深淵の呪術師〉様。……えっと、お早いご到着です、ね」

「〈結界の魔術師〉の契約精霊に送ってもらった……」

「リンさんに？」

〈結界の魔術師〉ルイス・ミラーの契約精霊リィンズベルフィードは風の上位精霊なので、高速飛行で長距離移動ができる。それなら、この早さも納得であった。

「リンさん、ここに来てるんですか？」

「俺をここまで送って、すぐに王都に帰っていった……王都の方も、新年の式典の準備で忙しいらしい」

リンに王都まで送ってもらえないのは残念だが、モニカは内心ホッとしていた。

この屋敷の使用人、バルトロメウスはリンに惚《ほ》れているのだ。リンがこの場にいたら、きっとバルトロメウスは紹介しろと大騒ぎしていたに違いない。

（そうなると、絶対に話がややこしいことになるし……）

モニカが密《ひそ》かにそう考えていると、床に這いつくばっていたレイが、モニカのローブの裾《すそ》を引いた。

「今回の件、死者はゼロだって聞いた……呪竜が出て、死者が出ないわけがない……呪《のろ》いは普通の防御結界じゃ凌《しの》げないだろ……一体、何がどうなってるんだ……？」

「えっと、あの……対呪い用の防御結界を、作ってみたん、です……それが無事に効いて……」

モニカを見上げるレイの顔が、目に見えて強張《こわば》る。

「……対呪い用の防御結界を、作った？」

「えっと、呪いを受けた方の症状から、呪いが闇属性魔術に近いものであると仮定し、防御結界の第七節と第十九節に複合回路を設けて……」

対呪い用の防御結界は、まだ研究も検証も不充分な魔術だ。そもそも、呪いの事例自体が少ないので、簡単に研究できるようなものじゃない。

なので、モニカとしては胸を張って語れるような術ではないのだが、レイはゴロリと床を転がり、天井を仰いだ。

「それは、教科書のページ数が増える、とんでもない偉業だろ……」

「いえ、あのぅ、まだ未完成で……」

「もうこれ、呪術師である俺の存在価値はなくなったよな……俺はいらないよな……」

「そそそんなこと、ない、でふっ」

仰向けになっていたレイが、ゴロゴロと寝返りをうち、モニカのブーツに縋《すが》りつく。そろそろ椅子に座ってほしい。

「……俺のこと、必要？」

モニカは額に脂汗を滲《にじ》ませて、ガクガクと頷く。

「はいっ、ももも勿論《もちろん》……っ」

「必要とされてるってことは、愛されてるってことだよな？　なら愛してるって言ってくれ……愛されたい愛されたい愛されたい……」

モニカのブーツに縋りつくレイの首根っこを、ネロがむんずと掴《つか》んで持ち上げた。

ネロは物でも扱うかのような雑さで、モニカの向かいにあるソファに、レイをポイと放り投げる。

「愛してるって言ってほしいんなら、オレ様が気が済むまで言ってやる。愛してる愛してる。ほら、言ってやったんだから、とっとと診察しやがれ」

「……男に言われても嬉《うれ》しくない。女の子がいい」

プイとそっぽを向くレイに、ネロが心底呆《あき》れた顔でモニカを見る。

「なぁ、モニカ。こいつ、つまみ出していいか？　いいよな」

「ま、待って待って待って……」

レイはこの国一番の呪術《じゅじゅつ》師なのだ。今回の呪竜騒動に関して、彼には聞きたいことが山ほどあるので、ここでヘソを曲げられては困る。

だが、こういう時に上手に愛想笑いをして「愛してます」と言えないのが、モニカであった。

「あの、えっと……愛してると言いますか、七賢人の先輩として、お、お慕いしているし、尊敬してまひゅっ！」

最後は盛大に噛《か》んでしまったが、レイはモニカの言葉に何かしら感じるものがあったらしい。

お慕い、尊敬、お慕い、尊敬……とブツブツ呟《つぶや》き、口の端をゆっくりと持ち上げ不気味に笑う。

その笑みは、どこか恍惚《こうこつ》としていた。

「……あ、いい。お慕いしてるって、なんか特別感がある。特別……くふ。尊敬……ふふ、ふふふ」

「なぁ、もういいだろ。早く本題に入れよ」

げんなりしているネロに、レイはあっさり「分かった」と頷く。

「まずは、呪いを受けた箇所を見せてくれ」

モニカはローブの袖《そで》をめくって、左腕を見せた。細く青白い腕には、肘《ひじ》から指にかけて赤黒い痣が浮き出ている。

レイがピンク色の目を細めて、断言した。

「これは、自然発生した呪いじゃないな。呪術だ」

モニカには自然発生した呪いと、人為的な呪術の見分けがつかないが、専門家の目には一目瞭然《いちもくりょうぜん》らしい。

ネロが興味津々の様子で口を挟んだ。

「そんな簡単に分かるもんなのか？」

「分かる。呪術は残滓《ざんし》が残りやすい。呪術の媒介にした呪具が欠片《かけら》でも残っていれば、その欠片に滲んだ呪いが、延々と残り続けることもある」

事実、モニカが竜の体内を攻撃した後も、呪いはしぶとく残り続けていた。

恐らくモニカの炎の魔術だけでは、呪具を完全に焼き尽くすことができなかったのだろう。

「……今回は、余程上手《うま》く呪具を破壊したんだな。呪いが綺麗《きれい》さっぱり無くなってる」

感心したように呟くレイの横で、ネロが得意げな顔をした。なにせ呪具を破壊したのは、ネロの黒炎である。

「えっと、この痣は、しばらく残りますか？」

「痣は二週間ぐらいで消えるだろうけれど、腕の痛みと痺《しび》れは、一ヶ月ぐらい続くだろうな。まぁ、安静にしていれば、そのうち治る」

レイの言葉にモニカはホッとした。二週間で痣が消えるなら、セレンディア学園の新学期には間に合う。だが、安心してばかりもいられない。まだ、グレンが目覚めていないのだ。

「あ、あの……グレンさんは？　グレンさん、わたしより症状が酷《ひど》いんです」

レイは陰鬱《いんうつ》な顔をしかめ、凄《すさ》まじく不吉な予言をするような重々しさで言った。

「〈結界の魔術師〉の弟子、グレン・ダドリー……噂《うわさ》には聞いていたが、あいつは……あいつは……」

グレンの身に何かあったのか。

青ざめ身を乗り出すモニカの前で、レイはガリガリと紫色の髪を掻《か》き毟《むし》る。

「背が高くて、天真爛漫《てんしんらんまん》で、みんなに愛されてますって顔をしているのが気に入らない……ああいう奴《やつ》は絶対モテるんだ。みんな、ああいうのを好きになるんだ……あぁぁぁぁ、妬《ねた》ましい妬ましい妬ましい……呪われろ」

「あの、グレンさんはもう呪われてて……それで、容態は……」

「さっき起きた。俺が着いてすぐ」

モニカは思わず「へ」と声を漏らした。

唖然《あぜん》としているモニカの前で、レイは心底どうでも良さそうにぼやく。

「グレン・ダドリーは、生まれつき魔力量が桁外《けたはず》れに多い人間だ。呪いに対する抵抗力も強いから、心配いらない……あぁ、生まれつき選ばれた人間って感じが気に入らない……妬ましい……」

「グレンさんの魔力量が……桁外れ……？」

「これは非公式記録だが、魔力量計測で二五〇〇を超えたらしい」

「に、二五〇〇超えっ⁉」

一般的な魔術師の魔力量が一〇〇前後、七賢人になるために必要な魔力量が一五〇、そしてモニカの魔力量は二〇〇を少し超えるぐらいである。

公式記録だと、魔力量が二五〇を超えている者は、国内で四人しかいないのだ。その内の二人が、七賢人の〈砲弾の魔術師〉と、五代目〈茨《いばら》の魔女〉である。

（そういえば、選択授業の見学会で、グレンさんが魔力量測定器を壊したことがあったけど……）

あの時、グレンが壊してしまった測定器の上限は二五〇。

つまりグレンの魔力は、測定器の容量を遥《はる》かに上回っていたのだ。

「……グレン・ダドリーは、魔力量が多すぎたせいで、過去に魔力暴走事件を起こしている。それで、みんなが持て余していたところを、〈結界の魔術師〉が引き取ったって聞いた」

一般的に魔力量は、魔術を使うほど増えていく。

だが、魔術の腕が未熟な内から膨大な魔力を持っていたら、いつ凄惨《せいさん》な事故が起こってもおかしくはない。

(グレンさんに、そんな過去が……)

過去に魔力暴走事件を起こしているのなら、魔術に対して恐怖心を抱いていてもおかしくない。

そんな彼は、どんな気持ちで冬精霊の氷鐘《オルテリア・チャイム》を鳴らしたのだろう。

『魔術の修行、頑張るぞー!』

あの誓いの言葉を口にするのに、どれだけの葛藤《かっとう》があっただろう。

モニカが唇を噛み締め、俯《うつむ》いていると、レイがボソボソと言った。

「グレン・ダドリーのことなら、心配するだけ無駄だろう。あいつ、間違いなく神経が図太いぞ……なんといっても、あの〈結界の魔術師〉の弟子だからな……」

＊＊＊

「ぎぇぇぇえ、いーたーいーっすー。師匠に山籠《ご も》りの修行に連れて行かれた時の、全身筋肉痛より痛いぃぃぃぃ」

ベッドの上でのたうち回るグレンに、フェリクスはおっとり訊《たず》ねた。

「山籠り？　魔術師なのに？」

「あの時は、組み手でしごかれまくった後、崖《がけ》から蹴落《けお》とされて、自力で帰ってこいって言われたんすよ。……あれっ？　あの時に比べたら、ベッドで寝てるだけ、まだましな気がしてきた……」

それは本当に、魔術の修行なのだろうか。

〈結界の魔術師〉の過激な教育方針に疑問を抱きつつ、フェリクスはグレンの顔色を観察する。

全身に赤黒い痣《あざ》が浮き出てはいるが、〈深淵《しんえん》の呪術師〉が言うには、この痣はいずれ消えるらしい。しばらく痛みが残るが、それも一ヶ月ほどで自然に治るそうだ。そのことに、フェリクスは心底ホッとしていた。

フェリクスはグレンに対して、少なからず罪悪感を抱いている。

今回の呪竜騒動は、自然災害でも竜害でもない、呪術師の呪いが原因の人災だ。

そしてその呪術師は、恐らくクロックフォード公爵と繋《つな》がっている。

フェリクスの地位を確立するために画策された呪竜騒動は、誰《だれ》もが真実を知らぬまま、呪竜を倒した第二王子を称賛して、幕引きとなるだろう。

グレンはこのくだらない茶番に巻き込まれ、生死の境を彷徨《さまよ》ったのだ。

フェリクスがグレンに労《ねぎら》いの言葉をかけようとすると、グレンはベッドの上で横たわったまま、シュンと落ち込んだ顔でフェリクスを見上げる。

「会長、その……ごめんなさいっす」

「何故《なぜ》、君が謝るんだい？」

「オレ、護衛なのに、全然護衛らしいことできなかった……」

天真爛漫を絵に描いたようなこの青年でも、落ち込むことはあるらしい。

フェリクスはこみ上げてくる苦笑を隠し、廊下へ繋がる扉に目を向ける。

「落ち込むことはないさ。君はよくやってくれた。……そう思っているのは、私だけではないと思うけどね」

キョトンとしているグレンに、フェリクスはウィンクを一つ送り、足音を殺して扉に近づいた。

そうして、無言で扉を開ける。

「きゃぁっ⁉」

可愛《かわい》らしい悲鳴をあげて、前のめり気味に部屋に入ってきたのはエリアーヌだ。

エリアーヌはアワアワと無意味に手を動かすと、フェリクスを見上げて言い訳をする。

「あの、わたくし、盗み聞きをしようだなんて、はしたないこと、これっぽっちも思っておりませんのよ。しょ、少々扉にもたれて休んでいましたの」

いつになく早口なエリアーヌに、フェリクスは口元を手で隠してクスクスと笑った。

「わざわざ、ダドリー君の病室の前で？」

「わたくしは、ただ、えぇと、フェリクス様をお見かけしたので、ご挨拶《あいさつ》をと思いまして……ええ、それだけですのよ」

歯切れ悪く口ごもっていたエリアーヌは、意味もなくスカートを弄《いじ》りながら、チラチラとグレンを見る。

「ご、ごきげんよう、グレン様……その……お体の具合は、いかがです？」

先ほどまでベッドの上でのたうち回っていたグレンが、勢いよく上半身を起こした。その顔に苦痛による歪《ゆが》みはない。グレンはいつもの彼らしい明るさで、白い歯を見せて快活に笑っている。

「もう、全然大丈夫っすよ！　あー、お腹《なか》減ったぁ。肉が食いたいなぁ！」

グレンの言葉にエリアーヌは眉《まゆ》を下げて、安堵《あんど》の息を吐く。

かと思いきや、次の瞬間には呆れたような顔を取り繕って、ツンと顎《あご》を持ち上げた。

「病人がお肉なんて、駄目に決まっているでしょう」

「肉を食べないと、元気が出ないんっすよ！」

「まぁ、仕方のないお方ですこと！」

エリアーヌはそう言って、早足でベッドに背を向ける。

エリアーヌが部屋を出ていき、扉が閉まる直前、廊下から彼女の声が漏れ聞こえた。

「レストン！　レストン！　お肉を用意してちょうだい！　一番良いお肉を、食べやすいように柔らかく煮込んで！」

フェリクスはおやおやと笑いながら、ベッドを見る。

ベッドの上では、グレンが「ぎぇぇぇ」と呻《うめ》きながら悶絶《もんぜつ》していた。この様子では、エリアーヌの声などろくに聞こえていないだろう。

「君は紳士だね。ダドリー君」

グレンはぐったりとベッドに倒れ込み、唇を尖《とが》らせた。

「だって、小さい子を心配させるのは、良くないじゃないすか……」

どうやらグレンにとって、エリアーヌは小さい子——つまりは近所の子どもと大差ないらしい。

フェリクスは吹き出しそうになるのを、口元を押さえて堪《こら》えつつ、頭の隅で考える。

（さて、そろそろレディ・エヴァレットと〈深淵の呪術師〉の話は終わったかな？）

＊＊＊

「はぁ、いいよな……みんなから愛されてる奴《やつ》は……呪術師なんて、いつもみんなから気持ち悪いって言われて、後ろ指を指されるんだ……」

レイの話は段々と脱線を始め、今では殆《ほと》ど愚痴で埋め尽くされている。

ソファに座ってオロオロしているモニカに、ネロが「つまみ出すか？」とジェスチャーで訊ねた。

モニカはブンブンと首を横に振る。

「俺は毎年、新年の式典が近くなると死にたくなる……どうせみんな、新年を祝う場に、なんで呪術師がいるんだって思ってるんだろ。俺だってそう思ってるさ。魔術師はカッコいい、頭が良いって、もてはやされるのに、呪術師は不気味で気持ち悪いって、いつも言われるんだ……俺だって尊敬されたいチヤホヤされたい愛されたい……」

両手で顔を覆い、愚痴をこぼすレイに、ネロが辛辣《しんらつ》に言い放った。

「安心しろ、オレ様が断言してやる。お前は呪術師じゃなくても、暗いし不気味だし気持ち悪《わり》ぃ」

モニカは慌ててネロのローブを引っ張り、少ない語彙《ごい》をかき集める。

「あのっ、えっと、呪術師は立派なお仕事だと思いますっ。気持ち悪くなんか、ありません」

レイは指の隙間《すきま》から、チラリとモニカを見た。

「髪の色とか目の色も、気持ち悪いって言われるし……俺だって、もっと普通の色が良かった……あわよくば、金髪碧眼《へきがん》の美男子で背が高い王子様みたいな容姿に生まれたかった……」

あわよくばが、なかなかに強欲である。

自然界にないレイの派手な髪と目の色は、彼の趣味というわけではなく、その身に刻まれた二〇〇を超える呪術《じゅじゅつ》の影響だ。

それは、大量の魔力を体内に取り込むと起こる魔力中毒と似ている。魔力や呪《のろ》いといったものは、どうしたって人間の体には毒だし、大量に取り込めば体に異常が起こるのだ。

「あ、あの、紫色の髪の毛、綺麗だと、思います。紫は高貴な色、ですし……」

モニカが懸命に言葉を紡ぐと、レイはゆっくりとゆっくりと顔を上げた。

宝石のように鮮やかなピンク色の目が、不気味に底光りし、モニカを見つめる。

「そ、それに、呪術師にしかできないお仕事も、あると思うんです」

モニカは居住まいを正し、七賢人としてレイと向き合う。

今回の呪竜騒動について、レイに聞きたいことがあるのだ。

「〈深淵の呪術師〉様、教えてください。……人間が呪術で竜を呪って、呪竜を作りだすことは、可能ですか?」

モニカの問いに、レイはキッパリ「無理だ」と即答した。

「竜は魔力耐性が恐ろしく高い。幼体の竜ならともかく、成体の竜を人間の呪術ごときで、どうこうできるはずがない」

モニカは、呪いに蝕《むしば》まれていた時、激痛の中で見た記憶を思い出す。

我が子を呪いで殺された緑竜は、人間へ復讐《ふくしゅう》するために、呪いごと我が子を喰《く》らった。

「じゃあ……もし、竜が自ら呪いを受け入れたと、したら……？」

モニカの言葉にレイはしばし黙り込み、思案する。

紫色の睫毛《まつげ》が伏せられ、鮮やかな色の目に影を落とした。

「それは、前例が無いからなんとも言えない。上位種の竜の生態は、まだ謎が多いし……今回の呪竜が、そうだったのか？」

「わたしの腕に残った呪いの痕跡《こんせき》が、自然発生した呪いではなく、人の手による呪術なら……そういうことに、なります」

レイの顔が強張る。

呪術師である彼は、この事態に心当たりがあるのだ。

「まさか……オルブライト家を裏切った、あの男……」

「わたしも、同じことを考えています」

セレンディア学園の学園祭に呪具が紛れ込んだ騒動の時、レイは言っていた。

今から一〇年前、オルブライト家を裏切り、呪具を持ち出して逃げた呪術師がいるのだと。

レイは紫色の髪をガリガリと両手で掻き毟った。

「……最悪だ」

今回の呪竜騒動が呪術師の仕業なら、呪術で竜を暴走させることができると、証明してしまったことになる。

まして、それがオルブライト家を裏切った呪術師の仕業ともなれば、現当主のレイにとって死活問題だ。

「オルブライト家を裏切った呪術師って、どんな人、なんですか？」

モニカの問いに、レイは頭を抱えたまま低く呻く。

「当時はバリー・オーツと名乗っていた。黒髪。背は高くないけど恰幅《かっぷく》が良かった……年齢は今は五〇歳ぐらいか。正直、名前なんていくらでも偽名を名乗れるし、一〇年も経《た》てば、容姿もだいぶ変わっていると思う」

裏切りの呪術師バリー・オーツは、元々は外部の人間で、オルブライト家分家の女性に婿入りしたのだという。

なお、バリーの妻だった女性は結婚して数年で死去しており、子どもはいないらしい。

「俺は、あんまり話したことなかったけど……あぁ、そうだな。優しくて、親切そうに見えた」

レイは青白い顔を両手で覆い、血色の悪い唇を持ち上げて自嘲《じちょう》する。

「……呪術師が、優しくて親切なわけないのに」

モニカの背筋が、ゾクリと震える。

若くして、呪術師の家の当主となった彼が背負うものを、モニカは知らない。

ただ、当主という肩書きは、決して軽いものではないのだろう。

モニカは自由に動く右手を膝《ひざ》の上で握りしめ、硬い声でレイに提案する。

「〈深淵の呪術師〉様。今回の件、他のみんなに内緒で、調査しません、か？」

「……いいのか？」

「はいっ、わたし、協力する、のでっ……！」

モニカとしても、今回の呪竜の件を公にはしたくない理由があった。

（……多分だけど、殿下はあの呪竜について、何か知っている）

モニカが駆けつけた時、フェリクスは呪竜を蝕む呪いが、呪術によるものだと断言していた。

彼は、モニカが知らない情報を持っている可能性が高い。

そもそも、フェリクスが夜中に屋敷を抜け出して、こっそり呪竜と対峙《たいじ》していたこともおかしいのだ。本来なら屋敷の人間や、護衛であるモニカに声をかけるべきところである。

フェリクスは明らかに何かを隠している。彼とは、一度話し合う必要があるだろう。

モニカが密《ひそ》かにそう考えていると、誰かがモニカの手を握った。誰か──言うまでもなく、レイだ。

いつのまにかソファを立ち上がったレイは、青白い頬を薔薇色《ばらいろ》に染めていた。

「あ、あの、〈深淵の呪術師〉様……？」

「そこまで、俺のことを考えてくれてたなんて……」

レイにしてみれば、モニカの申し出は、呪術師であるレイの立場が悪くならぬようにと、気遣っているように見えるのだろう。

感極まった彼の目は、ほんのりと潤んでいる。

「これってもう両想《おも》いだよな、相思相愛だよな。きっとそうだ。すごい、俺が愛されてる……」

「あ、あのぅ……？」

このままだと、恐ろしい方向に話が脱線する予感がする。

モニカは必死で話の軌道修正を試みた。

「と、とにかく、そういうわけなので、呪竜の件は、わたし達で秘密に捜査するということで……」

「二人だけの秘密……秘密の関係っていいよな……秘密を共有すると愛も深まる……くふっ」

「なぁ、オレ様もその秘密を知ってるわけだが。この場合、オレ様との愛も深まるのか？」

長話に飽き、ベッドでゴロゴロしていたネロが、呆《あき》れたように口を挟む。

その時、控えめに扉がノックされた。バルトロメウスだろうか？

ベッドから立ち上がったネロが、面倒臭そうに扉を開けた。

「おい、子分。人払いしろって言ったろーが」

「兄貴、すんません。フェリクス殿下が、どうしても〈沈黙の魔女〉様とお話をしたいと仰《おっしゃ》ってまして……」

モニカは緊張に顔を強張らせた。

遂《つい》に、この時がきたのだ。

（まずはネロのことを、改めて口止めして……それから、殿下が何を隠しているのか、知りたい）

そのためには、ここにレイがいると都合が悪い。

モニカは口元のヴェールがずれていないか確かめつつ、レイに言った。

「〈深淵《しんえん》の呪術師〉様……少し、殿下とお話をさせていただいても、よろしいで、しょうか」

レイはフッと切なく笑い、視線を足元に落とした。

「やっぱり女の子はみんな、王子様が好きなんだ……金髪碧眼の美男子だもんな、王族三兄弟で一番の美男子だもんな、愛されて当然だよな……」

「いえ、あの、大事なお話があって……」

「王族ってずるいよな、そこにいるだけで愛してもらえるんだから……俺も無条件に愛されたい愛されたい愛されたい……」

ネロが無言でレイの首根っこを掴《つか》んで、乱暴に扉を開ける。

扉の向こう側には、バルトロメウスとフェリクスの姿が見えた。

ネロは「退《ど》け」と二人を雑に押《お》し退《の》けて、レイを廊下に放り出す。フェリクスに対しても、レイに対しても、敬意を感じない振る舞いであった。

「よし、掃除完了。入っていいぞ、王子」

「……失礼するよ」

フェリクスは廊下に放り出されたレイを横目に、室内に足を踏み入れる。

フェリクスが室内に入ると、ネロは素早く扉を閉めて鍵《かぎ》をかけた。

モニカは筆記用具を手元に寄せ、羽根ペンで紙に文字を綴《つづ》る。

『ようこそ、お越しくださいました』

書き記した文字をフェリクスに見せて、一礼。

そして、モニカは文字を書き足す。

『お話をしましょう』

「喜んで、レディ」

フェリクスはトロリと微笑《ほほえ》み、モニカの向かいの席に腰掛けた。

その美しくも底の見えない笑顔に、モニカの指先が冷たくなる。

モニカは今から、フェリクスと対峙しなくてはならないのだ。

……よりにもよって、モニカが一番苦手としている交渉のテーブルで。

九章　モニカとネロの出会い

「お体の具合はいかがですか、レディ・エヴァレット？　お辛《つら》いようでしたら、どうぞ無理をなさらず横になってください」

そう告げるフェリクスの声は、優しかった。

ただ、その言葉に込められたものが優しさだけではないことを、モニカは知っている。

この人は、恐ろしく交渉に強いのだ。彼の優しさに流されていては、いつのまにか手中で転がされてしまう。

『本題に入りましょう』

「ええ、そうですね」

頷《うなず》き、フェリクスはモニカのソファの後ろに立つ、ネロを見た。

ネロは腕組みをし、フェリクスを睨《にら》んでいる。

「まずは、彼についてお訊《き》きしても？」

やはり、まずはそこから話すべきだろう。

モニカが言葉を選んでいると、ネロが踏ん反り返って、得意げに鼻を鳴らした。

「オレ様のことが知りたいのか？　いいだろう、教えてやる。好物は鳥とチーズ。好きな小説家はダスティン・ギュンターだ」

「君の嗜好《しこう》ではなく、レディ・エヴァレットの使い魔になった経緯を訊きたいのだけれど……いや、その前に、こう訊くべきかな」

フェリクスが僅《わず》かに目を細める。ただそれだけで、冷ややかな空気が場を支配した。

冷たい威圧感を滲《にじ》ませ、フェリクスは問う。

「君が翼竜の群れを引き連れて、ケルベック伯爵領を襲った理由を教えてくれないかい？　ウォーガンの黒竜殿」

フェリクスの威圧感は、その場にいる人間を無条件に平伏させる、王族の威圧感だ。

だが、人間の身分階級に無関心なウォーガンの黒竜は、下唇を突き出し「はぁ？」と小馬鹿にするような声を漏らす。

「オレ様がいつ人間を襲ったよ？　あぁ？　こういうの何て言うんだっけか？　……あ、そうだ、冤罪《えんざい》。冤罪だ！　そもそもオレ様、別に翼竜どもの仲間じゃねぇし」

「……違うのかい？」

困惑するフェリクスに、ネロは大したことではないような口調で言う。

「オレ様、元々は帝国の山に棲《す》んでたんだよ。でも、開発だなんだでうるさくなってきたから、新しい棲処《すみか》を探して適当にぶらぶらしてたら、ウォーガン山脈だっけか？　あの辺の若い翼竜どもが、勝手にオレ様をボスみたいに崇《あが》めだしただけだ」

翼竜は下位種の中でも特に知性の低い竜だ。基本的に言葉を理解していないため、上位種との正確な意思疎通は難しい。

「いきがってる若い翼竜どもが、調子こいて人里を襲ったらしいけど、オレ様、別に命令はしてないぜ」

「それならレディ・エヴァレットとは、どういう経緯で主従関係に?」

フェリクスの問いに、モニカは羽根ペンを握る手を彷徨《さまよ》わせた。

正直、頭を抱えたい。

(こ、これは……話してもいいのかなぁぁぁぁ?)

モニカの葛藤《かっとう》とは裏腹に、ネロはあっさり答える。

「適当な野鳥を食ってたら、骨が喉《のど》に刺さってよぉ」

「うん」

「痛くて困ってたら、こいつが抜いてくれたんだよ」

「……それだけ?」

「おぅ」

本当に、それだけなのである。

＊＊＊

今からおよそ半年前、ウォーガンの黒竜を討伐すべく、たった一人でウォーガン山脈に入ったモニカが見たのは、森の奥にうずくまり、グルグルと不機嫌に鳴いている黒竜だった。

その巨体は、モニカが暮らす山小屋よりも大きい。鋭い牙《きば》を生やした口は、モニカなどペロリと丸呑《まるの》みにできてしまうだろう。

モニカの任務はこの黒竜を討伐すること。ならば黒竜が気づく前に、高威力の攻撃魔術を眉間《みけん》に叩《たた》き込《こ》めば、任務は完了だ。

だが、その黒竜の呻《うめ》き声を聞いて、モニカは足を止めた。

モニカはミネルヴァで精霊言語を履修していたので、簡単な単語なら聞き取ることができる。

漆黒の鱗《うろこ》を持つ凶悪な伝説の竜は、こう呻いていた。

——いたい、いたい、いたい。

だから、モニカは木の陰から顔を出し、オズオズと訊《たず》ねたのだ。

「……あの、何か、困ってるん、ですか？」

極度の人見知りであるモニカにとって、竜は人間よりも話しかけやすい存在であった。

たとえそれが、一級危険種である黒竜であろうとだ。

——のど、ささった、ぬけない、いたい。

「……喉？　えっと……お口、あーんって、できます……か？」

モニカの言葉に応じるように、地にうずくまった黒竜はユラリと頭をもたげて、その口を大きく開けた。

鋭い牙は一本一本が槍《やり》のように鋭く、赤い舌はモニカなど容易《たやす》く搦《から》めとれそうなほど長い。

それでも、黒竜の舌に毒性は無いと記憶していたモニカは、モタモタと黒竜の顎《あご》をよじ登り、口の中に入り込んだ。

自ら黒竜の口に入り込むなど、正気の沙汰《さた》ではない——と、誰《だれ》もが考えるところだろう。

だがモニカにしてみれば、人の輪に入るより竜の口に入る方が、よっぽど恐ろしくなかったのだ。

うんしょ、うんしょ、と四《よ》つん這《ば》いになって黒竜の舌の上を進むモニカは、喉の奥に白い何かが刺さっていることに気づいた。恐らく、鳥か小動物の骨だ。

「えっと、これ、抜くので……ちょっと我慢して、ください……」

両手で骨を掴んだモニカは「えいっ」と全体重をかけて骨を引き抜いた。黒竜の喉がゴロゴロと鳴り、その振動にモニカはバランスを崩して、黒竜の舌の上で尻餅《しりもち》をつく。

黒竜の舌は柔らかく、尻餅をついてもさほど痛くなかった。

「取れた……」

モニカがフゥッと息を吐くと、黒竜が長い舌をベロリと外に垂らした。

モニカの体は坂道を転げ落ちるみたいに、黒竜の舌をコロコロと転がっていく。

「ひうみゃああああああああ⁉」

唾液《だえき》まみれになりながら、モニカは黒竜の口の外にベシャリと落ちる。

モニカが地面に突っ伏して目を回していると、黒竜は天を仰いで上機嫌に鳴き――次の瞬間、その姿は黒いモヤに包まれた。

巨大なモヤは圧縮されて人の形を作り、指先、つま先、髪の先から人の姿となる。

黒竜がうずくまっていた地面に立っているのは、短い黒髪に金色の目の、古風なローブを着た男だ。かなり背が高い。

男は神秘的な金色の目をモニカに向け、言った。

「あー、やっとスッキリしたぜ！　いやぁ、適当に食った鳥の骨が喉に刺さってよぉ。黒炎で塵《ちり》にしちまえばいいと思ったんだけど、微妙に届かない位置にあるから困ってたんだよ」

ベラベラと流暢《りゅうちょう》に人の言葉を喋《しゃべ》るその男に、威厳も神秘性も無かった。

やけに古めかしいローブを身につけていることを除けば、どこにでもいる気さくな若者である。

竜の姿の方がまだ話しかけやすかった、とモニカは思った。モニカはどうしても、大柄な男性に対し恐怖心を抱いてしまう。

モニカが地面に突っ伏したまま硬直していると、人に化けた竜はモニカの前にしゃがんで目線を合わせた。

「なんだなんだ、オレ様がカッコよすぎてビビったか？」

「ひ……ぁ……」

モニカは体を撥《は》ね起こすと、地面に尻餅をついたまま後退《あとじさ》り、カタカタと震える。人に化けた竜は拗《す》ねたように唇を尖《とが》らせた。

「なんで竜の姿より人間の姿にビビるんだよ？　カッコいいだろ？」

「……う、うぇぇ……っ」

いよいよ泣きじゃくりだしたモニカに、人に化けた竜は困ったように頭をかく。

「あー……人間の雌って、何が好きなんだ？　うーん……よし、これならどうだ！」

黒髪の成人男性の姿がモヤに包まれ、更に小さく圧縮された。

やがてモヤが晴れる。そこにいるのは一匹の黒猫だ。

「人間は猫が好きなんだろ？　猫は最強に可愛《かわい》い生き物だからな！　ほら、肉球プニプニしていいぞ。にゃんにゃん」

黒猫がモニカの頬をプニプニと押す。その柔らかな感触に、モニカは少しだけ緊張を解いた。

ウォーガンの黒竜
ネロ

目の前にいるのはどこから見ても、可愛らしい黒猫だ。

だが、竜の時は人間の声を発声できないのに、猫だと人間の声を発せるあたり、完全に猫と同じ体というわけでもないのだろう。少なくとも声帯のつくりは違うはずだ。

ゆらゆらと揺れる尻尾《しっぽ》を見ながらそんなことを考えていると、黒猫は「よし、落ち着いたな」と安心したようにうんうん頷く。

「それで、なんで人間がこんなとこにいるんだ？　迷子《まいご》か？」

「あの、えっと、その……」

地面に突っ伏していたモニカはノロノロと上半身を起こすと、地面に座り込んだまま指をこねる。

「こ、この山から、出て行ってもらえませんで、しょうか……麓《ふもと》の人が、とても、怖がってて……」

「んぁ？　そういや、なんか麓に人間がいっぱい来てたな？　もしかして、オレ様、命を狙《ねら》われてたのか？」

「い、一応……わたしも、退治に来たと、いいますか……」

馬鹿正直に己の目的を明かすモニカに、黒猫は呆《あき》れの目を向けた。

「お前、バカだろ。今、ここでオレ様が元の姿に戻ったら、お前なんて黒炎で焼かれて、骨も残らねぇぞ？」

「だ、大丈夫、です。そうなる前に、わたし、あなたを倒せると、思う……ので……」

モニカは近くの木を指さし、無詠唱魔術を発動した。そこそこ大きな木の中心に、楔《くさび》を穿《うが》つかのように氷の槍が突き刺さる。

金色の目を見開く黒猫に、モニカはもじもじと指をこねながら言った。

「黒炎は、発動に溜《た》めがいるので……あなたが火を吹く前に、眉間を撃って、倒せると、思います」

それは脅しではなく、モニカにとってただの事実だ。

黒猫は不思議そうに、小さな頭を傾ける。

「じゃあ、なんでオレ様のこと助けたんだ？」

「えっ？　えっと……痛そうだった、から……？」

「お前、変な奴《やつ》だって言われねぇ？」

「あぅ」

モニカは、自分が社会のはみ出し者であることを自覚している。だがそれを、よりにもよって竜に指摘されるとは。

複雑な心境で黙り込んでいると、黒猫は金色の目でモニカをジィッと見上げて、ふむ、と呟《つぶや》く。

「黒竜に怯《おび》えず、口の中に入ってきたくせに、人間が怖い人間か……変わった奴だな。オレ様は面白い奴が好きだ。お前は面白《おもしれ》ぇ」

「は、はぁ……」

「よし決めた。オレ様、お前に飼われてやる」

モニカはしばし沈黙し、黒猫の発言を吟味した末に「……はい？」と間の抜けた声を漏らした。

黒猫は、さも当たり前のような口調で言う。

「だって、お前はオレ様に、この山を出て行ってほしいんだろ？」

「は、はい」

「でもオレ様、他に行くところねーんだよ。人間の都合で棲処を追い出されるなんて、なんて可哀《かわい》想《そう》なオレ様！」

「ご、ごもっとも、です」

「だから、オレ様をここから追い出したお前が、責任を持ってオレ様を飼え」

なんだか、いいように丸め込まれている気がする。

だが気の弱いモニカはこういう時、咄嗟《とっさ》に強気の反論ができなかった。

えっと、あのぅ……と意味のない言葉を繰り返していると、黒猫はモニカの肩に飛び乗り、肉球で頬をプニプニとつつく。

「竜は自分より強い奴には絶対服従なんだ。お前はオレ様より強いから、オレ様の主人にしてやろう。光栄に思え」

人間と竜では絶対服従の意味が違うのではなかろうかと、モニカは頬をプニプニされながら思った。

＊　＊　＊

ネロの説明を聞いたフェリクスは穏やかな笑顔だった。笑顔だったたが、困惑していることは、ありありと伝わってくる。

「ウォーガンの黒竜は、夜な夜な不気味な鳴き声をあげていたと聞いたのだけど……」

「おう、喉が痛くてな」

「その鳴き声は、取り巻きの翼竜達に対する攻撃命令……ではない？」

「『うぉぉぉ、すッげぇーいてぇぇぇ』って感じだったな。あの日から、オレ様は鳥を食う時、ちゃんと骨を吐き出すようにしてるんだぜ」

モニカは非常に居た堪《たま》れない気持ちだった。

〈沈黙の魔女〉は、ウォーガンの黒竜を退治などしていない。ただ、喉に刺さった骨を抜いてやっただけなのである。

〈沈黙の魔女〉を英雄視していたフェリクスは、さぞガッカリしたことだろう。

モニカは羽根ペンで文字を綴《つづ》る。

『私を訴えますか?』

「いいえ」

フェリクスの言葉には、躊躇《ためら》いも葛藤もなかった。

「黒竜を助け、使い魔にするなど、誰《だれ》にでもできることではない。貴女《あなた》への尊敬の念に、変わりはありません。ただ少し……竜に対する印象が変わったと言いますか……」

言葉を濁すフェリクスに、ネロが得意げに言った。

「おぅ、竜に対する印象が、グングン急上昇だろ?」

どうしてこの流れで、そう思えるのだろう、とモニカは思った。多分フェリクスもそうだろう。

きっとフェリクスの中では「竜は案外抜けている」という方向に、評価が傾いているに違いない。

フェリクスが、苦笑混じりにネロに訊ねる。

「君に、人間に対する害意は無いと認識しても?」

「おぅ。オレ様、それほど人間に興味ねーもん」

かつて棲《す》んでいた山を追われてもなお、ネロはあっけらかんとしている。基本的にあまり根に持たない性格なのだ。

まぁ、人間に興味がないと言っても、最近は人間の文化やら創作物には興味津々の様子なのだが。主に冒険小説とか、探偵小説とか。

「君は、人の姿でも黒炎が使えるのかい？」

フェリクスの言う黒炎とは、黒竜が吐く黒い炎のことである。

黒炎は呪術《じゅじゅつ》や防御結界すらも焼き尽くす、最強の炎だ。

歴史を紐解《ひもと》くと、数百年ほど前には黒炎を操る魔術師が極少数いたらしいが、現代では使い手はおらず、黒炎は禁術扱いとなっている。

黒炎は死者蘇生《そせい》、天候操作に並ぶ、魔術師にとって最大の禁忌なのだ。

それを人の姿でも使えるとなると、流石《さすが》のフェリクスも看過できないのだろう。

だが、ネロはあっさりと首を横に振って、それを否定する。

「うんにゃ、黒炎は元の姿でないと使えねぇ。つーか、人に化けてても使えんなら、とっくにこっそり使ってるぜ」

「……そうだろうね」

ネロの言葉に嘘《うそ》はない。人間に化けている時のネロは身体能力こそ高いが、空を飛ぶことはできないし、黒炎も使えない。

フェリクスも納得したのか、不安げなモニカにニコリと笑いかけた。

「ご安心を、レディ。彼のことは、誰にも話したりはしません。私と貴女だけの秘密です」

『ありがとうございます』

ネロの正体を口止め――一つ目の目的は達成できた、とモニカは胸《むね》を撫《な》で下《お》ろす。

だが、ここで話を終わらせるわけにはいかない。モニカには、もう一つの目的があるのだ。

(殿下が何を隠しているのか、知りたい)

今度は自分が訊《たず》ねる番だと、モニカは素早く羽根ペンを動かし、文字を綴る。

『私からも、殿下にお訊《き》きしたいことがあります』

「……呪竜と対峙《たいじ》した夜のことですか?」

モニカは小さく頷《うなず》き、あの夜、何故《なぜ》フェリクスは一人で屋敷を抜け出したのかを訊ねようとした。

だが、モニカがその疑問を紙に綴るより早く、フェリクスが語り始める。

「あの夜は、なんだか酷《ひど》く胸騒ぎがしたのです。眉間《みけん》を猟銃で撃っただけで、本当に伝説の呪竜を倒せたのか不安で……それで、臆病《おくびょう》な私はこっそり呪竜の死骸《しがい》を確かめに行ったのです。そうしたら、あの呪竜が動き出していたので、ああして対峙することになりました。私の独断行動で、貴女に迷惑をかけたこと、心からお詫《わ》びいたします」

フェリクスの表情は、とても申し訳なさそうだった。事実、彼はモニカが呪《のろ》いを受けたことを、申し訳なく思っているのだろう。

……だけど、何かを隠している。

『何故、護衛をつけずに?』

「呪竜が本当に死んだのか不安だから、一緒に確認してほしい……などと言って、貴女達に臆病者だと思われたくなかったのです。全《すべ》ては私の見栄がもたらしたこと。反省しています」

嘘だ、とモニカは直感で悟った。だが、それを嘘だと糾弾するには、手札が足りない。

モニカはあの夜のことを振り返り、フェリクスの言動を思い出す。

あの時、フェリクスはモニカに言った。

――レディ！　それは呪術です。恐らく、呪具が体内のどこかに！

これだ。とモニカは羽根ペンを動かす。

『殿下は何故、呪竜を蝕《むしば》む呪いが、呪術であると断言できたのですか？』

七賢人であるモニカですら、自然発生した呪いと、人が作った呪術は見分けがつかない。それなのに何故、フェリクスは呪術と断言できたのか？

モニカの疑問に、フェリクスは特に動揺するでもなく、自信なさそうな顔で答える。

「本当は、呪術と確信していたわけではないのです。ただ私は、呪術師が罪人に呪術をかける現場を見学したことがあるので……それで、もしやと思っただけです」

恐らくフェリクスは、モニカが指摘するであろうことを予《あらかじ》め想定して、その答えを用意してきたのだろう。モニカが何かを追及しても、するりするりとかわしてしまう。

(他に、何か追及する方法は……)

モニカは交渉が苦手だが、それでもなんとか食らいつこうと頭を回転させる。

だが、モニカが次の一手を打つより早く、フェリクスはさりげない口調で言った。

「そういえば、レディ・エヴァレット」

咄嗟に顔を上げると、フェリクスと目が合った。水色に緑を一滴混ぜたような美しい色の目が、笑みの形に細められる。

「貴女は、セレンディア学園の関係者なのですか？」

「――――！」

動揺のあまり、モニカは肩をビクリと竦《すく》めてしまった。

それを見たフェリクスの笑みが深くなる。確信を得たとばかりに。

（……しまった！）

焦るモニカの記憶の中で、〈結界の魔術師〉ルイス・ミラーが「同期殿」とクスクス笑う。あれは、カードゲームに巻き込まれた時だったか。

――動揺した時に肩を竦める癖、直した方が良いですよ。

まったく、その通りだ。

あの時、ルイスはこうも言っていた。勝負はテーブルに着く前から始まっている、と。

行き当たりばったりで交渉に挑んだモニカと違い、フェリクスは事前に準備をしていたのだ。

モニカの追及をどうかわすか、そして、どうやって自分の欲しい情報を引き出すかを。

「レディ・エヴァレット。貴女は以前、シリルが――――学園の生徒が魔力中毒で暴走を起こした時、それを止めてくださったのでしょう？」

そうだ。その時に、ネロはフェリクスと遭遇しているのだ。

モニカはヴェールの下でコクリと唾《つば》を飲み、震えそうになる手を動かして、文字を綴った。

『偶然、通りかかっただけです』

「そうですか」

てっきり追及されると思ったのに、フェリクスはあっさり引き下がる。

若干拍子抜けするモニカに、フェリクスは丁重に頭を下げた。

「どうか、お礼を言わせてください。貴女のおかげで、我が生徒会の書記は救われた」

（……え？）

モニカは声にこそ出さないが、キョトンとしてしまった。

そんなモニカの困惑を、フェリクスは見逃さない。

（……あっ！）

動揺に青ざめるモニカに、フェリクスは変わらぬ笑顔で言葉を続ける。

「あぁ、失礼。間違えました。シリルは書記ではなく、副会長だった」

シリル・アシュリーが生徒会副会長であることは、セレンディア学園の生徒なら誰《だれ》でも知っている。

だが、外部の人間は——まして社交界と無縁の〈沈黙の魔女〉が、その事実を知っているのは、あまりに不自然だ。

それなのに、モニカはフェリクスの言い間違いに反応してしまった。

（気づかれた……〈沈黙の魔女〉が、セレンディア学園にいるってことが……っ！）

モニカを見つめる碧《あお》い目には、隠しきれない悦びが滲《にじ》んでいる。

「怪我人の部屋で、長話はよくありませんね。そろそろ失礼します。……左手、どうぞお大事に。レディ」

気遣うように微笑《ほほえ》み、フェリクスは立ち上がる。

その笑顔がどんなに優しくても、美しくても、モニカはカタカタと体を震わせることしかできない。

こちらが知りたかったフェリクスの秘密は聞き出せず、そしてフェリクスは欲していた情報を手に入れた。

モニカは、この交渉でフェリクスに負けたのだ。

＊＊＊

フェリクスが部屋を出て行った後、モニカはズルズルとソファからずり落ちた。

「わぁぁぁん、やっちゃったぁぁぁ……わたしの馬鹿馬鹿馬鹿ぁぁぁ……」

ソファの後ろで腕組みをしていたネロが、状況をいまいち理解できていない顔で問う。

「つまり、どういうことだ？」

「〈沈黙の魔女〉が！　セレンディア学園の人間だってことが！　殿下にばれたの！」

「にゃ、にゃにぃっ⁉」

こんなことなら、下手《へた》に探りを入れるのではなかった。ネロの正体を口止めしたところで、会話を切り上げるべきだった、とモニカは心の底から後悔した。

そもそも、外交上手なフェリクス相手に、口下手《くちべた》なモニカが交渉事で敵《かな》うはずがないのだ。

「うっ、うっ……殿下の隠しごとを探るつもりが、逆に、こっちがボロ出しちゃったようぅぅ」

冬休みが明けたら、きっとフェリクスは学園のどこかにいる〈沈黙の魔女〉を探し始めるだろう。

まだ護衛任務は半年近く残っているのに、これからどうしたら良いのか。

「殿下がどうして、呪術《じゅじゅつ》に気づいてたのかとか、どうして一人で夜に抜け出したのかとか、聞こうと思ってたのに……うぅぅ」

モニカが落ち込んでいると、ネロがなんでもないことのように言う。

「まぁ、あの王子は契約精霊連れてるぐらいだし、色々知ってそうだよなぁ。それにあれだな、精霊が味方についてんなら、護衛がいなくても怖くないし」

「……へっ？」

モニカには、ネロが言っていることの意味が理解できなかった。

ベッドからノロノロと身を起こし、モニカはネロを見上げる。

「殿下の契約精霊、って？」

「前に言ったろ。王子のそばをチョロチョロしてる白いトカゲ。あれ、多分水の上位精霊だぜ」

「待って待って待って……」

フェリクスに契約精霊がいるなんて、初耳である。だが、トカゲが云々《うんぬん》という話は、ネロからうっすら聞いたような記憶があった。

（たしか、殿下がトカゲを使ってネロのことを探ろうとしたとか、なんとか……話が途中で途切れてたんだっけ）

だが、フェリクスが水の上位精霊と契約しているというのは無理がある、とモニカは思う。

上位精霊との契約には、精霊の同意、契約石となる宝石、そして上級魔術師相当の知識と、魔力量が必要になる。それ故、上位精霊と契約している魔術師は、リディル王国に一〇人もいない。

そしてなにより、それらの条件をクリアしたとしても、フェリクスには、水の上位精霊と契約ができない理由がある。

「あのね、ネロ、人間は生まれつき得意属性が決まってて……その属性と異なる精霊とは、契約できないの。精霊王召喚なんかもそうだけど」

例えば、モニカの得意属性は風だ。だからモニカは風の精霊王召喚はできるが、それ以外の精霊王は召喚できない。

「じゃあ、あの王子は得意属性が水なんだろ？」

「殿下の得意属性は、多分……土だと、思う」

歯切れ悪く言うモニカに、ネロは訝《いぶか》しげに眉《まゆ》を寄せる。

「あの王子が魔術を使うところなんて見たことねーのに、なんで分かるんだ？」

「殿下の名前。ミドルネームが、アークでしょ？」

リディル王国では、精霊王の加護が得られるようにという願いを込めて、得意属性の精霊王の名前をミドルネームに組み込む慣習がある。

身近な例が生徒会庶務のニールだ。彼のフルネームはニール・クレイ・メイウッド。ミドルネームのクレイは、土属性を司《つかさど》る大地の精霊王アークレイドが由来のものである。

「殿下のミドルネームのアークは、土属性の精霊王が由来だから、得意属性も土だと思う。だから、水の上位精霊と契約するのは不可能なはず……」

「オレ様、そのへんよく分かんねーけど、成長過程で得意属性が変わることってねーの？」

「得意属性は基本的に両親のどちらかのものを引き継ぐんだけど、成長過程で変化することはないって、研究でも分かってるの」

魔力に遺伝的要素が関係していることは、モニカの父親の研究でも裏付けられている。ポーター古書店でモニカが買ってもらった父の本でも、そのことに触れていた。

「なんか、いまいちピンとこねーけど、そーいうもんなのか？」

「火竜がある日突然、水竜になったりはしないでしょ」

「にゃるほど、確かに」

ネロはフンフンと頷き、顎《あご》に手を当てて考え込む仕草をする。

「じゃあ、たまたま得意属性と関係のないミドルネームをつけたとか」

「王族のかたが、得意属性と関係ないミドルネームを、わざわざつけたりするかな……？」

「まぁ、そーいうこともあるんじゃね？」

名前にこだわりの薄いネロはあっさりとそう言うが、モニカはどうしても違和感を覚えずにはいられなかった。

（もしかして、殿下が人前で魔術を使えない理由って、その辺に関係しているんじゃ……）

今回の呪竜騒動を通じて、フェリクスに対する疑惑と違和感が、モニカの中で少しずつ膨らみ始めている。

呪竜に対する不自然な態度。

上位精霊という手札を隠している理由。

そして、王位に固執するわけ。

だが、モニカが好奇心でそれを暴いて、何になるというのだろう。ただの護衛役であるモニカには、関係のないことだ。好奇心で触れて良いことじゃない。

……この時のモニカは、そう思っていたのだ。

＊＊＊

（あぁ、僕の予想は正しかった！）

フェリクスは踊りだしたいような気持ちで、〈沈黙の魔女〉の部屋を後にした。

彼の胸はトクトクと高鳴り、喜びに震えている。

学園祭前に、暗殺用魔導具〈螺炎《らえん》〉が仕掛けられていたと知った時から、もしかしたらと思っていたのだ。

先ほどの〈沈黙の魔女〉の動揺を見て、フェリクスは確信した。

フェリクスが敬愛してやまない〈沈黙の魔女〉は、セレンディア学園にいるのだ。

（……会いたい。できることなら素顔を見たい。声が聞きたい）

口の端が緩みそうになるのを堪え、自室に向かおうとした彼は、廊下の隅で膝《ひざ》を抱えてうずくまる男を見かけて、足を止めた。

黄金の杖《つえ》と、金糸の刺繍《ししゅう》を施した豪奢《ごうしゃ》なローブ。フードの端から見えるのは、世にも珍しい紫色の髪の毛。

七賢人が一人、三代目〈深淵《しんえん》の呪術師〉レイ・オルブライトだ。

廊下の隅で何をしているのだろう。具合でも悪いのだろうか？

「……あぁ、愛されたい愛されたい愛されたい……」

フェリクスは、〈深淵の呪術師〉が、城の侍女に愛を乞《こ》う姿を何度か目撃している。

あぁ、いつものあれかと納得し、フェリクスはレイの背中に声をかけた。

「失礼、〈深淵の呪術師〉オルブライト卿《きょう》とお見受けします。お体の具合が悪いのですか?」

うずくまっていたレイは、ゆっくりと顔を持ち上げた。

そうしてフェリクスを凝視し、両手で目を押さえる。

「王族オーラに目が潰《つぶ》れる……」

彼の言葉は九割聞き流して構わないだろう、とフェリクスは判断した。

王族に対して不敬などと、口やかましく言うつもりはない。少なくとも国王は、性格面に問題があると知った上で、この男を七賢人に任命したのだ。

「オルブライト卿、今回は貴方《あなた》が来てくださって助かりました。やはり呪《のろ》いの専門家がいると心強い。……実は呪いの専門家である貴方に、お訊《き》きしたいことがあるのです」

持ち上げられたレイは、目を覆う手を少しずらし、指の間からフェリクスを見上げている。

フェリクスは訊《たず》ねた。

「呪術《じゅじゅつ》で生き物を意のままに操るというのは、可能ですか?」

「……それは、呪術の本質じゃない」

レイはゆらりと立ち上がる。不揃《ふぞろ》いな前髪の下、宝石のようなピンク色の目は、軽蔑《けいべつ》するようにフェリクスを見ていた。

「呪術は他者を操るためにあるんじゃない。苦しめるためにあるんだ。操りたいなら精神干渉魔術だろう」

「……ごもっともです」

「もし、呪術で生き物を操ろうとする奴《やつ》がいるのなら、それは呪術師の風上にも風下にもおけない、ただのクズだ」

一般人にしてみれば、他人を操ることも苦しめることも、等しく非道に見えるのだが、呪術師には呪術師の信念があるらしい。

（そんな力を使って、祭り上げられる王子か）

クロックフォード公爵が、フェリクス・アーク・リディルのために用意した道は、数多《あまた》の犠牲で塗り固められた血塗《ちまみ》れの道だ。それでももう、彼は引き返すことはできない。

「勉強になりました。ありがとうございます、オルブライト卿」

短く告げて、フェリクスはレイに背を向けた。

前を見据えたその目に宿るのは、チロチロと燃える妄執の火。

叶《かな》えたい願いがある。何を犠牲にしても。何を諦《あきら》めても。何を奪われても。

（……待っていてくれ、あと少しなんだ）

ふと窓の外に目を向ける。昼下がりの冬の空に、まだ星は見えない。

それでも彼は思い描くことができる。親友が愛した、英雄の星が煌《きら》めく夜空を。

（きっと君の名を、歴史に残してみせる。……アーク）

十章　ヴェネディクト・レインを知る者

呪竜との戦いでモニカとグレンが負傷し、部屋で療養している間も、ファルフォリア王国との協議は順調に進んでいた。

当初は話が難航していたが、竜騎士団の駐屯所計画に難色を示していたマレ伯爵が、実際に竜害に巻き込まれたことで態度を軟化させたらしい。

今日で協議は一段落し、明日にはフェリクスがレーンブルグ公爵領を発つ。

そのため、今夜はちょっとした宴会のような催しをするという。これに〈沈黙の魔女〉様も参加してほしいと、モニカは打診されていた。

呪竜から皆を守った〈沈黙の魔女〉と、呪竜を討ったフェリクスは今回の事件解決の立役者だ。ファルフォリア王国の使者達も、命の恩人である〈沈黙の魔女〉に感謝を伝えたいのだという。

「……ってことらしいが、どうすんだよ、モニカ」

ネロの言葉に、ベッドに突っ伏していたモニカは毛布を頭から被《かぶ》った。

「やだ……もう誰《だれ》とも会いたくない……数式と魔術式のことだけ考えてたい……それか猫になりたい……」

「猫は、数式も魔術式も必要としてねーよ」

昼の交渉でフェリクスに完全敗北し、モニカは盛大に心が折れていた。

今は誰とも会いたくない。特にフェリクスには会いたくない。会ったら、また探りを入れられて、いよいよ正体がばれてしまうかもしれない。

冬休み明け、セレンディア学園に戻る時のことを考えるだけで憂鬱《ゆううつ》だ。

「交渉とか、人と話すのとか、頑張るぞって誓ったのに……冬精霊の氷鐘《オルテリア・チャイム》に誓ったのに……ごめんなさいシリル様、殿下怖いです。絶対勝てないです。わたしにはまだ無理でした……殿下怖い……うぇぇぇぇ、ひぃん……」

毛布に包《くる》まり、枕に顔を埋《うず》めて泣きじゃくるモニカに、ネロが「駄目だこりゃ」とため息をつく。

「ちなみにオレ様は行くぞ。美味《うま》い飯が食い放題だからな」

「……はいはい。いってらっしゃい」

モニカの投げやりな言葉を、ネロは特に気にする様子もなく「飯～飯～オレ様の飯～」と歌いながら部屋を出ていった。薄情な使い魔である。

ネロは自分の正体がフェリクスにばれても、特に態度を変えることはないのだろう。あの図太さが羨《うらや》ましい。

(今日はもう、部屋から出たくない……)

モニカは枕を胸に抱いて、コロリと寝返りをうった。

(裏切りの呪術師は、どこにいるんだろう……殿下は、呪具を作った呪術師のこと、何か知ってるのかな。……知ってるんだろうな。もしかして、殿下と呪術師が繋《つな》がってて、匿《かくま》ってるとかもありえる？　……殿下は何をどこまで知ってるんだろう？)

いつものモニカなら、すぐに数式や魔術式の世界に没頭できるのに、今は呪竜騒動とフェリクスのことが気になって仕方ない。

コロンコロンと寝返りを繰り返していたモニカは、ふと窓の外に目を向けた。

冬は日が落ちるのが早い。既に日没から一、二時間は経《た》っている。

真っ暗になった屋敷の庭には、淡く発光し、小さな光の粒を撒《ま》き散《ち》らす花が幾つか見えた。〈精霊の宿〉と呼ばれる、周囲の魔力を吸って放出する花だ。

そんな〈精霊の宿〉の淡い光の合間に、拳《こぶし》ほどの大きさの火が浮かび上がり、パッと消えた。

また数秒して、今度は同じ大きさの火が二つ浮かび上がり、数秒で消える。

（あれは……）

モニカはノロノロと起き上がり、窓に近づいた。

ほんの数秒浮かび上がる小さな火が、人の姿を照らしだす。あれはグレンだ。

グレンは両手のひらを上に向け、右手と左手の上で二つの火を維持しようとしていた。

モニカが教えた、魔術の同時維持の訓練をしているのだ。

（グレンさん、今日、起きたばかりなのに……）

オレンジ色の火に照らされるグレンの顔は苦しげで、そして真剣だった。

モニカは窓枠に手をついたまま、ずるずるとその場にしゃがみこむ。

（……グレンさん、頑張ってる。冬精霊の氷鐘《オルテリア・チャイム》の誓いを、守ろうとしてる）

モニカは額を壁に押しつけ、しばしジッとしていた。

そうして、ゆっくりと深呼吸をしてから立ち上がり、椅子にかけていたローブを羽織って、ヴェールで口元を覆う。

（ちょっと顔出すだけ……ちょっとだけ……レーンブルグ公爵と、ファルフォリア王国の方にお辞儀して、殿下に会う前に引っ込むぐらいなら……）

モニカは壁に立てかけていた杖を手に取った。

杖の装飾が鳴るシャランという音は、冬の青空に響く冬精霊の氷鐘《オルテリア・チャイム》の音に少し似ている。

モニカは何度か杖を振って装飾をシャラシャラ鳴らすと、フスッと鼻から息を吐いて、部屋を出た。

＊＊＊

モニカ達にあてがわれた客室は屋敷の二階、宴会が行われる広間は一階にある。

二階の廊下を歩いていたモニカは、階段の手前で足を止めた。

下の階からは、賑《にぎ》やかな声が聞こえる。もう宴会が始まっているのだ。

あの階段を下りたら、すぐに広間だ。

さぁ、行くぞ……と一歩踏み出そうとしたその時、モニカは見た。

階段の手前、廊下の角の辺りにぼんやり浮かび上がる青白い顔と、ピカピカ輝くピンク色の目を。

「〜〜〜〜〜〜っひ⁉」

咄嗟《とっさ》にヴェールの上から口を押さえたので、悲鳴はあげずに済んだが、モニカは腰を抜かした。

うっかり手放した杖が、音を立てて廊下の床に落ちる。

「〈沈黙の魔女〉……」

腰を抜かしたモニカを見下ろしているのは、廊下の角から顔だけを出した、〈深淵の呪術師〉レイ・オルブライトであった。

正直、生首が浮いているみたいで不気味だ。

「あ、あ、〈深淵の呪術師〉様……そこで……何を……」

「先代当主《ババ様》に、この手の宴会は、なるべく出ろって言われてるんだ……でも、俺、呪竜討伐したわけじゃないし……遅れてやってきただけの俺が、なんでのうのうと宴会に出てるんだって後ろ指さされるに決まってる……ぁぁぁぁぁ、想像したら死にたくなってきた……行きたくない……」

レイは紫色の髪を掻《か》き毟《むし》り、全身をガタガタと震わせる。

宴会に行くのが怖い彼の気持ちはよく分かるので、モニカは立ち上がり、小声でレイに提案した。

「あの、〈深淵の呪術師〉様……い、一緒に、行きません、か？」

髪を掻き毟るレイの手が止まる。モニカは言葉を続けた。

「こう、七賢人が二人いたら……注目が分散されて、少しは気が楽だと思うんです」

「なるほど……それは確かに、一理ある……」

二人は顔を見合わせ頷《うなず》き合うと、杖《つえ》を握りしめて前を向く。

この国の魔術師の頂点に立つ七賢人二人は、竜の巣に立ち向かうような緊張感を漂わせ、慎重な足取りでソロリソロリと階段を下りた。

一階は予想以上に盛り上がっていて、賑やかだ。まだ広間に入っていないのに、楽しそうな声が響いているし、使用人達は忙しそうに食事や酒を運んでいる。

「宴会特有の浮かれた空気が漂ってる……この空気だけで、俺はむせそうだ……ぉぁぁ」

レイは階段を下りたところでうずくまり、震えだした。

その横で、モニカもまた立ち尽くす——ただ、人の多さに気圧《けお》されたわけじゃない。

(今、の……)

目の前を通り過ぎていった使用人が、やけにモニカの心に引っかかった。

どこかであの使用人を見た気がする。それも比較的最近、この屋敷ではない場所で。

身長、肩幅、腕や脚の長さ、頭と胴体の比率——そういった、人間を構成する数字がモニカの頭を駆け巡る。

(どこ?　どこで見た?　屋敷の外……狩り場にもいたけど……違う、そうじゃない。もっと別の場所……)

暗い森の奥で、モニカはこの男を見ている——否、見ていたのはモニカじゃない。

耳の奥に蘇《よみがえ》るのは、我が子を奪われた緑竜の憎悪の声。

(……そう、だ。あの人を見たのは、わたしじゃなくて……)

モニカの左手は、蘇った記憶に反応するかのように痙攣《けいれん》していた。

「〈深淵《しんえん》の呪術師〉様、見つけました……」

ガクガクと震える左手を右手で押さえ、モニカはレイに小声で告げる。

「……竜を呪《のろ》った、呪術師を」

＊＊＊

（あぁ、とうとう来てしまった。オルブライト家の追手が……）

宴会場から厨房《ちゅうぼう》に戻ってきたその男は、手に滲《にじ》んだ汗をこっそりと服で拭《ぬぐ》う。

周りにいる使用人達は、皆それぞれの仕事に忙しく、男の様子がおかしいことなど誰《だれ》も気にしていない。それでも男は周囲の視線が気になって仕方がなかった。昔からの性分だ。

それが好意でも、悪意でも、男は自分に向けられる、ありとあらゆる視線を気にせずにはいられない。

（大丈夫だ、レイ・オルブライトは、私に気づいていなかった。もう一〇年も経っているし、容姿もだいぶ変わっている）

普通に過ごしていれば、きっとやり過ごせるはずだ。そうしたら、また研究の続きをしなくては。

男はポケットの中に忍ばせた呪具を、こっそり握りしめる。

『呪竜を操り、第二王子に討たせよ』

それが、あのお方の命令だった。

呪竜を作り、それを意のままに操る――容易なことではない。そのために男が実験台にしたのが、幼体の緑竜だ。

幼体の竜は、成体ほど魔力耐性が高くない。だから、餌に混ぜて体内に取り込ませれば、呪術《じゅじゅつ》が効くのではないかと男は考えた。

その結果、確かに呪術は効いた。効きすぎた。

本来は、竜を意のままに操る呪術だったのに、呪術は幼い竜を蝕《むしば》み、殺してしまったのだ。

更に最悪なことに、母竜が子竜の死骸《しがい》を呪具ごと喰《く》い漁《あさ》り、呪《のろ》いを自ら受け入れ暴走した。

第二王子が呪竜を討つことができたのは、たまたま〈沈黙の魔女〉があの場に居合わせたからだ。

（いいや、前向きに考えろ……私は、ついているんだ。呪竜を操ることには失敗したが、「第二王子に呪竜を討たせる」という閣下の命令には背いていない。あとは、傀儡呪《かいらいじゅ》さえ完成させれば……）

竜も人も意のままに操る呪術、傀儡呪の完成。それが男の悲願だ。

これが完成すれば、何もかもが自分の思い通りになる。富も名声も思うがままだ。七賢人だって怖くない。

（閣下も、きっと私を認めて、手元に呼び戻してくださる）

彼が仕える閣下は、忠実な傀儡を欲している。傀儡呪を完成させれば、きっと、彼を重用してくれるはずだ。

現状、リディル王国では呪術の知識をオルブライト家が独占している。

だからこそ、閣下はオルブライト家からはみ出した呪術師である彼を手元に置いた。

いずれ、オルブライト家と対峙《たいじ》することになった時の、切り札にするために。

（私は閣下に選ばれたんだ。ヘマをした、ヴィクター・ソーンリーとは違う）

苛々《いらいら》している時、将来が不安になった時、彼は才能があるのに破滅していった人間を、頭に思い浮かべる。

ああ、あんなに才能に溢《あふ》れていたあいつも、こいつも、ヘマをして死んだ。なんて良い気味！　あいつらは、本当の意味で天才ではなかったのだ。だが、自分は違う。きっと生き残り、大成してみせる。

男が昏に暗い笑みを浮かべて、ワイングラスを片付けていると、同僚の男が話しかけてきた。新入りのバルトロメウスだ。

「あっ、すんません。ちょいといいですかね。……実は俺、突き指をしちまいまして。応急処置をしたいんで、薪《まき》を取ってくる仕事を替わってもらえませんかね？　その代わり、明日の仕込みは俺がやるんで」

男は不承不承という顔で、その頼みを引き受けたが、内心安堵《あんど》していた。これでこの場を離れられる。

追手に見つかるはずはない。そう自分に言い聞かせても、本当は不安で、宴会場から少しでも離れたくて仕方がなかったのだ。

男はランタンを手に、屋敷の裏手にある薪割り小屋に向かう。

自分は年寄りだから一度に沢山は運べない、と言い訳をして、少しずつ運んで時間を潰《つぶ》そう。

そんなことを考えつつ、男は小屋の扉に手をかけた。

「……？　なんだ、これは……」

ドアノブを握った手が、ピタリと吸いついたようにくっついて離れない。

ギョッとしてランタンでドアノブを照らすと、ドアノブと手の間に黒い何かが付着している。彼は、その黒いドロドロしたものの正体を知っていた。

これは、呪術が顕在化したものだ。

「『手がくっついて離れなくなる呪い』……俺も可愛《かわい》い女の子と手がくっついて、離れなくなったらいいのに……」

薪割り小屋の陰からフラリと現れたのは、七賢人のローブを身につけ、杖を握りしめた青年、三代目〈深淵の呪術師〉レイ・オルブライト。

そして、その横に佇《たたず》んでいるのは、同じローブを身につけ、口元をヴェールで隠した小柄な人物、〈沈黙の魔女〉。

男は思案した。

彼は解呪の術を使える。「手がくっついて離れなくなる呪い」も解呪できる。だが、解呪の術を使ったら、自分が呪術師であると証明してしまう。だから、男はあえて狼狽《うろた》えてみせた。

「これは、どういうことですか、七賢人様？」

困惑を滲ませて問うと、屋敷でずっと沈黙を守り続けていた〈沈黙の魔女〉が静かに告げる。

「貴方《あなた》が、一〇年前にオルブライト家を裏切った呪術師、バリー・オーツですね？　……従僕のピーター・サムズさん」

＊　＊　＊

屋敷に来てから常に沈黙を保っていたモニカが、喋《しゃべ》ったことが驚きだったのだろう。ピーターはギョッとしたような顔でこちらを見ている。

従僕のピーター・サムズ。灰色の髪を撫《な》でつけた、痩《や》せた男だ。口元は髭《ひげ》で覆われていて、年齢は六〇過ぎに見える。

バリー・オーツは現在五〇歳前後、元々は恰幅《かっぷく》の良い黒髪の男だったという。変わり果てた姿は、オルブライト家の追手から逃れるためか、或《ある》いは逃亡生活でやつれたのか。

モニカはピーターに冷めた目を向け、淡々と言葉を続けた。

「狩りをしている時、最初に呪竜と遭遇したのは、貴方とエリアーヌ様の二人でした」

「ええ、はい。呪竜と遭遇したところを、ダドリー様に助けていただいて……」

「次の遭遇は、狩り場の休憩所。ここにも、貴方がいました」

モニカは杖を胸に抱き、自由に動く右手で指を三本立ててみせる。

「そして、三回目。貴方が知っているかは分かりませんが、呪竜はまだ動いていた。呪いに引きずられるように、この屋敷を目指していた」

呪竜が目指す先には、必ずピーター・サムズがいた。

それが何のためかを、モニカは知っている。左手に呪いを受けた時に、モニカは緑竜の憎悪を見ているのだ。

「あの緑竜は、自分の子どもを呪い殺した貴方に、復讐《ふくしゅう》しようとしていた」

フェリクスの弾丸に眉間《みけん》を貫かれ、モニカの魔術に羽を貫かれ、ボロボロに朽ち果てた姿で、それでもあの竜は地を這《は》い、動き続けていた。

あの竜が目指す先にあったのは、我が子を殺した呪術師の存在だ。

「動物の中には、竜の魔力に敏感なものもいます。貴方が動物に好かれないのは、子竜に接触していたからでしょう？」

「突然、何を仰《おつしや》るのですか、〈沈黙の魔女〉様……私は呪術なんて……」

ピーターは口元をヒクヒクと震わせながら、それでも使用人としての体裁を保とうとしている。

モニカは無詠唱魔術で、ピーターの周囲に小さな火を幾つも起こした。そうして照らし出された男の姿を——その体を構成する数字を読み取る。

モニカにとって数字とは、愛すべき美しき世界であり、同時に逃避先でもあった。

（……今は、違う）

モニカの脳裏に過《よ》ぎるのは、呪いに苦しむグレンの姿。そして、子を失った緑竜の嘆き。

世界を構成する数字を読み解き、真実を掴《つか》んでみせる。

その覚悟をもって、モニカは父の言葉を口にした。

「人も、物も、魔術も……世界は数字でできている」

モニカの言葉に、ピーターは鞭《むち》で打たれたかのように体を震わせ、恐ろしいものを見る目でモニカを凝視した。

「わたしは呪竜の記憶を見ています。その記憶の中に、幼い竜に呪いをかけて、殺した男の姿がありました」

竜の記憶の中にあるその男の顔は、ぼやけていてよく見えなかった。だが、その体をモニカは見ている。

靴のサイズ、脚の長さ、胴体の長さ、腕の長さ、指の長さ——その全《すべ》てを覚えている。

「わたしは、目で見たもののサイズを正確に言い当てることができます。呪竜が目撃した呪術師と、貴方の体のサイズは、ぴったり一致する」

モニカはフードを被った頭をゆっくりと持ち上げて、ピーターの体のサイズを視認した。

ピーターの姿をよく見るために顔を持ち上げたことで、モニカの目元が露《あら》わになる。

光の加減で緑がかって見える目——それを目の当たりにした瞬間、ピーターの様子が一変した。

「ひっ、あぁ……うわぁあああああっ！」

ピーターがポケットに手を突っ込み、何かを取り出して掲げた。

螺旋《らせん》状の金細工の中に、漆黒の宝玉を閉じ込めた装飾品だ。

モニカが周囲を照らすために起こした火の灯《あか》りを受けて、漆黒の宝玉が濡《ぬ》れたように輝く。

その時、モニカは見た。黒い宝玉から黒い液体がトロリと滴り、螺旋の金細工を伝ってピーターの足元に落ちるのを。

（あれは魔導具？　…………違う、呪具だ！）

魔導具と呪具はよく似ている。どちらも少し魔力を込めるだけで、組み込まれた術が詠唱無しに発動するのだ。

トロリ、トロリと地面に垂れた漆黒の液体は、地面の上を滑るように動いてモニカ達に肉薄する。

あれは、呪竜に取り憑《と》いていた影と同じものだ。

モニカは対呪《のろ》い用の防御結界を展開しようとした。だが、モニカが掲げた杖《つえ》を、レイが片手で押さえる。

「……必要ない」

レイはブツブツと詠唱をしながら、一歩前に進み出て、左手を前にかざした。

彼の指先に刻まれた呪印が紫色に輝き、皮膚から浮かび上がる。細い枝を思わせる紫の呪印は、地面を這う漆黒の呪いを搦《から》めとった。

レイの呪印がボコボコと膨れ上がり、ピーターが放った呪いは色が薄くなっていく。レイの呪印が、ピーターの呪いを喰《く》らっているのだ。

目を剥《む》くピーターに、レイが陰鬱《いんうつ》な声で告げる。

「呪いで俺を殺せるものか……俺は、〈深淵《しんえん》の呪術師《じゅじゅつし》〉なんだぞ」

ピーターの操る呪術は、幼体の竜を殺したほど危険なものだ。魔力量が比較的多いモニカでも、髪の毛一本分の影が腕に触れただけで、激痛に卒倒した。

それほど強力な呪術ですら容易《たやす》く取り込む、リディル王国で最も優れた呪術師。

それがオルブライト家当主、三代目〈深淵の呪術師〉レイ・オルブライトなのだ。

ピーターの呪いを喰い尽くし、レイが低く吐き捨てる。

「……随分と、身の丈に合わない呪術に手を出したな。その老いてやつれた体……呪術の反動だろう？」

呪術は使い手の体を蝕み、時に変異させる、危険な術だ。

レイは幼い頃《ころ》から少しずつ呪術に体を慣らしていたので、髪と目の色が変質する程度で済んでいるが、ピーター・サムズの場合、それは老化という形で表れたのだろう。

ピーター・サムズ――本名、バリー・オーツは現在五〇歳前後。かつては黒髪で恰幅の良い男性だったという。

だが、目の前にいるのは、痩せ衰《おとろ》えた老人だ。実年齢より一〇歳以上老けて見える。

「悪いことは言わない。その身が深淵に呑《の》まれる前に、投降しろ」

「くそっ……オルブライトのバケモノめっ！」

罵声《ばせい》をあげるピーターの右手が、ドアノブから剥《は》がれる。呪具を起動している間に、彼は解呪の術を使っていたのだ。

ピーターは痩せた体を翻して、走り出す。

このまま逃すわけにはいかない。

追いかけなくては、とモニカが走りだそうとしたその時、レイが杖に縋《すが》りつくように、しゃがみこんだ。

彼は片手で口を覆い、ただでさえ悪い顔色を更に悪くして呻《うめ》く。

「呪いが消化不良を起こしてる……思ったより強い呪術だった……おぇ」

ピーターが操る呪術は、幼体の竜を殺したほど凶悪なものである。それを喰らって、「おぇ」で済んでるだけでも充分すごい。

「わ、わたし、追いかけ、まひゅっ」

「頼む……うぷっ」

モニカはボテボテと懸命に走って、ピーターを追いかけた。

ピーターに向かって攻撃魔術を使いたいところだが、庭を知り尽くしているピーターは、器用に植木の陰に隠れながら移動している。夜闇で視界が悪く、どうにも攻撃しづらい。

照明用の火を増やしたいが、この辺は植木が多いので、燃え移ったら大惨事である。

（それなら……）

モニカは無詠唱で魔術を発動し、杖で地面をトンと叩《たた》いた。モニカが発動したのは、周辺の土に魔力を付与するだけの簡単な魔術だ。

たちまち、庭園に植えられた花の幾つかが淡く輝きながら開花し、白い光の粒を放った。

この庭園には、〈精霊の宿〉と呼ばれる、魔力を吸い上げて放出する性質の花が植えられている。

モニカは土地に魔力を付与することで、〈精霊の宿〉を開花させ、その光を照明代わりにしたのだ。

これなら燃え移って火事になる心配もないし、一度魔力を付与してしまえば、術を持続せずとも勝手に光り続けてくれる。

花の光が届く範囲に、ピーターの姿は見えなかった。おそらく、光の届かない木の陰に隠れて、こちらの隙を窺《うかが》っているのだろう。

ピーターは、複数の呪具を所持している可能性がある。迂闊《うかつ》に攻め込んだら、返り討ちに遭いかねない。

——ならば、物陰に潜み、こちらを狙《ねら》っているピーターを炙《あぶ》り出すまで。

モニカは杖を握る手に力を込めて、意識を集中する。頭の中を膨大な数字が駆け巡った。その数字を、モニカは魔術式で完璧《かんぺき》に再現する。

「……その目に焼きつけてください」

握った杖が淡く輝き、その光を反射して、モニカの丸い目が緑色に煌《きら》めいた。

〈沈黙の魔女〉は沈黙を破り、無慈悲に告げる。

「貴方の呪いが、もたらしたものを」

暗闇《くらやみ》に潜み、ピーター・サムズは機を窺っていた。ピーターの手元にはまだ、呪具がある。

生きた人間を傀儡《かいらい》にする傀儡呪──の失敗作だ。本来は生物を傀儡にするための物だが、力が強すぎて、呪《のろ》った相手を殺してしまう。

だが、この状況を切り抜けるには充分だ。この際、相手の生死など構っていられない。相手は七賢人なのだ。

（何が七賢人だ。何が天才だ。バケモノ集団め！）

ピーターは優れた人間だ。だから分かる。

ピーターの呪いを逆に喰らった〈深淵の呪術師〉も、無詠唱で高度な魔術を使う〈沈黙の魔女〉も、天才という括《くく》りを逸脱したバケモノだ。

（少しでも隙を見せたら、呪い殺してやる！）

ピーターがポケットの中の呪具を握りしめたその時、〈沈黙の魔女〉の姿を黒く大きな影が遮った。

（なんだ、あれは？）

地を這う巨体──それは緑色の鱗《うろこ》に覆われた体を、黒い影に蝕《むしば》まれていた。

美しい羽は穴だらけでボロボロになり、口腔《こうこう》は焼かれて爛《ただ》れ、ダラリと垂れた舌は焦げて変色している。

大きな金色の目は白く濁り、生気を感じさせない──が、突然その目がギョロリと動き、ピーターを見据えた。

その目に宿る憎悪に、ピーターはたまらず悲鳴をあげる。

「あ、あぁ、ひぃっ、あああっ！」

あれは、呪いを喰らった緑竜ではないか。何故《なぜ》、こんなところにいる。何故、まだ生きている。

巨体がズルズルと地を這い、ピーターに肉薄する。

「うわぁあああああ！」

たまらずピーターは、木の陰から飛び出した。


木陰を飛び出し、一目散に逃げるピーターの姿を確認し、モニカは幻術を解除した。

幻術は魔術の中でも特殊な位置付けにある、極めて高度な術だ。実を言うと、モニカも無詠唱にはできるが、完璧には使いこなせていない。

モニカは幻術を使っている間は移動ができないし、他の魔術が使えないのだ。

また、再現した幻はそこまで精緻《せいち》ではなく、実物には程遠いし、幻術を動かそうとすると、だいぶ不自然な動きになる。

だから、モニカは幻術を滅多に使わない。生物を完璧に幻術で再現できるなら、とっくに自分の幻術を作って、各種行事を乗り切っている。

（今が夜で良かった……）

夜の視界の悪さは、幻術の不自然さを上手《うま》く誤魔化《ごまか》してくれた。

幻術の動きのぎこちなさも、死にかけの緑竜の動きだと思えば、そこまで不自然ではない。

逃げるピーターは、ヒィヒィ言いながら、屋敷の角を曲がる。ここまではモニカの想定内だ。

すぐに、奥の方からピーターの悲鳴と犬の鳴き声が響いた。

モニカはパタパタと走ってピーターを追いかけ、屋敷の角を曲がる。

「よぅ、チビ。言われた通り、待機してたぜ」

モニカが屋敷の角を曲がった先では、足を犬に噛《か》まれて尻餅《しりもち》をついているピーターと、猟犬達を従えた黒髪の使用人――バルトロメウス・バールの姿があった。

バルトロメウスはモニカを見ると、軽く片手を挙げる。

「はっはー！　どうだ、俺はできる男だろ？」

「ありがとう、ございます。犬、下げてもらえますか？」

バルトロメウスが猟犬に「下がれ」と命じると、猟犬は素早くピーターから離れた。それを確認して、モニカは即座にピーターの周囲に封印結界を張る。

ピーターが憎々しげに顔を歪《ゆが》め、握りしめた呪具を掲げた。

黒い宝石から垂れた黒い影が、細い蛇のように形を変えて、結界を壊そうとする。だが、黒い蛇は見えない壁に阻まれ、地に落ちた。

モニカは無表情に、ピーターを見据える。

「無駄です。対呪《のろ》い用術式も織り込んだ、ので」

「くそっ、くそくそくそくそっ‼」

口の端から泡を吹いて喚《わめ》き散らすピーターに、バルトロメウスが憐《あわ》れむような、悲しむような目を向けた。

「まさか、あんたが本当に呪術師だったなんてなぁ。……ピーターじいさん」

ピーターはもはや、バルトロメウスを見ていなかった。

ギョロリと見開いた目はモニカを凝視し、ガタガタと体を震わせている。

何故、彼はそんなにも、恐ろしいものを見るような目でモニカを見るのだろう？　その狼狽《うろた》え様たるや、まるで、死人と遭遇したかのようではないか。

ピーターが震える声で、呻く。

「やはりお前は私を許さないのだな……ヴェネディクト・レイン」

モニカの思考が、一瞬停止した。

「……え？」

バルトロメウスは「誰だそれ？」と不思議そうな顔をしているが、モニカはその名前を知っている。忘れるはずがない。

ヴェネディクト・レイン──それは、七年前に処刑された、モニカの父の名だ。

（どうして、お父さんの名前を……）

モニカは混乱したが、ピーターの錯乱ぶりはそれ以上だった。

ピーターは全身に脂汗をびっしりと浮かべ、己の顔をガリガリと掻《か》き毟《むし》る。

「あぁ、あああ、死してなお私を追い詰めようというのか、ヴェネディクト！　これは、お前を閣下に売った私への復讐《ふくしゅう》か……っ！」

血走った目は、もはやモニカを見ていない。モニカを通して、ここにいない死者を見ている。

ピーターは痙攣《けいれん》する唇で、いびつに笑った。

「あぁ、あぁ、は、はは、ははは、アーサーの二の舞になど、なってたまるか！　私は、私は、あの方に……閣下に認められて……ひひっ、ひはっ、はははははははっ‼」

ピーターは呪具を握った手を前に突き出す。その手に握られている呪具は、先ほどの物とよく似ているが、一回りほど大きかった。

手の中の呪具から、黒い影が滴り落ち、膨れ上がる。先ほどよりも勢いよく、そして大きく。

（さっきより、威力が強い！）

対呪い用結界で防ぎきれるだろうか？　焦りにモニカは歯噛《はが》みしたが、影は予想外の動きをした。

膨れ上がった黒い影は、モニカの結界ではなく、ピーターの腕に絡みついたのだ。

「……え？」

驚きの声をあげたのは、モニカだけではなかった。ピーターもまた、驚愕《きょうがく》の目で己の腕を凝視している。

「待て、違う、こっちじゃない、お前の獲物は……ひぃっ、ぁあっ！」

ピーターは大きく口を開いたが、その口から悲鳴が溢《あふ》れるより早く、影が口の中に入り込む。呪《じゅ》術《じゅつ》が暴走したのだ。

「おい、ピーターじいさんっ！」

バルトロメウスが声を荒らげるが、もう手遅れだった。

呪術は、モニカの魔術では侵食を止められない。なにより、呪いの侵食は恐ろしく速かった。瞬き二つほどの時間でピーターの全身は黒く染まり、地に倒れて動かなくなる。

全身を呪いに蝕まれた呪術師の成れの果てが唇を震わせ、最期の言葉を紡いだ。

「……ヴェネディクト……これは、お前の復讐なのか……」

人の形をした黒い影はサラサラと崩れ、砕けた灰が風に舞うように消えていく。

後に残されたのは、漆黒の宝石に金細工をあしらった呪具だけだった。

(どう、して……?)

目の前の衝撃的な光景が、モニカにはすぐに理解できない。

なによりピーターの遺《のこ》した言葉が、モニカの混乱に拍車をかけた。

(どうして、お父さんの、名前が?)

モニカの父ヴェネディクト・レインの死に、ピーターは関係している。ピーターは、モニカの父を誰かに売ったのだ。恐らくは……ピーターが閣下と呼ぶ人物に。

その閣下が、今回の呪竜騒動の黒幕なのだろうか?

モニカは俯《うつむ》き、震える手で顔を覆った。

(なんで、竜を呪った呪術師が、お父さんのことを知ってるの?)

「おい、チビ、大丈夫か？　おい」

心配そうなバルトロメウスの声も、モニカの耳には届かない。

指の隙間《すきま》から覗《のぞ》く、緑がかった茶色の目が翳《かげ》る。

胸が苦しい。呼吸をする度に、死んだ呪術師の残滓《ざんし》を取り込んでいるような気がして、吐き気がする。

なんで、どうして、と疑問が幾つも浮かんだ。だが、その疑問に答える者はいない。真実を知る男は、目の前で呪いに喰《く》われてしまった。

モニカに分かることは、ただ一つ。

(……お父さんは、誰かの都合で殺されたんだ)

瞼《まぶた》の裏にちらつくのは、燃えていく父の姿。

耳の奥に蘇《よみがえ》るのは、父を断罪する執行人の声。


——この者、ヴェネディクト・レインは、秘密裏に一級禁術研究を行い、国家の転覆を謀った。よって、ここに火刑に処す。我らが偉大なる精霊神の火に焼かれ、その身に宿した罪を浄化するが良い！


(違う。違う。違う！　お父さんは、罪人なんかじゃない！)

モニカはフゥフゥと荒い息を繰り返しながら、ピーターが遺した呪具を睨《にら》む。

これはきっと、真実を手に入れるための鍵《かぎ》だ。

(お父さん、待ってて……)

モニカは拾い上げた呪具を小さな手に握りしめ、誓う。

(わたしが、お父さんは罪人じゃないって、証明するから)

木に括《くく》られた父に石を投げる人々や、父の本を燃やす執行官を前に、幼いモニカは何もできなかった。

今のモニカは、もう無力な子どもではない。七賢人〈沈黙の魔女〉なのだ。

しゃがんで呪具を拾い上げたモニカは、ゆっくりと立ち上がり、心配そうにこちらを見ているバルトロメウスを見上げる。

「バルトロメウスさんに、お願いが、あります」

「ん、おぅ?」

呪術の存在に気づいていたフェリクス。

自ら生み出した呪いに喰われた、呪術師のピーター。

ピーターが口にした、閣下とアーサーという二人の人物。

これら全《すべ》てが、今回の呪竜騒動だけでなく、モニカの父の死に繋《つな》がっているかもしれない。

モニカは真実を知りたいのだ。そして、父の名誉を取り戻したい。

そのためには、セレンディア学園の外でも動ける協力者がいる。

「わたしに、雇われて、ください」

十一章　それぞれの帰省

シリルの生まれ故郷であるアシェンダルテは、リディル王国南西部にある街だ。

名産品は織物で、街の女達は皆、物心ついた頃《ころ》には機織りを教わる。

シリルの母も家ではいつも織り機の前に座って、色とりどりの糸を手繰って、美しい模様の布を織っていた。

最近は水力を用いた自動織り機の登場で、手織物は衰退しつつあるが、それでもアシェンダルテの手織物、アシェンド織りは、その精緻な模様と鮮やかな彩色故に国内外問わず根強い人気がある。

久しぶりに訪れた故郷は、シリルの記憶の中の街並みと変わっているところも多かった。それでもあちらこちらから、パタンパタンと機織りの音が聞こえるのは、子どもの頃のままだ。

乗合馬車を降りたシリルは旅行鞄《りよこうかばん》を手に、懐かしい街並みを一人歩く。

帰省するにあたり、義父のハイオーン侯爵は自身が所有する馬車を使って構わないと言ってくれたが、シリルはそれを丁重に辞退した。一目で貴族御用達と分かる馬車は、彼の実家のそばに停《と》めると目立つからだ。

母はそういった目立ち方をすることを嫌う。だからシリルは、ハイオーン侯爵から与えられている質の良い服ではなく、地味な旅装をし、帽子を被《かぶ》っていた。

艶《つや》やかな銀髪に濃いブルーの目、華やかな顔だち——見るからに貴族然とした容姿のシリルは、いつも周囲の子ども達からは浮いていた。

そのことをシリル本人よりも、母の方がずっと気にしていたのを今でも覚えている。

母はいつだってシリルに父の面影を見て、怯《おび》えていた。いつか、シリルも父のようになるのではないかと。

シリルは帽子を目深に被り直し、視線を足元に落として歩く。

周囲の人間に、畏怖《いふ》や奇異の目で見られるのは慣れている。ただ、その視線が母に向けられることだけは我慢ならなかった。


シリルが育った家は、数年経《た》った今も変わらず同じ場所にあった。

ハイオーン侯爵は、シリルの母に働かなくても暮らしていけるだけの金銭援助をしているが、それでも母は昔と変わらない暮らしを続けている。

シリルはコクリと唾《つば》を飲み、扉の前に立ち尽くした。扉をノックしようと持ち上げた右手が、不自然に止まる。

もしこの扉を開け、「ただいま戻りました」と告げて……母に「ここは貴方《あなた》の家ではないでしょう」と言われたらどうしよう。そんな考えが頭をよぎる。

「……っ」

自分の家なのに「ただいま」の一言すら言えないシリルは、葛藤《かっとう》の末に一つの結論に辿《たど》り着いた。

（そうだ、まずは「お久しぶりです」と言おう。これなら、自然に会話を繋げることができる。そうして、まずはお母様の出方を窺《うかが》って……）

「あら、お帰りなさい」

背後から聞こえた声に、シリルはうっかり荷物を取り落としそうになった。

ギクシャクと振り向くと、背後にはホウキを手にした母が佇《たたず》んでいる。どうやら家の周りの掃き掃除をしていたらしい。

シリルはあれこれ悩んでいたことも忘れ、慌てて口を開いた。

「たっ、ただいま戻り、ましたっ！」

これではモニカ・ノートンを笑えない。それぐらい無様にひっくり返った声だった。

母はどこかボンヤリした顔でシリルを見ていたが、ホウキを壁に立てかけ、家の扉を開ける。

「寒かったでしょう。今、暖炉に火を入れるわ」

「わ、私が、やりますっ」

「そう？　じゃあ、お願い」

当たり前のことを頼まれただけで、ただいまの言葉を拒絶されなかっただけで、シリルは泣きたいぐらいホッとしていた。


久しぶりの実家は、外観同様にシリルの記憶と殆《ほとん》ど変わっていなかった。

部屋の隅には仕事道具の織り機があって、色とりどりの糸が美しく精緻《せいち》な模様を描いている。

群青の生地に光沢のある糸で描かれた白い薔薇《ばら》。薔薇はよく見ると、微妙に光沢や色味の違う糸が数種類使われていて、立体感のある仕上がりになっていた。

暖炉に火が入ると、母は湯を沸かして茶を淹《い》れる。

「どうぞ」

「ありがとうございます」

茶を受け取ったシリルは、緊張のあまり土産《みやげ》を出していなかったことを思い出し、慌てて鞄から紙包みを取り出した。

「あの、これ……お土産です。使ってください」

母は中身を確かめるように包みを少し開け、軽く目を瞬かせる。

「石鹸《せっけん》？」

「その、後輩達と一緒に、選びました。色々な香りの物があったのですが……一番落ち着く香りが、これだったので……」

「良い香りね」

母が小さく微笑《ほほえ》むのを見て、シリルは口の端を緩めた。

（あの石鹸にして良かった……ノートン会計に感謝しなくては）

シリルはこっそり安堵《あんど》の息を吐き、カップを手に取る。幼い頃から使っていた、シリルのカップだ。

このカップが残っていて良かった。来客用ではないこのカップで、お茶を出してもらえて良かった。

そんなことを考えながら、カップに口をつける。

猫舌のシリルが飲みやすい程よい温度の茶は、既に甘味がつけられていた。子どもの頃からシリルが好きだった味だ。

一口啜《すす》れば、懐かしさに胸の奥が締めつけられる。

久しぶりに顔を合わせた親子は、しばし会話もないまま無言で茶を飲んだ。

そうしてカップの中身が半分ぐらい減ったところで、母が硬い口調で問う。

「学園生活は、どう?」

シリルは緊張に背筋を伸ばした。

実家に向かう馬車の中で、ずっと何を話そうか考えていたのに、いざ母と向かい合うと頭の中が真っ白になってしまって、言葉が上手《うま》く出てこない。

そもそも学園生活に関することは、いつも手紙に書いてしまっているので、目新しい話題が思いつかないのだ。

シリルはカップをテーブルに置き、思案する。

(そうだ。こういう時は、殿下の話をしよう)

シリルはフェリクスのことなら、それこそ日が暮れるまで語り続けられる自信があった。

フェリクスのことを語るシリルを、エリオットなんぞは、ものすごく残念なものを見るような目で見るが、エリオットは殿下に対する敬意が足りないのだとシリルは常々思っている。

「生徒会の仕事は順調です。今年度は会計の入れ替わりがあり、少々慌ただしくなりましたが、殿下の素晴らしい采配《さいはい》で、全《すべ》ての行事をつつがなく終えることができ、改めて殿下の優れた指揮能力に感服しております。特に、学園祭の殿下の挨拶《あいさつ》が……」

「フェリクス殿下ではなく、貴方の話が聞きたいわ」

静かに落とされた言葉に、シリルは硬直する。

シリルはしばし視線を彷徨《さまよ》わせ、ぎこちなく口を開いた。

「その、私の話など……殆ど、手紙に書いてしまったので」

「同じ話でも構わないわ。……貴方の口から聞きたいの」

シリルは顔を強張らせて、黙り込む。

幼い頃、市井の学校に通っていた時は、テストの点が良かったこと、教師に褒められたことを得意げに母に話していたのに、今は自分の話を口にすることが怖い。

——お母様、今日はテストで満点を取りました。私が一番だったんです！

そうやって意気揚々と報告をする度に、母はため息まじりに「そう」と呟《つぶや》き、目をそらすのだ。

手紙なら冷静に振り返って報告することができるのに、直接話すとなると、途端に母の反応が怖くなり、シリルの舌は凍りつく。

だが、ずっと黙っているわけにもいかない。

それに、母には報告しなくてはいけないことがあるのだ。

「新年の挨拶に……城に、私も連れて行っていただけることに、なりました」

新年の挨拶とは、新年初日に城で行われる式典の後、一週間かけて国中の貴族達が順番に城を訪れ、国王に挨拶をするものである。

この新年の挨拶は、基本的に爵位を持つ者のみが参加し、その家族は留守番というのが通例だ。

ただし、いずれ爵位を継ぐ予定の嫡男に限っては、同行を許されている。

そしてハイオーン侯爵は、今年の新年の挨拶にシリルを連れて行くと宣言した。

それ即ち、養子であるシリルが、ハイオーン侯爵に後継者として認められたことを意味する。

侯爵の養子となって数年経《た》つが、シリルはいつも不安だった。自分が頭脳の面でクローディアに劣っていることは、誰《だれ》の目にも明白。

せめて自分だけの特技を身につけようと魔術を学べば、魔力過剰吸収症を発症する始末。

自分は空回っている。

期待に応《こた》えられていない。

このままだと侯爵に見捨てられるのではないか――

そんな不安に、シリルはいつも追い詰められていた。

もっとも、ここ数ヶ月は、そんな不安を感じる暇もないほど忙しかったのだが……主に世話の焼ける後輩達のせいで。

冬休み、アシュリー家に戻ったシリルは、ハイオーン侯爵に新年の挨拶の話を切り出され、危うく泣き崩れそうになった。それぐらい嬉《うれ》しかった。

だが、同時に不安もこみ上げてくる。

――お母様がこの話を聞いたら、どんな顔をするだろう？

何度想像しても、記憶の中の母はため息まじりにこう言うのだ。

『あぁ、貴方はやっぱり、貴族の子なんだわ』

もし、また同じことを言われたら……そんな恐怖にシリルの指先が震えた。

母の顔を見るのが怖い。諦《あきら》めたような顔でため息をつかれたら、自分はどうしたら良いのだろう。

俯《うつむ》くシリルに、母は静かに告げた。

「……頑張ったのね」

シリルの薄い肩が震え、下を向いていた顔がゆっくりと持ち上がる。

向かいに座る母は、穏やかな顔をしていた。

「学園祭で私を案内してくれた子が言っていたわ。貴方は、いつも仕事を丁寧に教えてくれる。……優しい、って」

「……え」

「貴方のそういうところを、ハイオーン侯爵はちゃんと見ていてくださったのね」

滲《にじ》む視界の端に映るのは、母の織り機。

母の機織りを見るのが好きだった。パタンパタンという音に合わせて、少しずつ綺麗《きれい》な模様が生まれていくところを、幼いシリルはこの席からいつも見ていた。

『一つ一つ地道にコツコツと。丁寧に織ることが大切なのよ』

だからシリルは地道に、一つずつ丁寧に、頑張ってきたのだ。

母の「頑張ったのね」という一言をシリルは胸の中で反芻《はんすう》し、泣き笑いのような顔で、それでも誇らしげに答えた。

「私は、貴女《あなた》の息子ですから」

＊　＊　＊

リディル王国の第二王子フェリクス・アーク・リディルがファルフォリア王国との外交を終えて、レーンブルグ公爵の屋敷を発ったのは、滞在から八日目のことだった。

呪竜との遭遇という大事件こそあったものの——否、この騒動があったからこそ、貿易に関する交渉は恐ろしく順調に終了した。貿易拡大反対派だったファルフォリア王国のマレ伯爵が、呪竜撃退後は分かりやすく態度を軟化させたからだ。

共に危機を乗り越えたことで、ファルフォリア王国の客人達はフェリクス達に対して、連帯感のようなものを持ったらしい。

今後は竜害対策のために、リディル王国とファルフォリア王国で情報共有や合同演習も視野に入れたい、とフェリクスが提案すると、ファルフォリア側の使者達は目の色を変えて食いついた。

竜害対策は現状、国ごとに対応が異なっており、国同士が協力することはあまりない。

だが、ここでリディル王国とファルフォリア王国が協力体制をとれば、竜害対策で他国をリードできるし、なにより両国の関係はより強固になる。

フェリクスは今回の外交で、ファルフォリア王国からの小麦の輸入量を増やすだけでなく、関係強化の切っ掛けも得たのだ。この成果は大きい。

大いなる災厄である呪竜を倒し、隣国との外交でも結果を出したとなれば、第二王子派の貴族達はさぞ喜ぶことだろう。

（……まぁ、あの呪竜は、クロックフォード公爵の手による人災なのだけど）

城に戻る馬車の中、フェリクスは窓の外の景色《けしき》をぼんやりと眺めながら、レーンブルグ公爵領での出来事を振り返る。

昨晩、レーンブルグ公爵の屋敷から、一人の使用人が姿を消した。ピーター・サムズという老従僕で、フェリクスがこの屋敷に来た時から、目をつけていた人物だ。

恐らく、あの男が今回の呪竜騒動を仕組んだのだろう。フェリクスを英雄として祭り上げるために。

(……本当は、呪竜が私に倒されるシナリオだったけど、呪術《じゅじゅつ》が暴走してしまった。危うく私を死なせかけたピーターは、クロックフォード公爵に責められるのを恐れて逃げ出した、ってところかな?)

エリアーヌをはじめ、レーンブルグ公爵達は、失踪《しっそう》したピーターのことを心配していた。

呪竜に襲われてからというもの、ピーターは酷《ひど》く怯《おび》えていたらしい。きっとそれで心を病み、レーンブルグを去ったのではないか、というのがもっぱらの噂《うわさ》である。

(クロックフォード公爵も、そろそろ手段を選ばなくなってきたな)

フェリクスはレーンブルグ公爵の屋敷を発つ直前に、一通の手紙を受け取っている。

そこに記されていた内容は、要約すると第三王子派が第二王子派に降《くだ》ったというものだった。

どうやら第三王子の母であるフィリス妃と、クロックフォード公爵の間で、なんらかの取引があったらしい。

もとより第三王子派は少数勢力で、次期国王の座から最も遠い位置にあった。故に、フィリス妃は我が子の行く末を案じて、早々にクロックフォード公爵側についたのだろう。

そうすれば、第三王子は国王にはなれずとも、ある程度の身分が保証される。

(国王は病に倒れた。第二王子は呪竜を倒した英雄として、高く評価されている。そして、第三王

子派はこちら側についた。……王位交代の時は近い）

フェリクスが次期国王になるための土台は、ほぼ完成していると言っていい。

クロックフォード公爵に都合の良い人形として振る舞っていたフェリクスも、そろそろ動き出すべきだろう。

竜を傀儡《かいらい》にしようとした呪術師のピーター・サムズ。精神干渉魔術の研究をしていたセレンディア学園の元教師ヴィクター・ソーンリー——クロックフォード公爵が集めた連中の研究内容を見れば、その目的も見えてくる。

（僕を、本物の傀儡にしたいのだろう、クロックフォード公爵？）

精神干渉魔術は、他人の記憶や精神に干渉することはできるが、完全な言いなりにする術は、まだ存在しない。

クロックフォード公爵は、優秀な魔術師や呪術師を集めて、完全な傀儡を作る術を開発させ、国を掌握しようとしている。

無論、最も警備の厳しい場所にいる、国王陛下その人を傀儡にするのは難しいだろう。

だが、己の孫であるフェリクスなら、術をかけるチャンスはいくらでもある。

（クロックフォード公爵に対抗するためには、手駒がいる。……幸い、今回の件は個人的な収穫も大きかった）

一つ目の収穫は、グレン・ダドリーとの交流。

グレンの師である〈結界の魔術師〉は第一王子派だが、グレン自身は特に政治闘争に興味はないらしい。

（彼の持つ莫大《ばくだい》な魔力量は魅力だ。彼はきっと、今回の事件を経て成長する）

グレンは未来の七賢人候補だ。今から上手《うま》く手綱《たづな》を握ることができれば、きっと将来役に立ってくれることだろう。

できれば、グレンとは今後も友好的な関係を築いていきたい。フェリクスはグレンの才能を高く評価しているし、あの裏表の無い人柄も割と気に入っているのだ。

（そして、もう一つの収穫は……）

フェリクスは荷物の中から紙の束を取り出し、口元に淡い笑みを浮かべる。

それは、〈沈黙の魔女〉に添削してもらったレポートだ。

公務や学園生活の合間にコツコツと書き溜《か》《た》めていた論文を、憧《あこが》れの魔術師に見てもらえる日が来るなんて、まるで夢みたいだ。

（彼女に、一歩近づけた）

ウォーガンの黒竜をも従えた、偉大な魔術師──〈沈黙の魔女〉はセレンディア学園にいる。

生徒か、教師か、或《ある》いはそれ以外の使用人か。いずれにせよ、絞り込むのはさほど難しくはないだろう。

〈深淵《しんえん》の呪術師〉が言うには、〈沈黙の魔女〉とグレン・ダドリーが受けた呪《のろ》いは、痣《あざ》は消えても、痛みはひと月ほど残るらしい。

ならば、セレンディア学園関係者の女性で、左手を痛めている人物を探せばいいのだ。

（……素顔の彼女に、もうすぐ会える）

堪《こら》えきれない喜びに、フェリクスの喉《のど》はクックッと小さな音を立てて鳴った。

「お帰りなさいませ、兄上」

城に戻ったフェリクスを出迎えたのは、第三王子のアルバートだった。

アルバートは今年で一四歳の利発そうな少年で、癖のない金髪に、はしばみ色の目をしている。

フェリクスに対する態度こそ丁寧だが、年の割にキリリと鋭い目は、油断なくフェリクスを見ていた。

「出迎えありがとう、アルバート。陛下の容態は？」

「……あまり芳しくないとのことです。医師が言うには面会も難しいと。それでも、新年の式典には出られるそうですが」

「そう」

悲しげな顔をするフェリクスを、アルバートは探るようにじっと見上げていた。

クロックフォード公爵の手紙では、第三王子派は王位を諦めて、こちら側についたとのことだったが……どうやら、アルバートはそのことに納得していないらしい。

アルバートの母であるフィリス妃は、息子を次期国王に据えることを諦めたようだが、肝心のアルバートはその事実を受け入れていないのだ。

フェリクスは碧《あお》い目を細め、あくまで優しい兄の顔で言う。

「アルバート。ミネルヴァを退学して、セレンディア学園に編入するらしいね」

「……はい」

アルバートの顔が、苦虫《にがむし》を噛《か》み潰《つぶ》したかのように歪《ゆが》む。

ミネルヴァは魔術師養成機関の最高峰という点ばかりが注目されがちだが、もう一つ特徴がある。それは、政治的に中立であるということだ。

ミネルヴァに通っていたアルバートが、クロックフォード公爵傘下のセレンディア学園に編入することは、第二王子派に降ったことを意味する。

恐らく、アルバートが望んだのではなくフィリス妃が、そう仕向けたのだ。

「可愛《かわい》い弟と同じ学園に通うことができて、嬉しく思うよ。セレンディア学園は、設備も教師も授業内容も一流だ。フィリス妃の期待に応《こた》えられるよう、勉学に励むがいい」

フィリス妃の期待――それ即ち、王位継承権争いから身を引き、そこそこの地位で母の顔を立てろ、ということだ。

そのことをアルバートも分かっているのだろう。

まだ己の感情を律しきれていないアルバートは、頬をひくつかせ、屈辱に身を震わせながら、それでも精一杯言葉を返した。

「……はい、兄上のように立派な人間になれるよう、努力いたします」

アルバートの背後には、フェリクスに話しかけたそうにしている大臣達が控えている。これ以上、アルバートと話す必要はないだろう。

フェリクスはアルバートに「楽しみにしているよ」と短く告げて、その横をすり抜けた。

大臣達と帰還の挨拶《あいさつ》を交わし、今後の段取りについて話し合うフェリクスを、アルバートは暗い目で睨《にら》みつける。だが、もうフェリクスはアルバートのことなど見向きもしない。

アルバートはドスドスと乱暴に歩きたい気持ちを堪えてその場を離れ、廊下の角を二つ曲がったところで、堪えきれず走り出した。

「パトリック！　パトリック！」

廊下の突き当たりで足を止め、アルバートが従者の名前を叫ぶと、アルバートと同じ年頃の少年が、のんびり歩いてアルバートのもとにやってきた。

「はい、アルバート様。お呼びですか～」

従者のパトリックは、薄茶のフワフワした髪の、ふくよかな少年だ。髪の毛だけでなく、笑い方も喋《しゃべ》り方も、なんだかフワフワしている。

その緊張感の無さが気に入らず、アルバートは地団駄を踏んだ。

「パトリック！　お前はどうしてそんなにのんびりしているんだ！　主人が走っていたら、従者も走るべきだろう！」

「だって、廊下を走るのは良くないですよ～」

正論である。だが、アルバートは不貞腐《ふてくさ》れた子どもの顔で唇を尖《とが》らせた。

「パトリック。見たか、兄上のあの態度」

「いつも通りでしたねぇ」

「僕のことなんてどうでもいいと、顔に書いてあった！」

「つまり、いつも通りでしたねぇ」

「こっちは兄上のせいで、ミネルヴァを辞めさせられたのに！　兄上と違って、僕には魔術の才能があったんだぞ⁉　ミネルヴァにいれば、もっともっと優秀な成績を残すことができたんだ！　それなのにぃ……っ」

アルバートがイライラと髪を掻《か》き毟《むし》り、ぐしゃぐしゃに乱れた金髪をパトリックがちまちまと直す。

アルバートはパトリックに髪を直させながら、命じた。

「パトリック、フェリクス兄上の学園生活について徹底的に調べろ。得意教科、苦手教科、趣味特技、仲の良い友人、婚約者候補、ちょっと人には言えないあれこれ、その他諸々《もろもろ》！　なんでもいい！　とにかく徹底的に調べろ！　もしかしたら、兄上の弱みが見つかるかもしれない！」

アルバートの命令に、パトリックはいつもと変わらぬのんびりした口調で「えぇ～」と声をあげる。

「あの完璧《かんぺき》なフェリクス様に、弱みなんてあるんでしょうか～」

「それを探すのが、お前の仕事だパトリック！」

「はぁ、まぁ頑張ってみます～」

のんびりおっとりした従者に踏ん反り返りつつ、アルバートは考える。

あぁまったく、面白くない。自分達の都合でアルバートを振り回す大人達も、自分のことなど敵ではないとばかりに見下す兄も。

アルバートは同年代の子ども達と比べて、勉強が得意だ。

少しばかり運動神経が悪くて、剣を振っても的に当たらないし、馬に乗るのが怖いし、駆けっこも遅いけれど、その分、座学は人一倍頑張っているのだ。

それなのに、誰《だれ》もアルバートに注目してくれない。第三王子なんて、いてもいなくても同じだとばかりに。

（……実際、いてもいなくても同じなんだ。第三王子の僕なんて。みんな、どうでもいいって思ってる。父上も、母上も、フェリクス兄上も……ライオネル兄上は違うだろうけど）

実を言うとアルバートは、第一王子のライオネルのことは、そんなに嫌いではなかった。寧《むし》ろ、割と好きだ。

ちょっと暑苦しい人物ではあるが、アルバートのことを可愛がってくれるし、馬に乗れないアルバートを馬鹿にしたりせず、一緒に馬に乗せてくれる。

周りは皆、ライオネルを無骨な王子だと言うが、一見優しそうなフェリクスより、ライオネルの方がずっと優しいとアルバートは思うのだ。

（大人達は、フェリクス兄上こそ次期国王に相応《ふさわ》しいって言うけど、あんな何を考えているか分からない人のどこがいいんだ？　……しかも、父上が病気だというのに、顔色一つ変えないし）

陛下の容体が良くないと告げられた時、フェリクスは悲しげな顔をしていたけれど、その目はちっとも悲しんでいなかった。

（そりゃ確かに、王族が感情的になるのは良くないかもしれないが、それにしたって、冷たすぎるじゃないか。ライオネル兄上なんて動揺して、ご飯もろくに喉を通らなかったんだぞ）

二番目の兄は、なんだか不気味なのだ。綺麗《きれい》な顔の下に、何かを隠している気がしてならない。

（だったら、僕がフェリクス兄上の本性を暴いてやる……休み明けからは同じ学園に通うんだ。これはフェリクス兄上の弱みを探るチャンスだ！）

＊＊＊

冬至休みが始まって一週間。ヒルダ・エヴァレットは途方に暮れていた。

今年で四〇歳になる彼女は独身であったが、王立魔法研究所の研究員であり、そこそこに収入があるので、王都の小綺麗《こぎれい》な家で暮らしている。

ヒルダは家事が壊滅的に苦手だ。だから家事はベテランハウスメイドのマティルダに任せっきりにしているのだが、冬至と新年休みの合わせて二週間ほど、マティルダは休暇となる。

気の利くマティルダは、家事が一切できないヒルダのために、日持ちする料理を大量に作り置きして、テーブルに並べてくれた。もし、ヒルダの養女が帰省したら、一緒に食べられるように、と。

そんなある日、ヒルダはふと思い立ってスープ作りに挑戦し、作り置きの料理を軒並み台無しにした。

「おかしいわ、スープを作ろうとしただけなのに、どうしてこうなったのかしら？」

適当な食材を放り込み、最大火力で一度も中身をかき混ぜることなく温めたスープは吹きこぼれ、底は焦げ付いて大惨事。

慌ててその鍋《なべ》を片付けようとしたヒルダは、その鍋が持ち手も熱くなることを知らず、豪快にひっくり返した。

彼女は有能な研究員で、あらゆる実験器具を使いこなしてきた才女だが、悲しいかな、自分の家の鍋の仕様すら把握していなかったのである。

もうこれだけでもハウスメイドが膝《ひざ》から崩れ落ちそうな有様だが、悲劇はここで終わらない。

床に散ったスープを片付けるため、ヒルダは水の魔術で汚れを流そうとしたのだ。ところが、床にこびりついてしまった汚れが、なかなか落ちない。

ムキになったヒルダは、詠唱を続けて水流の勢いを強くし……。

「……あ」

結果、攻撃魔術並みに勢いを増した水流が、四本あるテーブルの足を一本破壊した。

当然にテーブルは傾き、テーブルの上の作り置きの料理は、水浸しの床に雪崩《なだ》れ落ちていく。

こうして、大惨事となった床を前に、ヒルダ・エヴァレットは途方に暮れていたのである。

本人は「スープを作ろうとしただけなのに」と言っているが、それだけが原因でないのは、誰の目にも明らかだ。

ヒルダが半ば現実逃避気味に魔術式の改善案を考えていると、勝手口の扉がコンコンと控えめにノックされた。

もしや、と期待に胸を膨らませながら、ヒルダは水浸しになったブーツをグッチャグッチャと鳴らし、勝手口の扉を開ける。

「た、ただいま……です」

いつになってもぎこちない「ただいま」を口にしたのは、薄茶の髪の小柄な少女。ヒルダの養女モニカ・エヴァレットだ。

ヒルダは思わず「まぁっ！」と声をあげ、モニカの華奢《きゃしゃ》な体を抱きしめた。

王立魔法研究所 研究員
ヒルダ・エヴァレット

「おかえりなさい、モニカ。冬招月《シェルグリア》のカードをくれたから、きっと今年は帰ってくるんじゃないかと思ってたのよ。……ところで、どうしてわざわざ勝手口から？」

「えっと、表のドアノッカーを鳴らしても、返事がなかった……ので……」

数年前までこの家に住んでいたモニカは、当然家の鍵《かぎ》も持っている。

鍵を使って勝手に入ってくればいいのに、こういう気の遣い方をしてしまうところは、今も昔も変わっていないらしい。

「こんな寒いところで立ち話もなんだから、中に入ってちょうだい……ただし、玄関からよ」

「えっ？」

「可愛《かわい》い娘が帰ってきてくれたんだもの。ちゃんと玄関でお迎えしたいわ」

そう言って、ヒルダは大惨事の台所を己の背中で隠した。

玄関から家の中に入ったモニカは、久しぶりに帰ってきた家をグルリと見回した。

ヒルダの家は、女性が一人暮らしするには充分すぎるほど広いのだが、本や実験器具などの物が多すぎて雑然としている。

それでも埃《ほこり》と蜘蛛《くも》の巣《す》まみれになっていないところに、ハウスメイドの努力を感じた。

（懐かしい、な……）

ヒルダに勧められ、ソファに腰掛けたモニカは、鞄《かばん》から土産《みやげ》の包みを二つ取り出し、テーブルに載せた。

「ヒルダさん、これ、お土産です。えっと、一つはハウスメイドのマティルダさんに」

「まぁ、ラベンダーの石鹸《せっけん》？」

「はい。……と、友達と先輩と一緒に、ウィンターマーケットで、お買い物、したんです……」

友達と先輩、その言葉がモニカの口から出てきたことに、ヒルダは少しだけ驚いたような顔をし、そして優しく微笑《ほほえ》んだ。

「良い香りの石鹸ね……ラベンダーはカビに効くから、早速、書庫に置いておくわ」

石鹸を浴室に置こうと考えないのが、なんともヒルダらしい。

それでも、ハウスメイドのマティルダが見たら、そっと石鹸を移動させてくれるだろう。

「それで、モニカはいつまで滞在していられるの？　七賢人って、新年の式典に参加しなくちゃいけないんでしょう？」

「はい、なので、新年の式典の前日には、お城に行こうかと……」

「じゃあ、それまでは滞在していられるのね。ゆっくりしていってちょうだい。ここは貴女《あなた》の家なんだから……あっ」

母性を感じさせる柔らかな笑みを浮かべていたヒルダは、ふと何かを思い出したような声で呻《うめ》き、その目をチラチラと台所に向ける。

「えっと、食事に関しては……その……ごめんなさいね。しばらくパンとピクルスで……ジ、ジンジャーケーキも戸棚に移してたから無事よっ！」

モニカは大体の事情を察した。この養母の家事音痴は筋金入りなのだ。

「あの、わたし……お茶を、淹れてきますね」

気を遣ったモニカが立ち上がると、ヒルダは青ざめ、モニカを引き止める。

「待って！　台所は今、その……あぁ、えぇと……お茶なら私が淹れるから……っ！」

ヒルダの制止の声も虚《むな》しく、台所へ続く禁断の扉を開けてしまったモニカは、その惨状を見て、やっぱり変わってないなぁと苦笑した。

モニカが引き取られた時から、ヒルダは大体毎年似たようなことをやらかしているのだ。


結局その日のモニカは、日が暮れるまでヒルダと共に台所の掃除をした。

ヒルダは非常に居た堪《たま》れないという顔をしていたが、モニカにしてみれば、今回は床が汚れる程度で済んでいるので、まだ良い方だ。

酷《ひど》い時は小火《ぼや》を起こして天井が黒こげになっていたり、棚が木っ端微塵《みじん》になっていたりする。それほどまでに、ヒルダの家事能力は壊滅的だった。

掃除が終わると、ヒルダはスライスしたパンとナッツの蜂蜜《はちみつ》漬け、それとピクルスとジンジャーケーキを並べてくれた。どうやら家にある、ありったけの保存食を引っ張り出してきたらしい。

「ネロ、ネロ、起きて。ご飯だよ」

モニカは荷物袋の底で丸くなっているネロに声をかけたが、返事はなかった。

温暖なレーンブルグを発った頃《ころ》はまだ起きていたのだが、王都に入った辺りから寒さが堪《こた》えたのか、ネロはすっかり冬眠状態で、一日の殆《ほとん》どを寝て過ごしている。

こんなに寝て大丈夫なのかと心配ではあったが、曲がりなりにも竜なのだ。この程度で衰弱することもないだろう。

モニカはネロを暖炉近くで寝かせてやり、自身はヒルダの向かいの席に腰掛けた。

「ごめんなさいね、せっかくモニカが帰ってきてくれたのに……こんな粗食で」

「いえ、あの、充分すぎるぐらいなので……」

元々、食事にはそれほどこだわりがないのだ。寧ろ自分の方こそ、何か食べられる物を土産にするべきだったとモニカは密《ひそ》かに反省する。

「あの……ヒルダさん……」

「なぁに？」

ヒルダは既に大口を開けて、パンを口いっぱいに頬張《ほおば》っている。モニカはヒルダがパンを飲み込むのを待って、口を開いた。

「……お父さんの周辺で、呪術《じゅじゅつ》の研究をしていた人って、いますか？」

ヒルダの顔が強張り、眉《まゆ》がヒクヒクと痙攣《けいれん》するように震える。

（やっぱり、ヒルダさんには心当たりがあるんだ）

レーンブルグ公爵の屋敷に勤めていた従者、ピーター・サムズ——本名バリー・オーツ。

呪竜騒動を起こした呪術師であり、そして、父の死について何かを知っていた男。

——世界は数字でできている。

ピーターが動揺したのは、モニカが父の口癖だった言葉を口にした時だ。

（あの呪術師は、お父さんのことを知っている）

ヒルダはモニカの父の助手で、父の研究室に一番出入りしていた人間だ。

だからこそ、ヒルダならあの呪術師について何か知っているのではないか、というモニカの推測は大当たりだったらしい。

「……モニカ、どうして突然、そんなことを？」

ヒルダは口元についたパン屑《くず》をぬぐい、探るような目でモニカを見据える。

モニカはその目を真《ま》っ直《す》ぐに見つめ返し、背筋を伸ばしてヒルダに答えた。

「詳細は言えませんが、父のことを知っている呪術師の人と遭遇したんです。その人はわたしの顔を見て、父の名を口走りました……それと、その人が、父の死に関わっていることを仄《ほの》めかす発言も……」

「モニカ、あの呪術師に関わるのはやめなさい」

ヒルダは視線を落とし、低く呻いた。

机の上で組まれたヒルダの手の甲には、青筋が浮かんでいる。その手は微《かす》かに震えていた——恐らく、強い怒りで。

「あいつには、権力者が味方している。下手《へた》につつくと、今の貴女でも危ないわ」

七賢人であるモニカは、伯爵位相当の魔法伯という地位にある。

そんなモニカでも危ない相手となると、王族か、或《ある》いはそれに準じた地位の持ち主か。

モニカは僅《わず》かな反応でも見落とさぬよう、養母の顔をじっと見つめ、訊《たず》ねた。

「お父さんが処刑されたのは、その呪術師のせい、ですか？」

ヒルダの口元から、ギシギシと歯の軋《きし》む音が聞こえた。

いつも穏やかに笑っている養母が、今はこみ上げてくる激情を押し殺そうと、壮絶な顔をしている。

「……昔、レイン博士《はかせ》に、共同研究を持ちかけた呪術師がいたわ。生物を操る方法とかなんとか、そういう禁術すれすれの研究をしていた。レイン博士は人体と魔力の関係性について研究されていたから、比較的テーマが近かったのよ」

その話をレイン博士がキッパリと断った一週間後、事件は起こった。

ヴェネディクト・レインが一級禁術である死者蘇生《そせい》の研究をしていると、誰かが役人に通報したのだ。

死者蘇生は、黒炎と天候操作に並ぶ、この国最大の禁忌である。その術を使用することはおろか、研究しただけでも極刑は免れない。

「勿論《もちろん》、レイン博士は死者蘇生の研究なんてしていなかった。博士はいつだって命に敬意を払っていた人よ。そんなあの人が、死者蘇生だなんて生命に対する冒涜《ぼうとく》をするはずがない」

だが役人の立入検査の結果、レイン博士の研究室からは、死者蘇生の術に関する資料や禁書が複数発見されたという。

そうしてモニカの父、ヴェネディクト・レインは罪人として処刑されるに至った。

「押収された資料なんて、あの男がレイン博士の研究室に仕込んだに決まってる。だけど役人の態度は変わらなかった。事態は不自然なぐらい、あの男に有利に働いていたわ」

そのことに違和感を覚えたヒルダは、独自にその呪術師を調査し……そして、知ってしまった。

ピーターの背後にいる大物貴族の存在を。

そして、ヒルダがその存在に辿《たど》り着《つ》いた時にはもう、ヴェネディクト・レインの処刑は執行されていた。

裁判も無く、あまりにも早すぎる不自然な処刑は、その大物貴族の圧力が理由だ。

モニカは膝《ひざ》の上で拳《こぶし》を握りしめる。全身の血の気がひいているのに、不思議と嫌な汗が止まらない。握った手のひらは、僅かに汗ばんでいた。

「……その大物貴族というのは、誰《だれ》、ですか？」

モニカの問いに、ヒルダはゆるゆると首を横に振る。

「今の貴女は七賢人なのよ。その貴族と関わる可能性も出てくる……だから、教えられない」

モニカがその大物貴族に近づき、ヴェネディクト・レインの娘だとばれてしまえば、モニカの立場が危うくなる。

ヒルダはモニカの身を案じて、口を閉ざしているのだ。

だからこそ、モニカはそれ以上ヒルダに詰め寄ることができなかった。


エヴァレット家でモニカが使っていた部屋は、ベッドや勉強机などがそのまま残っていて、掃除もきちんとされていた。

モニカは胸に抱いていたネロをベッドに移す。ネロはエヴァレット家に着いてから、一度も起きる気配がなかった。このまま、春が来るまで起きないのかもしれない。

話し相手がいないことを、寂しいと感じる自分にモニカは素直に驚いた。

山小屋で一人暮らしをしていた頃は、寂しいなんて思ったことがなかったのに、いつのまにか、ネロのいる生活にすっかり慣れてしまったらしい。

「うんと暖かくしたら、起きてくれるかな?」

モニカは毛布を寄せてネロにかけてやり、毛布の上からネロの体を撫《な》でてやったが、やっぱり起きる気配はない。

モニカはしばしネロを撫で続けていたが、やがて静かに立ち上がると、紙とペンを取り出して、机の前に座る。

寝る前に、自分の中にある疑問を紙に書き出して、整理したかったのだ。


【疑問点】
・ピーターの、お父さんを閣下に売ったという発言　↓　閣下とは誰か?
・ピーターの背後には、権力者がついていた　↓　その権力者=閣下?
・閣下がピーターに手を貸す理由　↓　閣下は呪術が必要?
・ピーターは錯乱し「アーサーの二の舞になど、なってたまるか」という発言をしている　↓　アーサーとは?
・殿下は、呪竜が呪術によるものだと知っていた　↓　知っていて黙っていた理由は?　殿下はピーターが犯人だと知っていたのか?

ここまで書き出して、モニカはふぅっと息を吐いた。

やはり一番気になるのは、ピーターの背後にいるという大物貴族の存在だ。恐らくピーターが口走っていた閣下という人物がそうなのだろう。

ピーターはレーンブルグ公爵の屋敷で働いていた人間なので、そのピーターが呼ぶ閣下となれば、レーンブルグ公爵と考えるのが普通だ。

だが、レーンブルグ公爵は端的に言って、影の薄い人物である。ファルフォリア王国との交渉の場でも殆ど発言せず、控えめにフェリクスを立てていた。

（まぁ、人は見かけによらないって言うけど……）

どうにもモニカには、「閣下＝レーンブルグ公爵」という構図に違和感があるのだ。

今、モニカはバルトロメウスに依頼し、ピーターがレーンブルグ公爵の屋敷に来ることになった経緯を調べてもらっている。

ピーターが遺《のこ》した呪具は、〈深淵《しんえん》の呪術師〉レイ・オルブライトに託した。

モニカはレイに、自分の父の名前が出たことは伏せ、ピーターの最期について話している。

（あの呪具から、何か手がかりが得られると良いんだけど……）

そこまで思考したモニカはゆっくりと息を吐き、メモ書きを無詠唱魔術でしっかり灰にしてから、屑籠《くずかご》に捨てた。

（ヒルダさん、気遣いを無駄にしてごめんなさい。それでもわたしは、真実を知りたいんです。

……たとえ七賢人の地位を失ったとしても）

モニカはネロの横に寝そべり、枕元の荷物袋から一冊の本を引っ張り出す。それはポーター古書店で、金貨二枚で買ってもらった父の本だ。

世界は数字でできている――この一文で始まるその本を、モニカは何度も読み返していた。

生物学や医学に関する知識の少ないモニカは、内容を理解するのに苦労したが、専門用語を調べながら少しずつ読み進めていくと、この本に書かれていることが、いかに優れているかがよく分かる。

父の研究は人間の性質で両親から遺伝するものの分析で、この本では特に魔力は遺伝的性質が強く出ることについて触れている。ゆくゆくは人間の魔力を分析することで、個人の鑑定や血縁者の特定もできるようになるのだとか。

もし父が生きていたら、きっとリディル王国の医学はもっと発展していたはずだ。特に遺伝的な病気の研究は飛躍的に進歩していただろう。

もう何回も読み返したそれをパラパラとめくっていたモニカは、ふと古書店の店主、ポーターの言葉を思い出した。

（そういえば、ポーターさんは、お父さんの友達なんだっけ）

ダスティン・ギュンターの名で小説を書いている古書店の店主。そしてモニカの父の本に、金貨二枚の価値をつけた男。

父の本に金貨二枚の価値をつけていたということは、父の研究の成果を認めていたか、或いは父と仲が良かったのではないかとモニカは思う。

（ポーターさんも、お父さんの研究室に来たりしてたのかなぁ……）

モニカは幼少期、父の研究室に入り浸っていたが、そこに出入りしていた人間のことをあまり覚えていない。

大抵、モニカは本を読むのに夢中になっていたので、顔と名前を明確に覚えていたのは、いつもお菓子をくれたヒルダぐらいだ。

もともとモニカは、人の顔を覚えるのが苦手な子どもだった。

人の顔や体を数字で覚える癖がついたのは、叔父《おじ》のもとで暴力を振るわれ、数字の世界に逃避したのがきっかけである。

ぼんやりと幼少期を振り返りながら、ページをめくっていたモニカは、ふと気がつく。

最終ページの後ろにある遊び紙が、奥付けのページに貼り付いているのだ。

「……？」

そっと貼り付いたページを開いてみると、間に一枚の紙が挟まっていた。

原稿用紙らしき紙の切れ端だ。本が破れないように気をつけながら紙を剥《は》がし、モニカは切れ端に目を向ける。そこには、こう記されていた。

『黒い聖杯の真実に気づいたのなら、もう一度店を訪ねるがいい』

モニカは紙の切れ端をランプでかざして観察した。

紙も文字も、それほど変色していない。恐らく数ヶ月以内に書かれたものなのだろう。

字はいかにも走り書きといった具合の乱れた字だった。きっと原稿用紙の隅にこの文章を急いで書き、糊《のり》を薄く塗って、本の最後のページに挟んだのだ。

原稿用紙といえば、あの時のポーターはまさに小説を執筆中だった。

カウンターの上には原稿用紙だけでなく、文房具も幾つか散乱していたし、本屋なら糊ぐらい常備しているだろう。

「これは、ポーターさんが？」

文の中にある店とは、恐らくポーター古書店のことを指しているのだろう。

だが、黒い聖杯とは？

モニカは己の記憶を辿ったが、どうにも思い出せない。父の本の中にも、黒い聖杯なんて単語はなかったはずだ。

（何かの隠語？　それとも暗号？）

モニカはベッドに寝転がり、黒い聖杯の意味について悶々《もんもん》と考える。

だが、これといって何も思いつかないまま、モニカは睡魔に負けて眠りについた。


その晩、モニカは父の夢を見た。

夢の中でモニカは数学書を夢中で読んでいて、父が椅子に腰掛け、コーヒーを飲みながら穏やかにモニカを見つめている。

父の隣には客人が一人座っていた。顔も服装もぼやけていたけれど、男の人だということは、なんとなく分かる。

客人はコーヒーを一口飲んで、ほうっと息を吐いた。

『ふうん、確かに苦味は強いが、雑味がない。なかなか悪くない味だ。なにより眠気が覚めていい。原稿のお供に最適だな。……以前、お前のコーヒーポットを見た時から、一度飲んでみたいと思っていたんだ』

『ヒルダ君は一口舐《な》めただけで、苦味が強すぎて無理だと言っていたがね。私のコーヒーを飲んでくれる物好きは、君ぐらいだ』

『何事にも冒険心は忘れない主義でね。冒険心を忘れた生き物は退化していくんだぜ、ヴェネディクト』

なんだかどこかで聞き覚えのある言葉を口にして、客人はコーヒーを飲み干す。

『しかし、お前の娘は変わっているな。何を読んでるかと思いきや、数学書じゃないか。あれは意味を分かって読んでいるのか？』

『あぁ、きちんと理解しているよ。賢い子だ』

『僕が持ってきた小説には興味なしか』

『すまないね。代わりに私が読んでおこう』

『お前の娘のために持ってきたんだがな。冒険小説だ。学者様には、興味のない代物だろう？』

『君の小説は面白い。架空の国の物語だが、世界観に外国の文化や風習を上手《うま》く取り入れている。前作に登場したキーアイテムは、私の研究内容に近いものがあって、非常に興味深かった。あれも異国の伝承を参考に？』

『あぁ、あれか。あのキーアイテムのモデルは、この…………なんだぜ？』

父と客人が話し込んでいる横で、モニカは黙々と数学書を読んでいた。

ただそれだけの、他愛もない夢だ。

そう、ただそれだけの……。

エピローグ　その音《ね》に誓う

冬至休みを養母の家でゆっくり過ごしたモニカは、新年の前日に登城し、式典当日の朝は時間ギリギリまで、与えられた客室に閉じこもっていた。フェリクスと遭遇するのが恐ろしかったからだ。できることなら、新年の一週間が終わるまで引きこもっていたいが、初日の式典だけは絶対に出席しろと各方面から言われている。

故にモニカは口元隠しのヴェールをつけ、憂鬱《ゆううつ》な足取りで集合場所に向かっていた。

リディル王国の王族は、新年初日に大教会で新年の祝福を受け、それから新年の式典会場である城までパレードを行う。

そして城に到着した王族達の前で、式典の前に七賢人が魔術奉納を行うのだ。

新年の魔術奉納を担当する七賢人は毎年異なり、一人で行う年もあれば、数人がかりで行う年もある。

今年の担当は〈砲弾の魔術師〉、〈結界の魔術師〉、〈茨《いばら》の魔女〉の三名。

〈砲弾の魔術師〉が空に大きな炎の花を咲かせ、その火が周囲に飛び散らないように、〈結界の魔術師〉が補佐。最後に王族達が進む道に〈茨の魔女〉が冬薔薇《ばら》の花を咲かせる——という演出になっていた、らしい。

「あんんんっの、兼業農家七賢人んんんっ……！」

モニカが開始ギリギリの時間に、王族達を出迎える門に到着すると、〈結界の魔術師〉ルイス・ミラーが凶悪な顔で歯軋《はぎし》りをしていた。

長い三つ編みが逆立つんじゃなかろうか、というほどの怒り様だ。片眼鏡の奥の目は、怒りにギラギラ輝いている。

これから新年の祝福をするようには見えない物騒さに、モニカは思わずピャッと縮こまり、足を止めた。

モニカ達が集まっているのは、門の裏——いわゆる城側だ。

門の向こう側には、既に大勢の市民が見物に押し寄せているのだろう。門越しに聞こえる賑《にぎ》やかな人の声に、ただでさえ小心者のモニカの身は竦《すく》んだ。

「あ、あの……おはよう、ござい、ます」

正門裏には、モニカ以外に五人の七賢人が揃《そろ》っていた。モニカの小声の挨拶《あいさつ》に気づいた黒髪顎髭《あごひげ》の大男、〈砲弾の魔術師〉ブラッドフォード・ファイアストンが気さくに片手を挙げる。

「おぅ、沈黙の。久しぶりだな。そのヴェールはお洒落《しやれ》か？　雰囲気があっていいな」

「ど、どうも……」

「なんでも、呪竜を倒したらしいじゃないか。あとでその話を聞かせてくれや」

式典が終わったら客室に引きこもろう、とモニカは密《ひそ》かに決心した。

なにせ呪竜騒動は、ネロの正体やら、フェリクスの疑惑やら、呪術師《じゆじゆつ》のことやら、話しづらい内容ばかりである。

モニカが部屋に引きこもる決意を固めていると、〈星詠みの魔女〉メアリー・ハーヴェイがおっとりと笑いかける。

「呪竜討伐お疲れ様、モニカちゃん。この災害を予言した者として、御礼《おれい》を言わせてちょうだい。本当にありがとう」

「え、あ、えっと……」

恐縮し、縮こまるモニカに、メアリーは丁重に礼を告げる。

その美しい声には、国を想《おも》う予言者としての威厳と慈愛があった。

「一歩間違えれば、大災害となっていた事態よ。貴女《あなた》は大勢の命を救った」

自分は七賢人として、ちゃんと役に立つことができたのだ。

モニカが喜びにムズムズしていると、メアリーが心の底から安堵《あんど》した様子で胸《むね》を撫《な》で下《お》ろした。

「あぁ、それにしても良かったわ〜。貴女まで来なかったら、どうしようかと……」

貴女まで、の一言でモニカは今の状況を察した。

この場にいる七賢人は、モニカを含めて六人。一人足りないのだ。

（まさか……）

モニカが周囲を見回すと、白い口髭《くちひげ》の老人——七賢人が一人、〈宝玉の魔術師〉エマニュエル・ダーウィンが苦々しげに頷《うなず》く。

「ええ、ええ、〈茨の魔女〉殿が、まだお見えになっていないのですよ」

エマニュエルはその二つ名の通り、全身の至る所にジャラジャラと装飾品をぶら下げた男だ。

彼は首飾りのルビーを神経質に弄《いじ》りながら、嘆かわしげにぼやく。

「このままでは七賢人の沽券《こけん》に関わります。まったく、こんな大事な日に〈茨の魔女〉殿は何をしておられるのやら……」

「何をしてるって、そりゃあ、庭仕事に夢中になって時間を忘れてんだろうよ。茨のが遅刻する時は、大抵それだ」

エマニュエルのぼやきに、ブラッドフォードがあっさりした態度で応じた。

ブラッドフォードは、細かいことはあまり気にしない鷹揚《おうよう》な性格だ。こんな時でも、どこか楽しむような笑みを浮かべている。

そんなブラッドフォードの陰で、杖《つえ》に縋《すが》りつき背中を丸めていた〈深淵《しんえん》の呪術師〉レイ・オルブライトが、陰鬱《いんうつ》な口調で呟《つぶや》いた。

「〈茨の魔女《あいつ》〉なら、今朝《けさ》、城の庭園で見かけたぞ……人が目立たないようにコソコソ移動してるっていうのに、あいつは俺を見るなり、馬鹿デカい声で俺の名前を連呼するんだ……最悪だ、本当最悪だ、呪《のろ》われろ……」

不快感を隠さない〈宝玉の魔術師〉、どこか楽しんでいる〈砲弾の魔術師〉、そして大体いつも通りの〈深淵の呪術師〉。

それぞれの反応にモニカがオロオロしていると、激怒していた〈結界の魔術師〉ルイス・ミラーが薄ら笑いを浮かべて提案した。

「こうなったら、〈茨の魔女〉殿をクビにして、今日から六賢人ってことにしませんか？」

「自棄《やけ》にならないで、ルイスちゃん」

メアリーが困り顔で窘《たしな》めるが、ルイスが腹を立てるのも無理はなかった。

なにせ一年前にも、式典のことを忘れて、危うくすっぽかしかけた七賢人がいるのである——他でもない、モニカだ。

一年前、研究に夢中になって式典を忘れていたモニカは、山小屋に飛んできたルイスに簀巻《すま》きにされて、城に連行されている。

去年は遅刻したモニカの連行、今年は〈茨の魔女〉の魔術奉納の穴埋め。

二年連続、遅刻者に振り回されているルイスは、大変物騒な目をしていた。

「おう、結界の。そう、カリカリすんなや」

「そうは仰いますが、魔術奉納はどうするのです？　最後に薔薇を咲かせる演出は、〈茨の魔女〉殿でないとできないでしょう？」

「深淵のが、それっぽいことできただろ？　ほら、なんか植物を操ってよぉ……」

ブラッドフォードの言葉に、レイが目を剥《む》いて金切り声をあげる。

「あれは奇声をあげて人間に襲い掛かる、呪われた植物だぞ！　呪術師に新年の魔術奉納をやらせるなんて、馬鹿じゃないのか⁉　馬鹿じゃないのか⁉　そもそも不吉な呪術師が式典に参加することだって、本当は良く思われてないのに……俺が魔術奉納なんてやったら、みんなに石を投げられるに決まってる……あっ、死にたくなってきた……」

レイはしゃが込み、虚《うつ》ろな目で「愛されたい……」とブツブツ呟く。

ブラッドフォードは顎髭を撫でながら、年長者のエマニュエルを横目で見た。

「宝玉の、何か代案あるか？」

「……勿論《もちろん》わたくしめも、この式典を盛り上げるべく、尽力したいとは思っているのですよ。ですが、お若い方々の活躍の場を、わたくしが奪うのも心苦しく……」

早口で言い訳を始めるエマニュエルに、ルイスが片眼鏡を押さえて、フンと鼻を鳴らす。

「〈砲弾の魔術師〉殿、お年寄りに無理を言ってはいけませんよ。〈宝玉の魔術師〉殿は、仕込みがないと何もできないのですから」

エマニュエルの頬がピクリと震えた。

〈宝玉の魔術師〉エマニュエル・ダーウィンは、物質に魔力付与をする付与魔術を得意とする、一流の魔導具職人だ。

それ故、自作の魔導具を駆使すれば、魔術奉納向きの華やかな演出ができたかもしれないが、準備をする時間がないと、できることは限られてくる。

全《すべ》てを若者に押し付けようとするエマニュエルと、そんな彼を無能とあげつらうルイスのギスギスしたやりとり。そして陰鬱な空気を撒《ま》き散《ち》らし、「愛されたい……」と呟き続けるレイ。

新年の式典に臨むとは思えない空気に、七賢人のまとめ役であるメアリーがため息をつく。

「困ったわねぇ、もう時間がないのに……」

最悪の空気の中、モニカはおずおずと右手を挙げた。

「あの……ま、魔術奉納って、お花じゃなくても大丈夫、ですか?」

モニカの発言に、ルイスが片眼鏡の奥で目を見開く。

こういう時、モニカが自主的に発言をすることなんて滅多にないから、驚いているのだろう。

「魔術奉納は季節感があれば、それに越したことはありませんが、見栄えの良いものなら、大丈夫でしょう。……同期殿、何か心当たりでも?」

「見栄えの良い……えっと、つまり、素敵な物なら、いいんです、よね?」

魔術で再現できる素敵な物に、モニカは心当たりがあった。なにより、季節感も合っている。

言おうかな、やっぱりやめようかな、と悩んだのは一瞬。

モニカは右手に握った杖の装飾を一度だけシャランと鳴らし、口を開く。

「わ、わたしに、考えが、あります……っ」

＊＊＊

市内をゆっくりと進むパレードの馬車の上で、第二王子フェリクス・アーク・リディルは緋色《ひいろ》の正装に身を包み、民に手を振っていた。

甘く整った顔立ちのフェリクスが微笑《ほほえ》みながら手を振れば、それだけで黄色い悲鳴があちらこちらからあがる。

既に呪竜討伐の噂《うわさ》は、王都に届いているのだろう。フェリクスに向けられる熱視線は昨年以上に多い。

フェリクスは民に完璧《かんぺき》な笑顔を向けながら、その実、この後行われる魔術奉納のことで頭がいっぱいだった。

（今年は、どの七賢人が魔術奉納を担当するのだろう）

できることなら、〈沈黙の魔女〉の魔術奉納が見たいが、彼女は呪竜討伐で左手を負傷している身。魔術奉納から外されていると考えるのが妥当だろう。

そのことを残念に思っていると、馬車が止まった。城に到着したのだ。

国王を先頭に、王妃と王子が後に続いて、正門に向かう。

杖を手に先頭を行く国王は、上手《うま》く化粧をしているので、顔色は悪くないように見える。

だが、神殿で行われた儀式の手順が簡略化されていることに、フェリクスは気づいていた。こまめに休憩も挟まれていたし、国王の体調が良くないというのは本当なのだろう。

国王が正門の前で足を止めた。祝福のラッパが高らかに鳴り、門がゆっくりと開く。

門の向こう側では、揃いのフード付きローブを身につけた七賢人が、膝《ひざ》をついて地に杖を伏せる、魔術師の最敬礼をしていた。

フェリクスは知らない——その中の一人、不在の〈茨の魔女〉の姿が、〈星詠みの魔女〉の幻術で作られた幻であることを。

七賢人の一人、〈宝玉の魔術師〉エマニュエル・ダーウィンが最敬礼をしたまま、祝いの言葉を口にする。

「新年おめでとうございます、陛下。光の女神セレンディーネ様が目覚められたこのよき日、新しい一年の始まりに、我ら七賢人一同、謹んで喜びの言葉を捧《ささ》げさせていただきます」

流暢《りゅうちょう》に語る〈宝玉の魔術師〉の言葉を引き継ぐように、〈砲弾の魔術師〉と〈結界の魔術師〉が前に進み出て、詠唱を始めた。

〈砲弾の魔術師〉の低く力強い詠唱と、〈結界の魔術師〉の歌うように優雅な詠唱が重なる。

やがて、詠唱を終えた〈砲弾の魔術師〉が、太くたくましい腕で杖を掲げた。

「リディル王国に栄えあれ！」

吠《ほ》えるように叫ぶ〈砲弾の魔術師〉の杖の先端に、一抱えほどの火球が膨れ上がり、空に向かって放たれた。

火球は高く、高く飛んでいき、城の尖塔《せんとう》を越えたところで、ドォンと音を立てて爆《は》ぜる。

薄い水色の空一面に、パッと大きな炎の花が咲いた。花火の技術は年々向上しているが、それらとは比べ物にならない大きさの炎だ。

見上げた空いっぱいに広がる大きな炎の花弁は、決して城や街の建物を焼くことはない。〈結界の魔術師〉が防御結界を張って、建物を守っているのだ。

空を見上げるフェリクスは、目を輝かせた。

（あれは〈砲弾の魔術師〉の多重強化術式……あの威力はもしかして、四重？　それとも五重？竜の胴体すらも貫くという、我が国最高峰の威力の持ち主。なんて強大な魔術だろう。それを完璧に防いだ〈結界の魔術師〉の結界も見事だ。あれほど強度のある結界を、広範囲に複雑な形で張るなんて、誰《だれ》にでもできることじゃない）

空に広がる炎の花が、冬の空に溶けるように儚《はかな》く消えていく。

その時、フェリクスは見た。最も小柄な七賢人が前に進み出て、杖を掲げるのを。

（まさか……！）

〈沈黙の魔女〉の杖の装飾が、シャランと音を立てて鳴る。その杖の周囲に水色の光の粒が浮き上がり、緩やかな螺旋《らせん》を描きながら空へ昇っていった。

光の粒は氷になり、少しずつ何かの形を作っていく。氷でできた細く長い筒だ。一つ一つが人間の身長ほどある筒が、三〇本以上も宙に浮かんでいる。

それは、この国の人間なら誰でも知っている冬の風物詩——冬精霊の氷鐘《オルテリア・チャイム》だ。

氷の筒が揺れて、ぶつかり合い、澄んだ音を奏でる。

ただの氷の塊同士をぶつけても、あんなに澄んだ音はしない。おそらく、氷の強度や密度も調整しているのだろう。

恐ろしく複雑な魔術式になるのは間違いない。それを〈沈黙の魔女〉は無詠唱で行使しているのだ。

フェリクスの心臓がトクトクと高鳴る。冬の空気に冷えていた頬が、内側から熱を帯びる。

冬精霊の氷鐘《オルテリア・チャイム》は、精霊神に声を届けるためのものだ。きっと、この場にいる人々の喜びも、繁栄を願う声も届けてくれることだろう。

一年の始まりの日に、これほど相応《ふさわ》しい魔術奉納はない。

（すごい、すごい、すごい……！）

〈砲弾の魔術師〉の力強い炎の花の後に奏でられる、繊細な魔術で作られた冬精霊の氷鐘《オルテリア・チャイム》。その対比の美しさは筆舌に尽くし難い。

ここが人前でなかったら、きっと自分は歓声をあげていた。

——あぁ、あの偉大な魔女の奇跡を、この目で見ることができるなんて！

フェリクスはフードを被った〈沈黙の魔女〉の姿を目に焼き付け、心に誓う。

（冬休みが明けたら、きっと貴女を見つけてみせる……レディ・エヴァレット）

＊＊＊

ハイオーン侯爵令息シリル・アシュリーは、宿の中で身支度を整え、髪が乱れていないか、襟が曲がっていないか、そわそわと鏡を覗《のぞ》きこんでいた。

そんなシリルに、ソファで本を読んでいた義父のハイオーン侯爵が、静かに声をかける。

「少し座ったらどうだい？」

「は、はい、失礼いたします」

ギクシャクとソファに腰掛けたシリルは、石のように固まり、床を睨《にら》みつけた。

今日の午後、シリルはハイオーン侯爵と共に城に赴き、国王陛下に新年の挨拶《あいさつ》をする。

リディル王国中の貴族達が集まる新年の挨拶は、同日に人が集中することのないよう、予《あらかじ》め日程が決められていた。ハイオーン侯爵は初日の夕方だ。

本当は午前中に行われるパレードを——そこに参列するフェリクスの姿を見に行きたかったのだが、義父に止められた。

市内のパレードは非常に混雑し、馬車に乗る人を肉眼で見るためには、それこそ前日から場所取りをしていないといけないらしい。

実際、窓から見える人混みはすさまじかった。この宿は、パレードが通る大通りから離れているのに、道に人が溢《あふ》れかえっているのだ。

（義父上《ちちうえ》の仰《おっしゃ》る通りにして、よかった……）

パレードを見るために人混みにもみくちゃにされていたら、夕方の挨拶のための体力を使い果たしていただろう。

そうでなくとも、緊張に胃が引き絞られて、今朝《けさ》はろくに朝食を食べていないのだ。

（初めての、新年の挨拶……。絶対に、義父上に恥をかかせるようなことがあってはならない）

シリルは床に向けていた顔をあげ、壁の鏡に目を向ける。

鏡に映るシリルの顔は青白く、心なしか背中が丸まっていた。

（日頃《ひごろ》から、後輩達に背筋を伸ばせと言っているのに、我ながら情けない……）

少し部屋の空気を入れ換えよう。外の空気を吸って、頭をシャッキリさせたい。

「義父上、少し窓を開けてもよろしいでしょうか？」

「あぁ、構わないよ」

義父の了承を得て、シリルは窓を開ける。すると、そのタイミングでドォンと大きな音がした。

驚き、空を見上げると――城の上空に、大きな炎の花が咲いている。

「あれは……」

目を丸くするシリルに、ソファで本を読んでいたハイオーン侯爵が「七賢人の魔術奉納が始まったのだろう」と呟《つぶや》く。

魔術奉納が始まったということは、いよいよ敬愛するフェリクスが城に到着したのだ。意識したら、また緊張がぶり返してきた。

シリルがこっそり胃を押さえていると、その耳に澄んだ鐘のような音が届く。

聖堂の鐘のように荘厳な音ではない。シャラシャラと軽やかに連なるその音は、冬精霊の氷鐘《オルテリア・チャイム》の音だ。

（誰かが、冬精霊の氷鐘《オルテリア・チャイム》を鳴らしているのか？）

シリルは目を閉じ、その美しい音に聴き入る。

思い出すのは、冬休み前のウィンターマーケット。

冬精霊の氷鐘《オルテリア・チャイム》を鳴らして、誓いを立てる後輩達。

「……臆《おく》すことなく、堂々と振る舞ってみせる」

後輩達がしていたように、声に出して宣誓すると、少しだけ腹に力が入る気がした。

ピンと背筋を伸ばし、拳《こぶし》を握るシリルの背後で、ハイオーン侯爵が静かに呟く。

「君ならできる。臆さず、挑みなさい」

義父がいることをすっかり忘れていたシリルは、耳まで赤くなって硬直した。

＊　＊　＊

城門の前で揺れる、氷でできた巨大な冬精霊の氷鐘《オルテリア・チャイム》。

この派手な魔術を披露した〈沈黙の魔女〉は今、誰よりも周囲の視線を集めていた。

注目を浴びることが苦手なモニカは、いつもなら萎縮《いしゅく》し、逃げ出しているところだ。

それでも逃げずにここに立っていられるのは、ウィンターマーケットの冬精霊の氷鐘《オルテリア・チャイム》に誓いを立てたから、なのかもしれない。

モニカは己の魔術で生み出した氷の鐘を見上げる。

ウィンターマーケットの冬精霊の氷鐘《オルテリア・チャイム》に、人前での振る舞いを頑張ると誓った。

それならば、今ここで奏でている鐘には何を誓うか——モニカの心は、決まっている。

（お父さんの無実は……わたしが、証明してみせる）

冬精霊の氷鐘《オルテリア・チャイム》が、冬の空に鳴り響く。
数多《あまた》の人々の願いと誓いをのせて、高らかに、美しく。

【シークレット・エピソード】

〈沈黙の魔女〉の知らない、幾つかのこと

A few things the "Silent Witch" doesn't know

アンバード伯爵の次男である、バーニー・ジョーンズは、魔術師養成機関ミネルヴァの生徒であったが、跡継ぎだった兄が急死したため、今年いっぱいで退学して実家に戻ることが決まっている。実を言うと高齢の父は持病持ちであり、長男の死に酷《ひど》く消沈していたため、あまり長くないだろうと医師に言われていた。そうなると、後を継ぐのはバーニーということになる。

子どもの頃《ころ》、あんなにも欲しかった後継者の座が、こんな形で転がりこんでくるなんて思ってもいなかった。当然、素直に喜べるはずもない。

（それでも、僕はなってみせる。……歴代最高のアンバード伯爵に）

胸を張って誇れる自分でいないと、バーニーはモニカの前に立てないのだ。

己にそう言い聞かせて、バーニーは学生寮を出る。

大抵の学校では、冬になると学生寮が完全閉鎖されると聞くが、ミネルヴァには学生寮に残る生徒も、なんなら研究室に残る教師も多い。魔術の研究は、日を空けることができないものもあるためだ。

荷物をまとめて部屋を出たバーニーは、世話になった教授達に最後の挨拶をしていこうと考え、研究棟に足を向ける。

研究棟の前では、煙管《きせる》を咥《くわ》えた目つきの悪い老人、〈紫煙の魔術師〉ギディオン・ラザフォード教授が、背中の曲がった高齢の学長と何やら話し込んでいた。

バーニーは、ラザフォードの研究室所属ではないし、そこまで世話になってもいない。それでも、学長がいるし、一応挨拶はしておこうと、二人のもとに近づく。

「とうとう、二代目悪童が退学か。まったく馬鹿な奴《やつ》だぜ。あんだけ才能があったってぇのに……」

「ラザフォード君は、悪童と縁がありますからねぇ……寂しいですか？」

「あぁ、まったく寂しくなるな──なんて言うとでも思ったか、学長？　生憎《あいにく》だが清々してるぜ。あいつのクソ気持ち悪《わり》ぃ性格は矯正不能だ。手に負えん」

ラザフォードは煙管を一口吸うと、鋭く目を細めて学長を見る。

「それで、あの悪ガキは故郷に帰んのか？」

「親御さんのご意向で、セレンディア学園に編入するらしいですよ」

学長の言葉にバーニーはギョッとした。

そして二人のもとに駆け寄り、挨拶も礼儀も忘れて、話に割って入る。

「すみません、その話、本当ですか？　ディー先輩が……モニカにつきまとっていたあの男が、セレンディア学園に編入する？」


学長とラザフォードから話を聞いたバーニーは、寮に引き返すと、荷物から筆記用具と便箋《びんせん》を取り出し、机に広げる。

かつて〈沈黙の魔女〉モニカ・エヴァレットに執着し、執拗《しつよう》に魔法戦を強請《ねだ》るたちの悪い男がいた。その名もヒューバード・ディー。

最悪の凶犬、魔法戦場の悪魔、二代目ミネルヴァの悪童——各方面から恐れ疎まれているその男が、ミネルヴァを退学し、冬休み明けからセレンディア学園に編入するのだという。

よりにもよって、モニカが潜入任務中のセレンディア学園に！

もし、あの最低最悪の男とモニカが遭遇したら、きっと大変なことになるだろう。

バーニー、助けてぇぇぇ……とヒンヒン泣きじゃくるモニカが、バーニーには容易に想像できる。

だから心優しい彼は、世話の焼けるライバルに、情けをかけてやることにした。

（あの人なんて、ずーっと僕に感謝してればいいんだ）

胸の内で呟き、バーニーは「我が永遠のライバル様へ」から始まる手紙を書き始めた。

＊＊＊

帰省したシェイルベリー侯爵令嬢ブリジット・グレイアムが屋敷に到着すると、二つ年下の妹、セラフィーナが満面の笑みで出迎えた。

「お帰りなさいませ、ブリジットお姉様！」

セラフィーナは、ブリジットと同じ金色の巻き毛の、パッチリと目の大きい愛らしい少女だ。大きめのレースをあしらった薔薇色《ばらいろ》のドレスも、よく似合っている。

そんな妹に、ブリジットは「ただいま戻りました」と素っ気なく言葉を返し、自室に向かった。

歩きながら、ブリジットは思案する。

（例の探偵には、モニカ・ノートンのケルベック伯爵領での行動も監視させている。……あとは、なんとかしてクロックフォード公爵の屋敷を……）

「お姉様、お姉様」

人懐こい子犬のように後をついてきたセラフィーナが、無邪気に話しかけてくる。

思考を遮られたブリジットは足を止め、妹を振り返った。

「なんです」

「フェリクス殿下とは、いつも一緒にお茶会をされているのです？　学園祭の後の舞踏会で、ダンスはされましたか？」

「………………」

セラフィーナは家を離れることを不安がって、自領内にある女学院に通っているのだが、セレンディア学園に憧《あこが》れを持っているらしい。

ブリジットが帰省する度に、妹はセレンディア学園での出来事を聞きたがる。

「お姉様とフェリクス殿下のダンス、きっと素敵だったのでしょうね……。フェリクス殿下って、幼い頃は頼りなくて、お姉様の相手には相応《ふさわ》しくないって思っていたんですけど、今ではあんなに素敵になられて……」

「セラフィーナ」

妹の言葉を、ブリジットは短く遮った。

決して大声ではないが、有無を言わさぬ強い口調に、セラフィーナがピタリと口を閉ざす。

ブリジットは琥珀色《こはくいろ》の目で、妹を冷ややかに見据えた。

「殿下に対して不敬です」

「ご、ごめんなさい、お姉様……」

この無邪気な妹に、悪気が無いことは分かっている。

……だからこそ、腹が立つのだ。

ブリジットはセラフィーナに背を向け、早足で自室に戻ると、後ろ手に扉を閉めて、鍵《かぎ》をかける。

そうして、ズルズルとその場にしゃがみ込み、抱えた膝《ひざ》に顔を埋《うず》めた。

「………………殿下」

呟《つぶや》く声は、今にも泣きそうに、か細く震えている。

それでもブリジットはすぐに立ち上がると、何事もなかったかのように、黙々と荷物の片付けを始めた。

ここまでの登場人物

Characters of the Silent Witch

Characters Secrets of the Silent Witch

モニカ・エヴァレット

七賢人が一人〈沈黙の魔女〉。七賢人の杖を、世界一高価な物干し竿にしていた。ローブは洋服ダンスの奥に丸めて突っ込まれていたのをリンが回収し、アイロンがけした。

ルイス・ミラー

七賢人が一人〈結界の魔術師〉。結界術や飛行魔術などできることが多いので、仕事を押しつけられがち。新年の一週間、七賢人は城に滞在という慣習は滅びろと思っている愛妻家。

ネロ

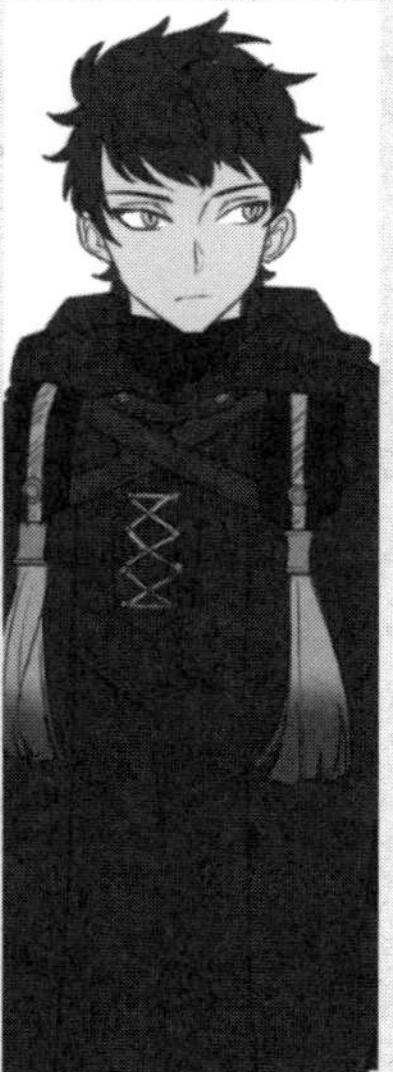

モニカの使い魔。その正体は、かつてケルベック伯爵領ウォーガン山脈を騒がせた黒竜。人や猫の姿でも、アルコールや毒に耐性があるが、コーヒーの苦さにはビックリした。

リィンズベルフィード

ルイスと契約している風の上位精霊。冬休みは遠方の要人の出迎えに駆り出されて、割と多忙。冬の特別賞与（ボーナス）を要求し、ルイスに渋い顔をさせた。

メアリー・ハーヴェイ

七賢人が一人〈星詠みの魔女〉。本人はあまり得意ではないと言うが、七賢人の中では一番幻術が上手い。理想の美少年の幻を作っては、違うこれじゃないと泣き崩れる日々。

ブラッドフォード・ファイアストン

七賢人が一人〈砲弾の魔術師〉。現七賢人の中では二番目に魔力量が多く、竜の胴体に風穴を空けるほどの高威力の魔術の使い手。豪快な性格で魔法戦が大好き。

レイ・オルブライト

七賢人が一人〈深淵の呪術師〉。七賢人の中で唯一、魔術師ではなく呪術師なので、魔術奉納は基本的に担当しない。本当は格好良く魔術奉納をしてチヤホヤされたい。

Characters

Secrets of the Silent Witch

フェリクス・アーク・リディル

リディル王国の第二王子。セレンディア学園生徒会長。〈沈黙の魔女〉に会えると決まった時から、ワクワクして眠れない日が続き、ウィルディアヌにそういう病気かと心配された。

エリオット・ハワード

ダーズヴィー伯爵令息。生徒会書記。冬休みは社交界や親族の集まりで立派な伯爵令息として振る舞い、朝はベッドにしがみついて使用人を困らせている朝に弱い男。

シリル・アシュリー

ハイオーン侯爵令息（養子）。生徒会副会長。母とのわだかまりが解けた後は、生徒会、学友、世話の焼ける後輩達との賑やかな学園生活について沢山話した。

ブリジット・グレイアム

シェイルベリー侯爵令嬢。生徒会書記。探偵を雇い、モニカの身辺調査をしている。読書家で、物語よりも世界各地の文化や風習について触れている旅行記を好む。

ニール・クレイ・メイウッド

メイウッド男爵令息。生徒会庶務。冬休みは家畜の世話を手伝ったり、雪かきをしたり、婚約者に手紙を書いたりと規則正しい日々を過ごした。意外と体力派。

グレン・ダドリー

〈結界の魔術師〉ルイス・ミラーの弟子。魔力量が人より多く、魔力暴走事件を起こし、ルイスの弟子になったという過去がある。魔力量だけならモニカやルイスを上回る。

イザベル・ノートン

ケルベック伯爵令嬢。モニカの冬休みのアリバイ作りのために、色々と根回し中。なおケルベックでは、華麗なる悪役一家による、モニカの影武者選出オーディションが行われている。

エリアーヌ・ハイアット

レーンブルグ公爵令嬢。父親に甘やかされ、母親に厳しく育てられた。少しワガママだが使用人想いなので、屋敷の使用人達からは娘や孫のように可愛がられている。

Characters

Secrets of the Silent Witch

バーニー・ジョーンズ

アンバード伯爵令息。父の跡継ぎになるためミネルヴァを退学し、立派な伯爵になるべく邁進中。モニカに宛てた手紙は二〇回ぐらい書き直した。

バルトロメウス・バール

帝国出身の技術者。魔導具工房に勤めていたことがある。〈沈黙の魔女〉と第二王子は恋仲だという誤解は継続中。身分差に負けるなよ、チビ！　と温かく見守っている。

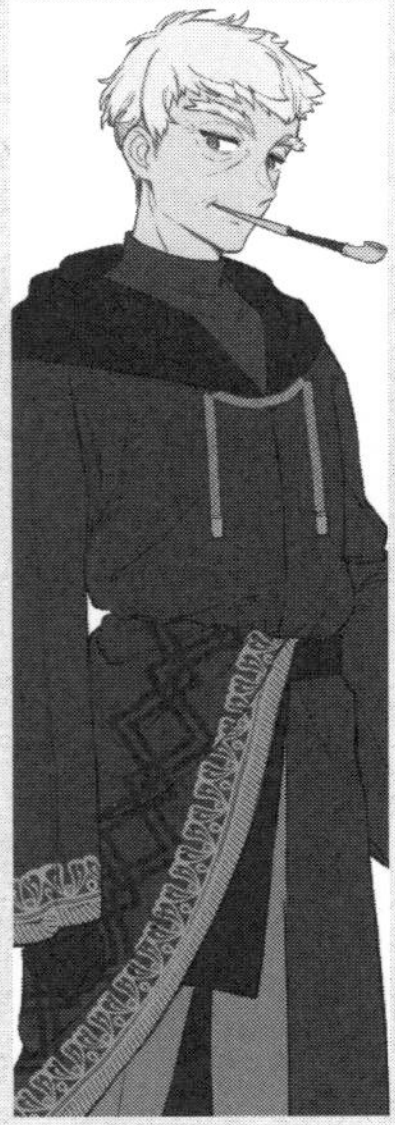

ギディオン・ラザフォード

魔術師養成機関ミネルヴァの教授。通称〈紫煙の魔術師〉。モニカの恩師でルイスの師匠。問題児に何かと縁がある。

ヒルダ・エヴァレット

王立魔法研究所の研究員で、モニカの養母。モニカの父の助手でもあった。優秀な研究者で、魔術式は正確に読み取れるのに、料理のレシピは曲解する才女。

Other Characters　Secrets of the Silent Witch

その他の登場人物紹介

アガサ

イザベル付きの侍女。イザベルにとって姉のような存在で、恋愛小説の話題でよく盛り上がっている。身体能力が高く、イザベルの護衛も兼ねている。

◆◆◆◆

ウィルディアヌ

フェリクスと契約している水の上位精霊。上位精霊の中では比較的若い。主人があまり本心を語らないので、いつも気を揉んでいる。

◆◆◆◆

ダライアス・ナイトレイ

クロックフォード公爵。フェリクスの母方の祖父であり、リディル王国有数の権力者。

◆◆◆◆

ピーター・サムズ

バリー・オーツの名前で、オルブライト家に身を寄せていた呪術師。人間を傀儡にする呪いの研究をしていた。モニカの父、ヴェネディクトを知る人物。

ヴェネディクト・レイン

モニカの父。七年前、禁術研究罪で処刑された。幅広い分野に精通していた天才学者だった。

◆◆◆◆

ポーター

コールラプトンの街の古書店の店主。ダスティン・ギュンターの名前で小説を書いている。モニカの父、ヴェネディクトとは友人だった。

◆◆◆◆

アルバート・フラウ・ロベリア・リディル

リディル王国の第三王子。勉強は得意だが運動は苦手で、モニカに匹敵する作中屈指の運動音痴。地団駄を踏んだ足を挫いたことがある。

あとがき

『サイレント・ウィッチ』五巻をお手に取っていただき、誠にありがとうございます。

五巻は学園を離れての冬休み編です。

そのため、学園の友人達の出番が少ない巻となってしまいました。

今巻、出番がない人達は、大体みんな穏やかに冬休みを過ごしていると思います。

穏やかじゃないのは、モニカ周辺ぐらいです。

六巻ではまた、元気な学友達の姿をお届けできればと思います。


本作を書籍化していただくにあたり、売り上げ次第では三巻や五巻で畳むパターンも考えていました（私はこれを「爆速サイレント・ウィッチ」と呼んでいます）。

ただ、大変ありがたいことに、読者の皆様のおかげで、続刊を出していただけることになり、番外編的位置付けの四巻アフターも出せて、こうして五巻まで辿《たど》り着《つ》くことができました。六巻も出ます。

この場をお借りして、読者の皆様に厚く御礼申し上げます。


……というわけで、次巻は六巻になるのですが、私は一点、懸念していることがあります。

遡《さかのぼ》ること一年以上前、本作二巻のカバーデザインを見た時、私は驚愕《きょうがく》しました。

巻数表記がローマ数字になっていたからです。

ローマ数字でナンバリングされている物については、Ⅳ（4）とⅥ（6）を間違えたり、Ⅶ（7）とⅧ（8）を見間違えて泣き崩れたことが、どなたでも一度はあるかと思います。

……ありますよね？　Ⅳ（4）とⅥ（6）って、一番間違えやすいやつですよね？

私はローマ数字を覚えることを、随分前に諦《あきら》めていたのですが、自作品のナンバリングがローマ数字になっているのなら、覚えないわけにはいきません。

というわけで、ローマ数字の表記と睨《にら》み合っている今日この頃です。今でもたまにⅨの書き方を忘れます。

とりあえず、次巻（六巻）はⅤの右に縦棒です。Ⅴの右に縦棒！

どうぞ書店で六巻をお手に取っていただく際は、「Ⅴの右に縦棒！」を思い出してください。

藤実《ふじみ》なんな先生、今巻も美しいイラストをありがとうございます。

幻想的な表紙がとても素敵で、何度も眺めてニコニコしています。

どの絵もラフをいただいた時点で「これは、すごいのがきたぞ……」と思うのですが、完成品を見ると、想像以上の迫力と美しさに感動しています。

栈《たな》とび先生、いつも素晴らしいコミカライズをありがとうございます。どのコマも一つ一つ丁寧に描いていただいて、とても嬉《うれ》しいです。

ネームの時点で「あ、この表情素敵だな」と思ったものが、実際に仕上げていただくと更に素敵になっていて、本当に作者冥利《みようり》に尽きます。

コミカライズは、ビーズログコミックス様で単行本二巻が発売中です。こちらも、どうぞよろしくお願いいいたします。

コミックス二巻のカバーは、モニカとラナが目印です。モニカがまだちょっとぎこちなく、緊張した顔をしていて、とても微笑《ほほえ》ましいです。

ファンレターも、いつもありがとうございます。

三巻のあとがきページが一ページになっていて、かつ、ファンレター送付先の表記ページが無くなっていたので、「作者はあとがきを書けず、ファンレターを読めないほど、心身共に疲労しているのでは」という気遣いのお言葉をいただいたのですが、あれは私が三巻の原稿で、ページ数ギリギリを攻めすぎたせいです。

作者は元気なので、どうぞ心配しないでください。ファンレターお待ちしております。

この先も、あとがきやファンレター送付先のページが削られていたら、作者がやっちまったんだな……とお察しください。

担当さん、いつもすみません。またやらかす気がします。

モニカの学園生活もいよいよ後半戦。

六巻もモリモリ書かせていただきますので、お手に取っていただければ幸いです。

六巻は「Vの右に縦棒！」です。どうぞよろしくお願いいたします。

依空《いそら》まつり

お便りはこちらまで

〒102－8177
カドカワBOOKS編集部　気付
依空まつり（様）宛
藤実なんな（様）宛

カドカワBOOKS

サイレント・ウィッチ V
沈黙《ちんもく》の魔女《まじょ》の隠《かく》しごと

2023年2月10日　初版発行

著者／依空《いそら》 まつり
発行者／山下直久
発行／株式会社KADOKAWA

〒102-8177
東京都千代田区富士見2-13-3
電話／0570-002-301（ナビダイヤル）

編集／カドカワBOOKS編集部
印刷所／大日本印刷
製本所／大日本印刷

Printed in Japan
ISBN 978-4-04-074628-9 C0093

新文芸宣言

かつて「知」と「美」は特権階級の所有物でした。

15世紀、グーテンベルクが発明した活版印刷技術は、特権階級から「知」と「美」を解放し、ルネサンスや宗教改革を導きました。市民革命や産業革命も、大衆に「知」と「美」が広まらなければ起こりえませんでした。人間は、本を読むことにより、自由と平等を獲得していったのです。

21世紀、インターネット技術により、第二の「知」と「美」の解放が起こりました。一部の選ばれた才能を持つ者だけが文章や絵、映像を発表できる時代は終わり、誰もがネット上で自己表現を出来る時代がやってきました。

UGC（ユーザージェネレイテッドコンテンツ）の波は、今世界を席巻しています。UGCから生まれた小説は、一般大衆からの批評を取り込みながら内容を充実させて行きます。受け手と送り手の情報の交換によって、UGCは量的な評価を獲得し、爆発的にその数を増やしているのです。

こうしたUGCから生まれた小説群を、私たちは「新文芸」と名付けました。

新文芸は、インターネットによる新しい「知」と「美」の形です。

2015年10月10日

井上伸一郎

最強の眷属たち――
その経験値を一人に集めたら、
史上最速で魔王が爆誕!?
第7回カクヨム
Web小説コンテスト
キャラクター文芸部門
特別賞
黄金の経験値
特定災害生物「魔王」降臨タイムアタック

ツンデレ悪役令嬢
リーゼロッテと
実況の遠藤くんと
解説の小林さん
恵ノ島すず
イラスト えいひ
隠したい本心がダダ洩れ!?
今最もカワイイ悪役令嬢!
B's-LOG COMIC &
異世界コミックにて
コミカライズ
連載中!!!!
作画：逆木ルミヲ
カドカワBOOKS

STORY

乙女ゲームの王子キャラ・ジークは突然聞こえた神の声に戸惑う。曰く婚約者は“ツンデレ”らしい。彼女の本心を解説する神の正体が、現実世界のゲーム実況とは知る由もないジークに、神は彼女の破滅を予言して――？

んな
攻撃も
ノーダメージ!
スボス級大型新人、
出陣!
角川コミックス・エースより
コミックス
好評発売中!!
漫画：おいもとじろう
電撃コミックスNEXTより
アンソロジーも
好評発売中!
原作&小説　夕蜜柑
カバーイラスト　狐印　ほか
ステータスポイントをVITのみに捧げた少女メイプル。その結果得たのは、
物理・魔法攻撃・状態異常無効に強豪プレイヤーも一撃死のカウンタース
キル!?　自らの異常さに気づくことなく、今日も楽しく冒険に挑む!

TVアニメ第2期
2023年1月より
放送開始!!
♪
痛いのは嫌なので防御力に極振りしたいと思います。
夕蜜柑 ill. 狐印
シリーズ好評発売中！

シリーズ好評発売中！
引きこもりの妃と有能官吏、
二つの顔を使い分ける
男装官吏の出世物語！
コミカライズ決定!!
秋田書店のWEBコミックサイト『マンガクロス』にて2022年秋より連載開始予定！
漫画・迫ミサキ
第6回カクヨムWeb小説コンテスト恋愛部門 特別賞
璃寛皇国ひきこもり瑞兆妃伝
日々後宮を抜け出し、有能官吏やってます。